光文社文庫

南風（みなみ）吹く

森谷明子

光　文　社

もくじ

【俳句甲子園について】

俳句甲子園とは、創作俳句を競う高校生の大会です。

応募資格は日本の高校に在籍中の生徒五名で編成されたチームであること。

エントリーは、俳句甲子園実行委員会によりあらかじめ与えられた季題（＝兼題）に沿った創作句をチームの各選手が大会以前に設定されている期限までに提出することで完了します。
①毎年六月に開催される各地方大会での優勝、②俳句甲子園実行委員会による投句審査での通過、のどちらかによって、八月に愛媛県松山市で開催される全国大会への出場資格を獲得できます（＊1）。
兼題は、次の通り。
地方大会：三句勝負三題（＊2）
全国大会予選リーグ戦：三句勝負三題
全国大会決勝トーナメント第一・二回戦：五句勝負二題
全国大会準決勝・決勝戦：五句勝負二題（＊3）
ただし準決勝に残れなかったチームには、当日、敗者復活戦の兼題が別に与えられます。

＊1地方大会にエントリーしたチームは、自動的に投句審査にもエントリーした扱いになります。

＊2エントリーチーム数によっては、決勝戦のためにさらに兼題が出される地方大会があります。

＊3過去の大会の場合、兼題はおおむね季語ですが、全国大会準決勝・決勝戦のみ季語の枠からはずれた漢字一字の兼題が出題されてきました（例「先」「生」「紙」「指」など）。

以上文責：藤ケ丘（ふじがおか）女子高校俳句同好会副会長　加藤東子（かとうはるこ）

（この文章は著作権フリーです）

全国大会トーナメント表

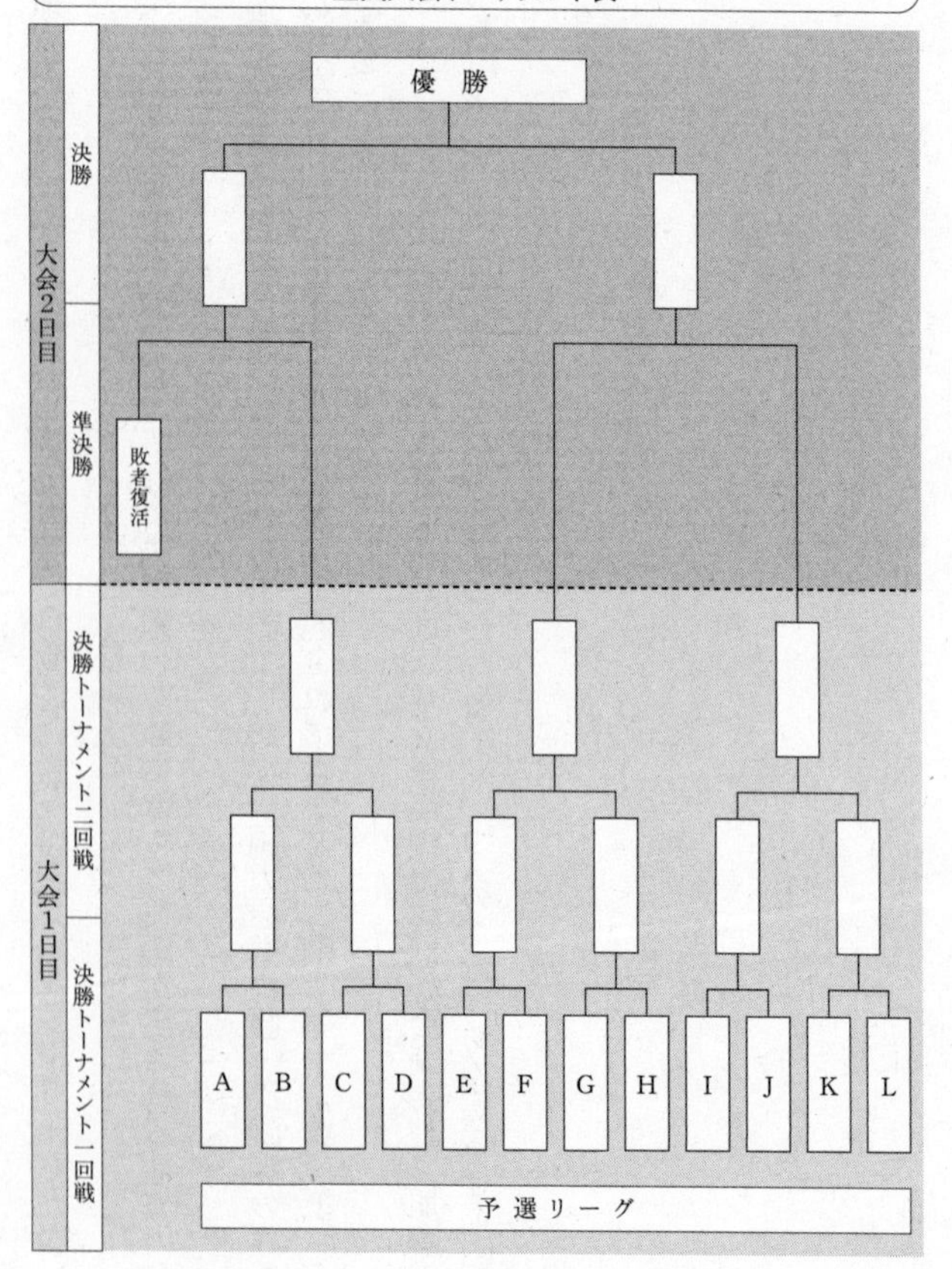

南風（みなみ）吹く

第一章

赤信号みんなで渡ればこわくない

創立以来何度か名称を変えているが、現五木分校の歴史は古い。その歴史を刻んできた校舎も、古い。

小市航太の父も母も祖父も祖母もここの卒業生だ。探せばきっと、彼らがナイフで刻んだりしたいたずら書きがどこかの廊下の壁や下駄箱にあるのかもしれない。いや、祖父はやらないか。真面目すぎるような人だったから。おとなしい祖母はきっと、名前とかを刻まれた側だ。八十を過ぎた今でも、実は美人かもしれないと思うことがあるくらいだから。

そして父は——、親父は絶対やっている。高校生だった親父が彫りつけたのは、実は母以外の女の子の名前だったりして。

その、歴史だけは古い校舎の廊下。今、航太は呆然と立ちすくんでいる。一杯に開いた窓——古めかしい木造の壁にいつの時代かに取り換えられた安っぽいアルミサッシ——からは、春の終わりの生暖かい風と、放課後の練習を始めたブラスバンドの音合わせの音が遠慮なく入り込んでくる。楽器は三つか四つ、種類が少ないせいで頼りない。そして、この五木分校につきものの匂い――潮の香り――も。

高台に立つ五木分校では、ほとんどの窓から海が見える。というよりも、この五木島は、どこにいても海を感じられるほどちっぽけなのだ。春も終わりかけた今、その色はパステルブルーから濃い青に変わりつつある。

航太をとりまく世界は何も変わらないのに、航太は、突然何かを奪われたような気分にさせられていた。

気がつけば、さっきまで航太の前で頭を下げていた後輩三人の姿は、もう廊下の向こうに小さくなっている。きっと「失礼します」と挨拶はしたんだろう。航太も、「おお」とか「ああ」とか、それなりに返事をしたんだろう。

何も意識にないけど。

いつまでも廊下に立ち尽くしていても仕方がない。航太は首を一つ大きく振って、教室に戻ることにした。「お話があるんです」、そう言って航太を遠慮がちに呼び出した後輩たちは、礼儀正しく先輩の教室までやってきたのだ。

ドアに手をかけた時、なんだかやばい声が聞こえた。そっとドアの陰からのぞいてみる。

すでにクラスメイトのほとんどは帰っていた。残っているのは二人だけ。航太の幼馴染の村上恵一と、クラス委員の河野日向子。

「……だからあ、河野は独善的」

冷たい声音でそう言い捨てたのは、恵一。

「それ、どういうことか、説明してくれる？」

河野女史の声も、負けず劣らずとがっている。

「自分のやりたいことはみんなのやりたいことって、その決めつけが独善的で鼻持ちならないって言ってんだよ。やりたきゃ一人でやればいい。他人を巻き込むな」

「村上こそ、私の論旨をまるで理解してない。一人でやることに意味はない。最後だからこそ、クラスのみんなでやりたい。私はそう呼びかけてるの。このまま終わっていいの？あと十一か月で、このクラス、ううん、高校生活そのものが終わっちゃうんだよ？」

「このまま終わっていいと思ってる奴ばっかりだから、河野の主張は賛同を得られなかったんだろ？　はい、終わり」

そこまで言われても、河野女史は、終わりにする気なんかまるでないらしい。

「ねえ、村上。ううん、村上君。あなた、このままでいいの？　せっかく才能あるのに……」

「それはどうも。でも、おれはこのままでいい」

「そんなもったいない……」

恵一は、河野女史にくるりと背を向けた。

「ちょっと、村上、君。話を聞きなさいよ！」

「聞いたよ。それで、おれの返事としては、さっきと同じ。河野は独善的。今のおれの生き方がもったいないって、どうして河野がそんなこと決めるんだよ？」

「あ……」

河野女史が口をつぐむ。

——おれ、ここにいないほうがいいのかな。

今さらながらにそう思いついた時、唇をきっと結んだ河野女史が、スクールバッグを肩に、航太と肩が触れ合うほど近くをすりぬけて出て行った。航太には目もくれない。

航太はしいてなんでもないという顔をして、元気よく教室に入った。

一人残された恵一は、何事もなかったかのように、自分の席について参考書をめくっている。航太が立ち聞きしてしまったことに気がついているんだろうか。何があったか聞いてみたいのは山々だ。恵一は普段から落ち着いた男で、特に女子相手にきつい言い方をするなんて、長いつき合いの航太にもほとんど覚えがないくらいなのだ。だが、今のやり取りには、なんとなく触らないほうがいい気がした。その気になったら話してくれるだろうし。

だから航太はわざと脱力した顔を作って、恵一の前の席に横向きにすわり、がっくりとうなだれてみせた。

「……ああ、おれ、今、空っぽ」

恵一の反応はない。

「なあ、恵一、空っぽになっちゃったってば」

恵一の机に突っ伏してみせる。と、返事の代わりに、何か固いものが頭に当たった。

「うわっ」

思わず顔を上げようとすると、その四角いものが視界一杯に飛び込んできた。

「動くなよ、今度はこいつが顔に当たるぜ」

「何これ？　近すぎてわからない。あ、なんでもいいからとにかくこれどけて、なんかこわい」

四角い物体は遠ざかり、恵一は何もなかったかのように、また参考書に目を落とした。

航太は頭をさすりながら体を起こす。

「ところで、今の四角いの、何？」

ピントが合わなかったせいで、やたらに威圧感のある塊（かたまり）としかわからなかったのだ。

恵一があきれたように、まだ手に持っていたそれで、航太の頭をもう一度こつんとたたいた。

「何じゃないだろ。高校生の強い味方、英単語集。連休明けには英語の復習テストあり。先生がしつこく言ってただろ？　空っぽになったんならこいつを入れろ。きっとよく入るぞ」

「テスト？　そうだっけ？」

　恵一がわざとらしくため息をつく。

「お前さあ、ちゃんと卒業する気ある？」

「だって、勉強、やだ」

　恵一は笑って立ち上がった。

「じゃあ、帰ろうぜ。ここにいたって、やることないんだろ」

「……うん」

　たしかに。もう、やることがない。航太の生きがいは消えた。

　五木分校球技部は今年のバスケットボールの県大会に出られないことが決定的になったのだ。発端は、先週、部長の航太が練習中に足首を捻挫したことだった。県大会までに完治するだろうか、ろくに練習もできていないぞ。そう焦っていたところに、追いうちがかかった。昨日、五人しかいない部員のうちのさらに一人（二年生）が、自転車通学中にカーブを曲がりきれず、道路脇のミカン畑に転落したそうだ。右大腿骨骨折と、航太には覚えきれないくらい面倒くさい名前の部位の損傷で、向こう三か月はバスケットボールなんて、とても無理。

　――本当にすみません、航太先輩は自分の怪我を押して練習に参加してくれたのに。この大会を最後に引退する、最後の大会だから全力を出し切ろうぜって、あんなに力を入れて……。

さっき後輩三人がそう報告に来てそろって頭を下げた時、航太には激励も慰めもできなかった。

そもそも、参加しても初戦で終わる可能性が高い程度の部だったけど。

他校はどこも、勝利目指してすごい特訓を重ね、熾烈なスタメン争いを繰り広げた挙句の必勝態勢で臨んでくるはずだ。

それに比べたら五木分校の球技部は、同好会、いや愛好会みたいなものだ。かなうわけがない。

そもそも、バスケットボール部ではなく、「球技部」なんてざっくりした名称であることからして、活動内容は推して知るべし、だ。

昔は、五木分校にだってバスケットボール部があった。歴史だけは古い校舎の入り口に、埃をかぶった額入りの賞状があるからわかる。サッカー部も。野球部も。

現在、五木分校にはほかにもそれなりの数の部やクラブがあるが、どれも目立った活動はしていない。球技部はその典型みたいなものだ。

生徒の絶対数が少ないから。

まず、サッカー部が十一名集められずに立ちゆかなくなった。残った部員は合同練習をバスケットボール部に持ちかけ、やがてそこに、九名掻き集められなくなった野球部がころがり込んだ。

——こうなったらみんなまとめて、なんでもやろうぜ。

それが球技部の始まりだ。五年ほど前のことらしい。寄せ集めのなんでも屋の部活になることに、誰も抵抗はなかった。それまでだって、三つの部は一緒に活動していたようなものだ。だって、どこの部も、単体では校内練習試合ができないのだから。

そのあとも、部員はどんどん減っていった。サッカーの練習試合ができる人数（二十二人）はもとから存在していなかったが、すぐに野球の試合（十八人）もできなくなり、やがてバスケの試合（十人）も不可能になった。今年度スタートした時、球技部は五名。

その活動も、とうとう終わるということだ。三年生の航太は引退する。別にここで引退しなくてもいい話だが、残っていてもすることがない。目標が何もないのに、たった一人の三年生がいたところで、引っ張れるわけがない。

新入部員は望めない。球技部の歴史はここで途絶える。

いや、球技部だけじゃない。途絶えるのは、五木分校そのものだ。なぜなら、この学校には一年生がいない。募集がかけられなかったのだ。

再来年（さらいねん）の春、今の二年生が卒業すると同時に、愛媛県立越智（おち）高等学校五木分校は廃校となり、歴史を閉じるから。

現在、五木島には幼稚園と小学校と中学校が一つずつと、そしてこの五木分校がある。

だが、県全体でも子どもの数が減り、中でも五木島が属する郡ではその減り方が激しく、コストのかかる分校を維持することができなくなったのだそうだ。

この島に生まれた航太は、何の疑問もなく五木島の幼稚園へ入れられ、自分でも何の疑問も持たないまま島の小学校から中学校へ、そして五木分校へ進んだ。島に生まれた仲間とまったく同じコースをたどって。周囲の子どもはみんなそうしてきたのだ。

卒業したら、どうするのか。恵一の進路を聞いたことはないが、航太のそれははっきりしている。親父の店を継ぐ。

親父にそんな相談をしても、なかなか真面目に取り合ってもらえないが、航太は本気だ。親父を説得してみせる。と言っても別に由緒正しい老舗ではない。島内で一軒だけの、祖父が始めた駄菓子屋兼和菓子屋なのだが。親父はまだ当分元気そうなので、まずは島を出て、製菓学校へ行って菓子作りの技術を身に付けたほうがいいのだろうか、と漠然と考えているところだ。先生が薦める専門学校への入学は難しくないらしい。だから、恵一にはうるさく言われても、勉強に身を入れる気にはならない。ちゃんと単位を落とさずに卒業できればいいだけだ。

そういうわけで、小市航太、元気と暇はありあまった十七歳が、ここにいる。

「なあ、恵一、何かすることない？」

「じゃ、とりあえず職員室へ行こう」

「な、なんで？」

「進路相談の調査書。担任の須賀に出しに行く。お前こそ出さなくていいのか？」

「あ、忘れてた」

「おい、今日締め切りって須賀に念を押されていただろうが。仕方のない奴だな」

「いいよ、須賀なら待ってくれるって」

須賀は悪い奴ではない。ただ、口うるさい。だから顔を合わせたくない。職員室の前まで来ると、航太は渋い顔の恵一を中へ押しやって、自分は足音を忍ばせて隣の職員準備室へ入った。ここはいつも、誰もいない。かび臭い資料やよくわからない道具が詰め込まれた段ボールで一杯の棚。埃をかぶった折りたたみ椅子。そんなものが詰め込まれた物置みたいな場所だ。窓際の一角はパーティションで囲まれて、その向こうは教職員用のパソコンコーナーになっている。

航太はぶらぶら歩き回った。テーピングのおかげで、歩くくらいなら足首もほとんど痛まない。恵一の用事はすぐに終わるだろうから、それを待って一緒に帰ろう。

しんとした室内で、思い切り伸びをする。床に落ちていた何かのプリントをくしゃくしゃに丸めて、隅の屑籠へシュートする。見事決まった。

「畜生、バスケしてえな」

何かほかに投げるものはないかとあたりを見回したら、ほとんど空になったミネラルウオーターのペットボトルがあった。考えもせず、これもさっきの屑籠めがけてシュートする。

と、ペットボトルは屑籠のふちに当たり、大きくバウンドして、パーティションを飛び越えた。落ちたあたりから、きゃっとかわいい声がした。

「うわっ、誰?」

まさか、自分のほかに人がいるとは思わなかった。あわてて、パーティションの向こうをのぞき込む。そしてぎょっとした。

河野日向子女史が、開いたまま倒れたノートパソコンを元に戻そうとしているところだった。どうやら、ペットボトルが直撃したらしい。おまけに、彼女が髪を払っているところを見ると、ペットボトルにわずかに残っていた水がかかってしまったようだ。キャップ、はずれていたんだっけ。

「ご、ごめん、河野女……、いや、河野さん」

まさか、よりによって。

航太はあわててポケットを探る。恵一と同じくらい頭がいい河野女史は、実はこわい存在だ。恵一は航太の馬鹿っぷりを笑って受け入れるが、河野女史は受け入れないから。できれば近づきたくない。だが、礼儀として、このままにはしておけないだろう。女の子の髪に直接触るような真似はできないが、何か、拭けるようなものがポケットに入っていないか。

……何もない。

「いいよ。驚いただけで、たいしたことなかったから」

河野女史、声きれいだな。ろくに話したこともなかった航太は新鮮な驚きを感じる。まあ、そんなことはいい。

河野女史はむすっとした顔で、キーボードが逆立ちしていたパソコンを元に戻した。

「私より、パソコン大丈夫かな。うちのは機種が古いから、いつもここで見せてもらってるんだ。親に新しいの買ってもらえないし」

「ご、ごめん」

河野女史の家は広いミカン畑を代々受け継いでいる農家のはずだ。航太の家なんかよりよっぽど裕福だと思うのだが、家にはそれぞれ事情があるものだ。

責任を感じた航太が首を縮める横で、河野女史はカーソルを動かした。そして、ほっとしたように明るい声を上げる。

「よかった、大丈夫みたい。ちゃんと動く」

「何、見てたの？」

立ち去りにくくなった航太が聞くと、河野女史はちょっと迷ってから、航太のほうにノートパソコンの向きを変えてくれた。

「あきらめが悪くって、もう一度今年の募集要項を確認していた」

飛び込んできたのは、毛筆で書いたみたいな大きな文字だ。

——俳句甲子園
「……これ、どこかで聞いたことがあるかな……」

「あるでしょ、もちろん。私が散々ホームルームで呼びかけたじゃない」

「あ、ああ……」

「それに、毎年夏になるといろんなところで話題になってるじゃない」

「そ、そう?」

航太は記憶を絞り出そうとする。

「ほら、八月に松山市で全国大会があるの。テレビをつければ、必ずニュースが流れる」

航太の興味は野球の甲子園にしかないのだが、河野女史にそれを言ったら叱り飛ばされそうだ。

「どうにか、うちの学校から参加できないかと思っていたんだけど……。新学期になってからずっと呼びかけ続けていて、もう来月半ばがぎりぎりエントリーのタイムリミットだっていうのに、どうしても人が集まらない」

「はあ、なるほど」

航太は、今度は深くうなずく。国語の成績が底辺をさまよっている航太でも、五木分校で「人を集める」ことの難しさだけは、最大級に共感できる。

「そんなことしてたんだ」

「だから、やってたじゃない。小市、ロングホームルームの時間何してたの？」

その時間を睡眠に充(あ)てていることは、言わないでおこう。

「ええと、本校には声かけないの？　やっぱり気は進まないのかな、おれもそうだったけど」

本校なら生徒数が段違いに多い。だが、五木分校は昔から本校とそれほど交流がない。そもそもは独立した県立高校だったのに過疎化のせいで統合され、分校にされたという経緯に、島の人たちがわだかまりを残しているせいだ。

球技部部長の航太にもその思いはあるし、表情から察するに、河野女史も同じらしい。

「私は、この分校でチームを作りたいの。私たち今年で最後だし、五木分校だって、もうなくなっちゃうでしょ。だから、みんなで俳句甲子園に出たい。私の取り柄(え)は俳句だけなんだけど」

「うん」

言ってから、航太はあわててつけ加える。「あ、今のは、河野女史の取り柄が俳句ってことへの『うん』であって、『だけ』ってことへの『うん』じゃないから、あの、」

河野女史はくすりと笑う。

「わかってる、小市。ありがとう」

河野女史は、左の頰にだけえくぼができるんだ。今まで知らなかった。こんな至近距離で向かい合ったことなんてなかったから。

「で、聞いてもいい？ そもそも、何なの？ 俳句甲子園って」

河野女史は深いため息をついた。

「本当に聞いてなかったな。でもまあ、小市みたいな筋肉男は興味なくて当たり前か。五人一チームで、あらかじめ用意しておいた俳句を出し合って戦う大会」

「俳句で戦う？」

航太の頭に浮かんだのは、俳句を書いたカードみたいなものを河野女史がふりかざして、対戦相手に襲いかかる図だ。何か、風鈴についている紙みたいなカードを。

女史に似合っている。だが、それは絶対に違うだろう。

「互いの句について、ここはどうなのか、もっとこうしたほうがいいんじゃないか、そういうようなことを言い合う。句そのものの出来ももちろん採点されるけど、相手の句をちゃんと鑑賞できるかについても点がつけられて、合計点で勝ち負けが決まる」

「ああ、なるほど」

やっぱり想像とは全然違った。

河野女史はパソコンの電源を落として、またため息をつく。

「でもね。人前に出て自分の作った俳句について語るなんて絶対無理だって、俳句が嫌いじゃなさそうな人に声をかけても、みんなそう言って尻込みするの。まったく、ガッツがないんだから。一番有望そうな男は、点数化した団体勝負なんて何があっても願い下げだって、聞く耳持たないし」

なんとなくわかった。その「一番有望そうな男」がたぶん、恵一だ。頭がいい。国語の成績なんか、勉強しなくてもクラスで一番か二番。この河野女史とトップ争いだ。しかも、恵一が特別大事そうに持ち歩いているノート。じっくり見せてもらったことはないけど、あれに書きつけているのは俳句だ、たぶん。

「対戦試合を避けようとするなら、最初のうちは投句審査でいくこともできるのに……」

「とうくしんさ？」

「だいたいの学校は、予選である地方大会から試合するんだけど、普通のコンクールみたいに、投句——俳句を応募——して、それがよくできていたら、地方大会を飛ばして全国大会に進むこともできる。そっちを選ぶ学校もあるし、それだったら、とにかく私のほかに四人集めて俳句を作ってもらえれば、それで参加資格はクリアできる」

「ああ、なるほど。俳句コンテストみたいな形式もあるんだ。それだったら、ハードル低いのかな？　愛媛の高校生は、みんな小学校の時から俳句の授業を受けてるもんな」

「でしょ？　なのにいくらそれを言っても、誰もやる気なし。もったいない。せっかく俳句に親しんできてるのに。全国から松山を目指す高校生がたくさんいるのに、お膝元の瀬戸内の学校が出ないで、どうするのよ？」

河野女史は一人で怒っている。

「うん、まだあきらめたくないんだな。エントリー締め切りまでまだ時間はある」

自分に言い聞かせるようにつぶやいてから、河野女史は改めて航太を見た。

「ところで、筋肉男、こんなところで何してるの？　部活は？」

「ああ、それは……」

話の流れで、なんとなく、航太は球技部がとうとう消滅しそうなことを説明する羽目になった。すると、途中で、河野女史の目の色が変わった。

「な、何？」

「つまり、球技部の二年生四人が今、行き場を失っているわけね？」

「行き場を失ってって、そんな救いのない言い方しなくても……。でもまあ、そう言えるかもしれない」

そこで河野女史がいきなり立ち上がった。

「小市、案内して」

「え？　どこに？」

「その、球技部員二年生のところ。そうよ、三年生に限らなくてもいいんだわ」

あとのほうは独り言みたいだった。航太は引っ張られるようにして、職員準備室を出た。

職員室の前を通ると、人待ち顔の恵一が目の隅を横切った。だが、航太が目で合図するまでもなく、あわててまた引っ込んだ。さっき、恵一はこの河野女史とやりあったばかりだからだろう。

前しか見ていない河野女史は恵一に気づかない。自分に言い聞かせるようにぶつぶつとつぶやいている。

「とにかく、四人。四人、掻き集めればいいのよ」

十分後。広い校庭の隅で、河野女史は仁王(におう)立ちをしていた。なんとなく悪いことをしたような気がして、航太はその前で小さくなっている。

「やっぱり、筋肉男たちはどこまでいっても筋肉だけだったわね」

「あの……」

「いいんだ、私が悪かった。安易に誰でもいいってものじゃないことくらい、気づくべきだった」

「はあ……」

「いいよ、小市。ありがとう」

河野女史が四人と口走っていたのは、球技部の二年生部員たちのことだ。

「ちょうどぴったりの数だったもので、舞い上がっちゃった。足を怪我してたって俳句の試合なら問題ない、私が車椅子を押してやるからってね。とりあえず県内有数の強豪校と対戦してぼろ負けしても崩れないメンタルは持っているから、俳句の試合くらいでびびらないだろうと思ったし。肝心の俳句だって、愛媛県で生まれ育った人間なら、小学校の時からずっと作らされてきているもの、問題解決だと思ったんだけど……」

そう思いどおりにはいかなかったのだ。

球技部のむさくるしい部室には誰もいなかった。河野女史に引っ張られながら探し回ると、球技部の二年生たちは広い校庭で練習していた。二対一でのパス練習。

――まだあきらめません。おれたちにはまだ来年がある。今年は無理でも、あと一人部員を増やせれば、来年には五人そろう。最後の大会をめざします！

日焼けした顔にいっぱいの笑顔でそう言われて、さすがの河野女史も、「俳句」の一言も出せずに引き下がるしかなかったのだ。

「あ、じゃあ、おれはこれで……」

ようやく解放されるかとほっとした航太だったが、河野女史は意外なことを言い出した。

「小市、まだ時間ある？　何かおごる」

河野女史に購買部のダブルチョコアイス——一番高い奴——を押しつけられて、屋上へ行った。あいかわらず海は青い。

「小市、スマートフォン持ってる？　ちょっとネット開いてみて」

促されるままに操作した検索エンジンに河野女史が何か打ち込むと、やがてどこかで見たことのある景色が現れた。

奥行きのあるアーケード街。ハの字形に赤と白の机が置かれ、そこにすわっている制服姿の高校生たち。机の間には天井から二枚の大きな垂れ幕……と、そこに書かれた、たぶん俳句。

「あれ、これ……」

「よく知ってる場所でしょ。松山市の、大街道(おおかいどう)商店街。ここが俳句甲子園の試合会場」

「こんなところで？」

「ねえ、小市君。やってみない？」

「お、おれが？」

驚きすぎたせいで、チョコレートのかけらが変なところに入ってしまった。河野女史に優しい声で「君」づけされたのも、気味が悪い。河野女史はその優しい声でなおも続ける。

「さっき話してたでしょ。愛媛の高校生は、みんな小学生の時から俳句の授業を受けてるって。つまり、あんたもよね。どう？」

「無理無理、おれには無理」

航太はあわてて首を振る。小学生の時から俳句を作る授業は特に苦手だったのだ。

「縁がない世界だよ」

「どうして？　俳句、難しくないよ？　すなおにありのままを言葉にすればいいだけ」

「あ、あのさ」

航太はどうにか態勢を立て直す。

「そういうのがすらすらできるのは、国語が得意とか本読むのが好きとか、やっぱ素質が必要なんだよ。おれ、そういうの一切なし。本当になし」

「やってみなくちゃわからないじゃない」

「そんなこと簡単に言うなよ。自慢じゃないけど、おれ、小中学校通して、作文も俳句も全部逃げ回ってきたような人間なんだって。今さら俳句作れなんて、絶対無理。だから帰らせて」

河野女史が肩を落とした。

「やっぱり、無理か」

どうしよう。こわい女史といえども、女の子をがっかりさせるのは落ち着かない。だが、人間には向き不向きというものがあるのだ。

「じゃあさ、メンバー集めには協力するから」

せめてもの罪滅ぼしのつもりでそう言ってみると、河野女史がにっこり笑った。

「よろしく。じゃあ、そのアイスは協力費ってことで」


翌朝。航太は、生徒昇降口近くの壁にあるポスターに初めて気がついた。きっと、二年生にまで募集の幅を広げた河野女史が作ったのだろう。


俳句甲子園参加者募集中！

俳句を作って、松山を目指しませんか？

希望者は、放課後、部室棟前に来てください。待っています！！！

責任者　河野日向子（三年一組）

周りに、そのポスターに注目する生徒は見当たらない。航太は幸運を祈って指を交差させた。今は亡きじいちゃんに教えてもらったおまじないだ。

次の日曜日。航太は恵一と二人で松山に出かけた。五木島には、はっきり言って何もない。高校生がたむろする場所も、服を買う場所も。何かあったらフェリーで四国本土に渡り、そこからまた電車に乗って松山まで行くのが一番だ。

休日とあって、フェリーはそれなりに混んでいる。かろうじて見つけた座席に落ち着いた恵一を置いて、航太は一人で船室外のデッキに出た。風が強い。流れる雲が複雑な潮の流れに、さらに濃い影を落としている。

海にはどれほどの種類の青い色があるのだろう。見ている間にも刻々と変わって飽きる暇もない。

あっというまに到着したフェリーを降り、ぶすっとした顔の恵一と一緒に、ごとごとと揺れる電車で松山市内へ向かう。

肩を並べて歩いているうちに、この間河野女史に見せてもらった場所に出た。

「あ、ここだ」

航太は立ち止まる。恵一が怪訝そうな顔を向けた。

「なんのことだ、航太?」

「大街道商店街。ここが、俳句甲子園全国大会の会場だってさ」

「ふん」

この間まで知らなかった。俳句の試合なのだから、ピッチやコートが整備された競技場が必要なわけではないのは察しがつくが、こんな、道幅こそ広くても、両側にどこまでも普通の店が並んでいるだけの場所でやっているとは。

しかし、女史がスマートフォンで見せてくれたのは、たしかにこの場所だ。航太はもう一度そのサイトを立ち上げる。

「ほら、こうやって、今おれたちが立っているアーケードに机と椅子を並べて試合してるだろ。こういう具合に何ブロックもつながって対戦するんだって」

画像がいくつも出てくる。本当に、今立っているこの場所が会場なのだ。

「恵一、な、変な感じだろ」

自分の目で見ている風景と画面の中は同じなのに、それでも現実味がない。

「そうか？　関わりない人間にはただのイベントだ、あんなもの」

「え？　恵一、見たことあるの？」

「まあ、壮観なことはたしかだけどな。十二ブロックもあると、この商店街をどこまで行っても果てしなく試合している感じ。地元の人が俳句目当てにギャラリーとなって押しかけるから、すごく賑(にぎ)わう。なんと言っても、ここは松山だからな」

「そうか。松山のプライドか」

「うん、俳句についてはうるさい人がすごく大勢いるんだなと思う」

俳句の本場は松山。それは誰もが知っていることだ。自分たちの街を「俳都」、つまり俳句の都と堂々と言っているくらいなのだ。

実際、松山出身の俳人と言えば、航太だって何人か思いつくくらいだ。正岡子規(まさおかしき)、高浜(たかはま)

虚子、あとは誰だっけ……。とにかくたくさんいる。松山の子どもは、小学校に上がる前から俳句を作るそうだ。航太たちだって教わったけど、地域を挙げての熱意が違うらしい。

「それにしても、恵一、いつ見たんだよ?」

「だっておれ、夏休みはいつも、この近くでバイトしてるから。全国大会の時は書き入れ時。全国から来る高校生とかその親とか、あと俳句の関係者とか、みんなありがたいお客さんだ。商売する人間には、俳句甲子園だろうがなんだろうが、どんな奴でも、金を落としてくれれば客だ」

「……なるほど」

そうだった。恵一は去年も一昨年も、夏休みの間中、島にはろくにいなかった。たしか商売をしているおじさんが松山にいるのだ。島にも、恵一の助けを必要とする仕事があるにはあるのだが、恵一にはそれをできない個人的事情がある。

恵一の父親は小型漁船を操る漁師だが、一人息子の恵一ときたら、とにかく船に弱いのだ。すぐに酔う。今日だって、島を出てからフェリーの中ではずっと船室にこもって口もきかなかった。いつものことで航太は慣れっこだが、高校生にもなってこの有様では、父親の跡は継げないのではないか。

「そう言えば、河野女史が熱心なのは、会場が松山ってこともあるみたいだぜ。お膝元の瀬戸内の高校なんだから、とか言っていたような。たしかにここなら、うちの学校にも身近な場所だもんな。地元の強みだ」

「そうだろうよ。俳句についてしゃべっていればいいだけの試合だからな。朝漁に出ることを考えれば楽勝だろ。うちの親父、最盛期には午前二時出港だぞ」

「うわ。でもしょうがないか、漁師の朝は早いもんな」

恵一の言葉にとげがあるのには、気づかないふりをする。恵一は独り言のように続けた。

「俳句甲子園なんて、あんなの、単なるお遊びだ。俳句に点数なんかつけられない。それを点数化して勝ち負けを決めている時点で、それだけでも、邪道だ」

「あ、そう」

恵一は、学校の授業はなんでもそつなくこなす奴だ。当然、国語も。それでも、

「恵一、やる気ないんだ？　たしか、時々俳句作ってノートに書いてるじゃん」

軽い気持ちで言っただけなのに、恵一ににらまれた。

「お断り。航太、お前、河野に言いくるめられたのか？」

「いや、そんなんじゃないけどさ……。恵一ならできるじゃん。いいじゃん、テレビカメラも来るんだろ？　脚光浴びて、スターになれるかもよ？」

「そんなもんになりたくて、俳句やってるんじゃない」

きっぱり拒絶されて、航太は話の接ぎ穂を失った。

「おれもそれなりに忙しいんだ。河野の助けになりたいんなら、二年生に声かけてやれよ。

あいつらのほうが情熱あるんじゃないか？　ポスターもそのためだろ？　誰でもいいから四人集まれば、河野の目的は果たせるんだし。……それよりラーメンでも食いに行こうぜ」

二人はいつもの店へ歩き出す。恵一は無言。航太も、空気を変えるための話題を頭の中で探しながら、やっぱり黙って歩いた。

大街道商店街そのものは歩行者専用だが、途中で何本も自動車の通る道に横切られている。やがて、そのうちの一つの横断歩道で、二人は足を止めた。

「なあ、恵一、こういう時つくづく思い知らされるんだけど」

「何を？」

「おれたちって、田舎者」

「なんだよ、今さら」

航太は、目の前の信号機を指さした。歩行者用信号は、赤。

「だってうちの島には信号そのものがほとんどないじゃん。おれ、信号を待ってるってだけで、ちょっとどきどきしちゃうんだけど」

信号が青に変わる。二人はまた歩き出す。

「すごいよなあ。この商店街、シャッター下ろしてる店がほとんどない。みんな開けていて、しかもそれなりに繁盛してる。いいなあ」

「何？　お前んちの菓子屋、経営苦しいわけ？」

「うちの店が繁盛したことなんて、おれが生まれてから一度もないぜ。ただ、お得意さんがそれなりにいてくれるのと、島のじいちゃんばあちゃんたちがしきたりどおりに季節の和菓子を食いたがるのと、そういう常連客でもってる。あの敬老会メンバーがいなくなったら、売り上げががたっと減りそう」

次の横断歩道に足を踏み入れかけてから、航太はあわてて立ち止まる。また赤信号だった。二人の周囲にも、どんどん歩行者が増えていく。どこからこんなに人が集まってくるんだろう。

車は全然通らない一方、なかなか信号は変わらない。と、一人が横断歩道を渡り始めた。信号が変わるのを、待ち切れなくなったらしい。数秒後、また一人。今度はすぐにもう一人が続き、あとはばらばらと、集団で渡り始める。馬鹿正直に信号が変わるのを待っているのは、航太と恵一だけになってしまった。

「ほら、こういうところが田舎者なんだよな。要領よくない」

意を決して、二人も一歩踏み出した時。

こちらに突進してくる車に騒々しいクラクションを鳴らされ、あわててまた安全な場所に戻った。今二人を追い返した軽トラックが過ぎると、信号がすでに青に変わっているのが見えた。とぼとぼと渡りながらも、なんだか自分が情けなくなる。

「『赤信号みんなで渡ればこわくない』。そんなフレーズがあったよな」

恵一がそう言ってくすりと笑う。航太は深くうなずいた。

「本当だ。最初の一人が渡り始めないうちは、みんなぐずぐずして周りを窺うばっかりなのにな。自分以外の誰かが口火を切ってくれるのを待ってる感じ。だから正確には、『赤信号誰か渡ってくれないか』みたいだな。……あれ、こういうのも俳句か？」

恵一がまた苦笑した。

「全然違う。それじゃただの五七五。でも航太、うまいこと言うじゃないか」


休み明け。なんとなく気になっていた航太は、放課後、部室棟へ行ってみた。誰か、河野女史の呼びかけに応えてくれた人間はいたのか。

だが、現実は厳しいようだ。そこには、河野女史がぽつんと立っているだけだったのだ。ついに希望者が現れたと思ったのだろう、女史がぱっと笑顔で振りむいたことに、ものすごく申し訳ない気持ちになる。当たり前だが、航太を見たとたんにその営業スマイルは消えた。

それでも、河野女史はやがて気を取り直したらしく、指示を飛ばしてきた。

「小市にはアイス一つ分の貸しがあるのよね？　二年生、勧誘してきて」

「え、おれが？」

「いいじゃない、暇なんでしょ？　よろしく。私はここを離れられないんだから」

断り切れなかった航太は、二年生のたまっていそうな部室棟を回ってみた。誰か、先輩の権力を行使して女史のところに連れて行ける奴はいないか。そのあと二年生の教室へ。

そして驚いた。二年生に、とんでもない異変が起きていたのだ。自分の教室で参考書を広げていた恵一のところに駆けつける。恵一のほうが河野女史より話しやすい。

「なあ、大変だ！　二年生の数が減ってるぞ！」

恵一は反応しない。航太は、それにかまわず、まくしたてる。

「なあ、恵一、二年生がさらに少なくなってるぞ！　去年、おれが球技部の勧誘に回った時は、たしかにもっと大勢いたのに、今見たら教室に並んでいる机がものすごくまばらなんだけど？」

恵一はやっと顔を上げた。

「今頃気づいたのか？　本校へ編入希望の奴が多くて、新年度からごそっと減ったって聞いたぞ」

言われると、航太もうっすらと思い出せることがあった。

「ああ、そう言えば、そんなことおれもちらっと聞いてたわ、うちの知り合いの二年生から。この島に生まれたから何も考えずにこの分校を選んだけど、いざ自分たちの代で学校自体が終わるし、下級生も入らない現実が迫ってきたら、このまま二年生になっていいのか、悩み始めた同級生が結構いるって。でもまさか、あんなに少なくなってるとは……」

恵一がうなずいた。

「こういうの、一人抜けるって言い出すと、聞いた奴にも不安が伝染していきやすいんだよな」

「でもすごいな、少なく見積もっても十人以上いなくなってるぞ、きっと」

「今さら、分校だの本校だのこだわっていられないってことだ。本校へ移るほうが、進学にも有利かもしれないしな。こんなのんびりした狭い世界にいるよりもさ。四国本土で下宿してもいいし、フェリーで通学することだってできるだろうし」

二人で、なんとなくため息をつく。

「『赤信号誰か渡ってくれないか』。昨日航太が言っていたとおりだよ」

恵一がそうつぶやいたので、お互い同じことを考えていたのがわかった。みんなで待っている、車の通らない横断歩道。一人渡り、二人渡り、やがてみんなが浮足立つ。渡る人間が半数を超えると、もうためらいはない。我も我もとあとに続き、馬鹿正直に信号が変わるのを待っている少数派だけが取り残される。

柄にもなくしんみりしていた航太は、その時、肩をたたかれた。河野女史が立っている。

「あ、ごめん……」

「どこで油を売っているのかと思ったら、やっぱりここか。まあ、いい。それより、筋肉男、あんたが今の話を聞いた知り合いの二年生って、どんな人間？」

航太は素直に答える。

「うちの店、島のてっぺんにある斎神社に、行事があると和菓子を納めているんだけどさ。古くからのお得意さんで、先代の神職さんはうちのばあちゃんの話し相手で。その一人息子が二年生にいて、暮れに親父と餅を届けに行った時に、親父とそんな話をしていたんだ。それを、今恵一と話しているうちに思い出して……」

「もっと早く思い出しなさいよ、それ」

河野女史に腕を引っ張られて、立たされる。

「斎神社の一人息子の二年生って、すごい情報源じゃない？　二年生のことにも島のことにもくわしいはず。それでもって、その子自身はたぶん島を離れることがない」

「俳句やりそうなクラスメイトですか？」

小柄で、いかにも和服が似合いそうな神職の息子、斎和彦はあっさりと言った。「あ、一人心当たりがありますよ」

「どんな奴だ？」

いきなり上級生男女に呼び出されても、彼はおどおどしない。今出てきたドアから、ゆったりと教室の中を振り返る。

「ええと、あ、もう教室にいないや。たぶん部室棟にある文芸部室にいますよ。暇があるとそこで本読んでるから」

「そうか。うち、文芸部もあったんだっけ」

そうつぶやく河野女史の目は、獲物を見つけた野良猫のそれみたいに光っている。いや、野良猫は失礼か。ライオン。

もっと失礼か。

「と言っても、すでに部員は彼女だけみたいですけどね」

「彼女。女の子なのね？　名前は？」

河野女史がさらに身を乗り出した。

斎和彦に教えてもらった来島京（くるしまみやこ）は、お人形のような女の子だった。一筋も乱れていない真っ黒なおかっぱ頭。島育ちとは思えないほど白い肌。整いすぎていて、航太ごときが声をかけてもいいのかと尻込みしたくなるほどだ。だが、部室の机の上に広げた文庫本から目も離さぬまま、見かけに似合わない、かわいくない声でこう言った。

「お断りします。私、俳句の経験はありませんから」

「そうなの？　でも、小学校や中学校で俳句作った経験くらいあるでしょ？　しかも文芸部員なら、大丈夫だって」

相手の機嫌を取るような猫なで声で河野女史が誘っても、彼女の表情は変わらない。

「作ったことありません。やってみようとも思いません。だって、私、俳句のような不完全なものじゃ自分を表現できません」

河野女史が、思いがけない方向からパスが飛んできたという顔になった。

「来島さん、それ、どういう……？」

「だって、不完全でしょう？　自分を表現するには不充分です」

「俳句が不充分って、そうかなあ？」

河野女史は気を遣っているのか、猫なで声のままだ。だが、来島京は遠慮しなかった。

「不充分じゃないですか。そもそも短すぎる。おまけに、季語とか、決まりが多すぎる。あれじゃ、自分が出せない。私、俳句では何も表現できません」

そして来島京は、自分を挟んで見下ろしている三年生二人には一瞥（いちべつ）もくれずに、読書を続けた。

女史は航太を引き連れ、すごい勢いで二年一組の教室に戻った。迎えた斎和彦は、首をかしげた。

「あれ？　来島さん、俳句やってませんでしたっけ？」

「やってないよ、あの様子じゃ。斎、何を勘違いしたんだよ？」

もとはと言えば、こいつの早とちりのせいだ。河野女史の機嫌がさらに悪くなっている。

「斎、しっかりしろよ」

「小市に言われたくはないと思うけど」

ぼそりと河野女史がそうつぶやくのは無視する。

「ええと、作ってなかったかなあ。ぼく、去年の文芸部の部誌で見たと思うんだけど」

「その部誌、今も持ってる？　見せて」

河野女史の求めに応じて、斎和彦は自分のロッカーへ歩いていった。さんざん引っ掻き回した挙句、一冊の冊子を持って戻ってくる。

「去年はまだ二つ上の学年がいたんで、なんとか部誌も作れたらしいですよ。でも今年は彼女一人だもんなあ。無理なのかなあ。ぼく、こういうのコレクションするの、趣味だったんだけど」

のんびりと語る斎和彦の横で、河野女史は手早くページをめくり、やがてすぐにその手を止めた。

「これかな、彼女の作品」

のぞき込んだ航太は、あきれて和彦を見やった。

「おい、斎、これはないだろ。大違いじゃないか」

「え、そうですか？」

なんと、彼女が作っていたのは俳句ではない、短歌だったのだ。

それを指摘されても、斎和彦はまだのんびりとしたものだ。

「ああ、本当だ。でもそんなに気にすることですか？　短歌も俳句も、似たようなもんでしょ」

「おい」

航太はあわててさえぎる。今の発言は、たぶん、来島京だけではなく、河野女史もむっとさせる。

「全然違うだろうが。俳句は十七音、短歌は、ええと」

「三十一音」

「そうそう、女史、サンキュー」

斎和彦はそれを聞きながらも、まだ納得していないようだ。

「どっちにしても短いですよね。交通標語みたいなもんでしょ」

「うん、『赤信号誰か渡ってくれないか』、作者おれ。……いや、違うだろ」

河野女史の手前、航太は力を込めて主張するが、斎和彦も反論する。

「短歌を作れる人間なら、俳句だっていけると思うんだけどなあ」

航太はまた焦って河野女史を見る。妙におとなしいが、さすがにこれには怒るんじゃないか。

でも、河野女史は意外にも冷静だった。

「うーん、文芸のジャンルとしたら、似たようなものって思われても仕方ない。活字にすると似通っているし、国語の教科書にだって短歌と俳句はまとめて載っている。私にとっては全然違うものだし、さっきの来島さんも、私とは逆の意味でそう考えているとは思うけど」

「そうだ、じゃあ、河野先輩が逆に短歌やるって選択肢はないんですか？」

斎和彦がいきなりそんな提案をしたものだから、航太はまたあわてる羽目になった。

「お前、重ね重ね空気読めないな！　今、河野女、いや河野先輩は全然違うって言っただろうが」

「やってる人にとってはそうでも、初心者を引っ張り込むんなら短歌も俳句もたいして変わらないでしょ。もともと日本古典の和歌が近代短歌になったわけだけど、俳句だってその和歌の一部から独立したものだし。たとえば、漢字を崩してひらがながができた一方で、漢字の一部からカタカナができたけど、外国人にとってはどっちも日本語。そんなものでしょ」

「……よくわからないが、お前どうでもいいことにくわしいんだな」

「ぼく、情報を蓄えることが趣味なんです。小市先輩にも馴染み深いたとえにすると、球蹴り遊びから発達した二つのボールゲームが、サッカーとラグビーへ別々に進化していったのと同じです」

「へえ、そうなんだ。じゃ、バスケは？」

思わず体を乗り出した航太を、河野女史が引き戻す。

「小市、ストップ。脱線しすぎ。斎君の主張はわかった。でも、私にとっては俳句じゃなきゃ意味がない。これ以上議論の余地はない」

「そうか。じゃあ、ほかの奴に声をかけてみます？」

斎和彦がそう提案すると、女史はきっぱりと言った。

「それも大事だけど、私、もう一度来島さんと話がしたい」

「え？」

航太は驚いて口を挟んだ。「彼女、相当頑固そうだったよ」

「それでもとにかく彼女は俳句に反応した。拒絶反応でも、反応は反応。まるで無反応な奴よりも、手応えがある」

「なんか、河野先輩、すごい楽観的な思考ですね」

感心する斎和彦に、河野女史は大きくうなずく。

「それに、俳句が不完全だなんて言われたままにしておけない」

やっぱり、こだわりの根っこはそこらしい。

「斎君、この部誌、しばらく借りるよ」

女史は斎和彦にそう断ると、二年生の教室を再び出た。なんとなく、航太も、そしてなぜか斎和彦までが、そのあとに続く。

「また来たんですか」

来島京は、うんざりした表情を隠そうともせず、手にした文庫本から目を上げようともしない。タイトルが見えた。『地球幼年期の終わり』という本だった。

それでも、航太と斎和彦を後ろに従えた河野女史は、ひるまなかった。

「時間は取らせない。その本を読んだままでもいい。でも、耳だけは貸してくれる？」

「どうぞ」

「来島さん、いい歌作るのね。見せてもらった」

来島京の、ページをめくろうとした手が膝に降りた。

「何を見たんです？」

「斎君が貸してくれた、去年の部誌。そこにあなたが載せた、この歌」

河野女史は、その部誌のあるページを広げて、一首の歌を指さした。

迷ふ日々涙して立ちすくむ日々
すべて愛（いと）しき日々年終はる

「一年を振り返っての歌、なのかな。私、すごく好きだ。好きというか、じーんとくる。何かにぶつかったり迷ったり全然進めなかったり、そんなことばっかりの一年でも、自分にとっては愛しい大事な時間だった、そういう気持ちがすごくよくわかる」

「……どうも」

来島京はいつのまにか、河野女史をまっすぐに見ていた。

河野女史が体を乗り出す。

「でもね、俳句だって思いを表現することができる。ね、来島さん。私がそのことを証明してみせたら、俳句を始めることを考えてくれない？」

来島京の表情がまた用心深くなった。

「証明って、どういうことです？」

河野女史は、部誌に手を置いた。

「あなたのこの歌。この歌と同じ思いを、私が俳句にする」

「はあ？」

来島京がなんとも言えない声を出した。「短歌と同じ内容を俳句にするって言うんですか？」

「もちろん、意味は正確には同じじゃないかもしれないけど、短歌と同じ心を俳句で詠む」

「それって、思いを表現するのに短歌の長さは必要ない、俳句で足りるって、そういうこと？　短歌を馬鹿にしてるの？」

来島京の声がとがる。そこへ、なだめるつもりがあるのかないのか、斎和彦がのんびりした声で割って入った。

「それで、『同じ心』かどうかは、どうやって決めるんですか？」

河野女史は斎和彦に向き直る。

「来島さんに判定してもらう、もちろん」

「へえ」

斎和彦は面白そうな顔で、来島京をのぞき込んだ。

「ねえ、来島さん、だったら、トライしてもらってもいいんじゃない？　うん、ぼく、それ見てみたい。短歌と同じ心を俳句でどう詠むのか。面白そうだもん」

――こいつ、高校生にもなって小学生みたいな無邪気な顔するんだな。

航太が内心あきれているのも知らず、斎和彦の顔はどんどん来島京に寄って行く。

「ね？　どう、来島さん？」

その勢いに負けたのか、来島京がしぶしぶとうなずいた。

河野女史は勢いよく立ち上がる。

「よし、決まり。じゃあ来島さん、また明日ね」

三年一組の教室に戻った河野女史は、そのまま自分の机に直行すると、寸暇を惜しむように小さな辞書を開いた。次にはノートを広げ、次々と言葉を書きなぐっていく。まだまとまった句になっているわけではなさそうだ。

辞書をぱらぱらとめくってはまたシャーペンを動かす。しばらくすると、天井を見る。

そこで河野女史は、航太がまだつき合っているのにやっと気づいたらしい。

「ちょっと一人にしてくれる？　色々と試行錯誤しているから」

それから、女史にしては穏やかな口調でねぎらってくれた。

「二年生に引き合わせてくれて、ありがとう」

「……そういうわけ。河野女史はまだメンバー集めに奮闘中」

「ふん」

航太が寝転んでいるのは、勝手知ったる恵一の部屋だ。数え切れないほど、ここで遊ばせてもらった。潮と磯の香りが、開け放たれた窓からふんだんに入ってくる。すぐそこは、五木漁港だ。

航太が今日の経緯を話す横で、恵一は何の表情も浮かべずに、炭酸水のボトルを開けた。二つ並べたコップに、濃縮オレンジソースを注ぎ、氷を入れ、慎重に炭酸水で割っていく。

航太は遠慮なくそのオレンジソーダに口をつけた。

「航太、お前やっぱり誘われるんじゃないか？」

「え？」

「俳句甲子園に」

航太は盛大に咳き込んだ。

「こら、おれの部屋を汚すな」

恵一がティッシュペーパーの箱を放ってくれる。

「……まさか」

「いいじゃないか、暇つぶしには。航太は今空っぽなんだろ。それに、球技部の二年生がまだ頑張るつもりだって知った時も、お前そのままスルーしたんだろう？　引退やめた、公式試合なんて出られなくてもいいから球技部の活動続けるって言うこともできたのに」

「あ……、ほんとだ」

今まで、それに思い至らなかった。

「な？　球技部二年生の意気込みを聞いても、お前は反応しなかった。もう球技部人生は、お前にとって終わったことなんだろ」

「……だっておれ、試合が好きなんだもん。でも、四人じゃ大会には出られないだろ。あいつらとおれとは持ってる時間が違うしさ。おれはあと十一か月で卒業、あいつらは一年と十一か月。だから……」

言葉が続かなくなった航太は、オレンジソーダを飲み干す。

「恵一、おかわり」

このオレンジソースは二つ離れた島の特産品だ。五木島でも定番の贈答商品になっているから、どこの家にも何本もある。濃縮されているので、ソーダや水で割って飲んだり、夏ならかき氷にかけたりと、愛用されている。航太が大雑把に作るとオレンジソーダは濃すぎたり薄すぎたりと安定しないが、恵一は失敗しない。

それをわかっているから、今も恵一は素直におかわりを作ってよこしてくれた。

「でもさ、河野女史、本当にできるのかな。『短歌と同じ心を俳句で詠む』って言ったことだけど」

話題を自分のことからそらそうとして航太がそうつぶやくと、恵一がこっちを見た。

「河野はその二年生と話し合ったあと、早速試行錯誤していたんだろ？」

「うん」

俳句に夢中になっていた河野女史はのぞかれていることなどおかまいなしだった。だから、丸見えだった。

「迷ふ」「惑ふ」「涙」「立ちすくむ」

そんな単語を書き散らしたあとに、彼女は言葉をつなげ始めていったのだ。

——迷い泣き立ちすくむこと

そこで航太は追い払われたというわけだ。

「『迷い泣き立ちすくむこと』、か」

そこまで話を聞いた恵一がそう繰り返す。

「なあ、恵一、短歌は三十一音だよな？　それで俳句は十七音。短歌の半分くらいってわけだ。とにかく短いよな」

「そうだけど？」

「『迷い泣き立ちすくむこと』、これだけでもう全体の三分の二以上、十二音使っちゃってる。それでもあの歌の上半分、『迷ふ日々涙して立ちすくむ日々』はカバーしたわけだよな。ちゃんと短くできたわけだよな……」

だが、航太としては何か引っかかる。一方、恵一は天井をにらんでいた。

「残る課題は下の句の『すべて愛しき日々年終はる』を五音に縮めろ、か。言葉ゲームをやりたがっている河野のことだ、何かひねりだすんだろ」

「そうなのかな……」

航太は気持ちを切りかえて、河野女史のねらいを追おうとした。

指を折って数えてみる。

「『愛しき日々』を省略していくと、なんだ？　『愛しい』、『愛し』？　『愛し』で三音だから、あとたった二音。難しいよな、十四音を五音にするのか……」

　国語が大の苦手の航太だから、いつも作文や記述テストでは苦労している。「問題文の大意を五十字で述べよ」みたいな大嫌いな設問では、どうやって字数を増やすか、そんなことばかり工夫している。減らすほうの苦心をしたことなんてない。

　それでもどうにか思いついた。

「あ！　なあ、じゃ、『日々を愛す』、これでどうだ？」

　航太はそう言ってコップを置く。『迷い泣き立ちすくむこと日々を愛す』。まだ一音多いけど、たしかに、これで短歌が俳句になったぞ？」

　すると、恵一がぼそりとつぶやいた。

「迷い泣き立ちすくむ日々こそ愛し」

　航太は目を丸くした。やっぱり恵一はすごい。

「それできっかり十七音だ！」

　もう一度指を折って確認する。たしかに十七音だ。テストなら、きっと、これでかなりの点数をつけてもらえる。

　それなのに、恵一は冷静に首を横に振る。

「音数だけはな。だが、そもそも季語もないし、第一これじゃ駄作だ」

「そうなのか？」

言ってから、航太は自分でも納得していることに気づく。

「……なんか、おれにもそう思えてきた。うまく言えないけどさ……」

俳句や短歌は作文と同じだろうか。意味だけを同じにして言葉を削ることが、工夫なのだろうか。

「どうした？」

気がつくと、恵一がじっと航太を見つめていた。

「うーん……。どう言えばいいのか……」

航太は言葉を探す。

「おれたちが今やってたのは、あの来島って女の子の歌を要約したものだよな」

「うん。そうだ」

「それはそうなんだけどさ、でも……。俳句って、そんなもんでいいのかな？」

「へえ」

恵一が意外そうに見つめてくる。

航太は氷が融けたコップを口元に運ぶ。恵一がきっちりと計量してくれたはずのオレンジソーダは、間抜けな味になっていた。

「ほらさ、このオレンジソース、適量を割って飲めばすごくうまいよな？　でもさ、もともとのソースそのまんまじゃ飲めたもんじゃない、濃すぎて。それに、上手に作ったオレンジソーダでも、氷が融けてしまったら、今度は味がぼけてやっぱりうまくなくなる」

「航太、つまり、俳句を水増ししてもいい短歌にはならない、短歌を濃縮しても俳句として出来がいいわけじゃない、そう言いたいのか?」

「そう! そういうことだよ。やっぱり恵一は頭いいな」

「褒めてもこれ以上何も出ないぞ」

　恵一は笑う。

「お前こそ、いいセンスしているよ。おれもそう思う。ただ短歌を要約するなんて、俳句はそんなもんじゃない」

「面倒くさいな。どういうことだよ?」

「おれはもとからその歌を俳句にしようとは考えない。河野ならこう考えるかもって想像しただけだ。この場合、河野の主張は『俳句でも短歌と同じような内容を表現できる』だろ? その主張の立証は可能だってだけのことだよ。季語がないとは言ったが、無季俳句も俳句と認められてはいるからな。ただし、今おれが作った十七音も、出来はよくない。そもそもその歌は、その来島って子のものだ。おれは、他人の心は詠めない」

　航太はまたもや感心して恵一を眺める。

「恵一って、ほんと、俳句好きなんだな」

「好きってだけだ。河野とは方向性が全然違う。おれの句はおれがわかっていればいい。大勢でああだこうだやり合うようなものじゃないし、点数つけるのも違う」

恵一、妙にむきになっている。

反論する気にもなれない航太は立ち上がった。

「ごちそうさん。もう帰るわ」


翌日の放課後。文芸部の部室には四人が集まった。

航太と河野女史。机を挟んで来島京、その横には斎和彦もいた。

「すみません、ぼくも、結末まで見せてもらってもいいですか。面白そうなんで」

「どうぞどうぞ。おれもやじうまだから」

航太は気軽に答えてから、あわててつけ足した。「あ、来島さんがそれでいいんなら」

来島京は、硬い顔のまま無言でうなずく。

河野女史が二枚の紙を取り出して、裏向きのまま机に並べた。

「本当は手書きのほうがいいのかもしれないけど、私、字が下手なので。悪筆を見せたらかえって来島さんの歌のよさが損なわれそうなので、ワープロ打ちしてプリントアウトしてきた」

河野女史はそう言うと、まず一枚を表に返して、来島京の前に滑らせた。

迷ふ日々涙して立ちすくむ日々
すべて愛しき日々年終はる

「来島さん、この歌で間違いない？」

来島京は、またうなずいた。

「昨日も言ったけど、この歌を選ばせてもらったのは、私が、すごく好きだから。迷うことも泣くことも立ちすくんで動けなくなることも、みんな無駄じゃない、そういう日々ばつかりだったけど、それでもその一年がいとおしい。なんだか、この歌を読んで涙が出そうになったよ。それで……」

「早くしてもらっていいですか」

河野女史の熱弁を、来島京は表情のない声でそうさえぎった。

「あ、ごめん。この期に及んで、くどくど言ってちゃいけなかった」

河野女史は、もう一枚の紙に手をかけると、大きく一呼吸して、それからさっと表向きにした。

真っ白な紙に、たった一行。

意味をわかろうと意識するまでもなく、すべての文字が航太の目に飛び込んでくる。

迷ふ泣く立ちすくむまた日記買ふ

その文字が耳の中で響く。二回三回、こだまする。

「来島さん。私、短歌と同じ心を俳句で詠むことができると昨日言った。でもそれは、ただ言葉を削ることじゃない。来島さんの歌、自分が悩んでもがいていた時間を本当に大事に思っている。その思いを噛みしめていることが、『日々』という言葉を繰り返すことで伝わってくる。でも、そういうリフレインは、俳句ではあんまり使えない。なんと言っても、俳句は短いから」

「だったら……」

思わずというふうに来島京が言いかけて、それからやめた。河野女史があとを引き取った。

「だったら、やっぱり俳句は短歌の代わりにはなれないんじゃないかって？」

「そ、そうです」

河野女史は大きくうなずいた。

「そう。厳密に言ったら、そうかもしれない。だからね、この言葉を使った」

「あ！『日記』？」

航太はそこで思わず叫んでしまい、ほかの三人の視線を浴びて体を縮めた。

「悪い、つい……」

「ううん、そういうことなんだ、小市」

河野女史の声が熱を帯びてきた。

「それから、『愛しき』という言葉。悩んだ日々も動けない日々も、愛しい。その気持ちはよくわかるけど、でも俳句では、『愛しい』とか、そういう感情を直接出す言葉はあまり使わない。だからと言ってそういう思いを詠めないわけではない。日々がいとおしい、そう歌う代わりに、その思いは日記を書くという行為に込めることができると考える」

航太の脳裏に、買い込んだばかりのかわいらしい日記帳を抱きしめて毅然と歩く河野女史の姿が、浮かんだ。

「日記を書くのは、自分の過去を大切にするから。愛しく思うから。たとえそれが楽しいだけの毎日じゃなくても、つらいと泣いた日々でも。きっとこれからだってそういう日々は続く、でもそれも全部自分のものだと受け止めよう。そのために、私はまた日記を買う。私が一番工夫したのは『また』の二音。この言葉で、過去の行動を肯定しているからこそ未来にも繰り返す、それを表現したつもり。これが俳句の表し方。来島さん、俳句の技法は短歌とは違う。でも、俳句で自分の感情や思いを表せないということは、絶対に、ない」

来島京の反応を窺った航太は、あわてた。彼女の目が赤いのだ。

「だ、大丈夫？」

来島京は顔をそむける。航太は彼女が目をこするのを見ないようにした。一方、のほほんとした姿勢をくずさない男が一人いる。

「あのう、ちょっと質問いいですか？　河野先輩」

「はい、斎君、何？」

「河野先輩の説明、すごく面白かったんだけど、ちょっと気になったんです。俳句って、基本、季語を入れなければいけないんですよね？」

航太は内心あっと叫んだ。そうだ、すっかり忘れていたが、そのとおりだ。昨日恵一も言っていたじゃないか。

「それと来島さんの歌は、最後の『年終はる』で、一年を振り返っての感慨だということを表してますよね？　そこんとこも触れられてない気がするんだけど、いいんですか？」

斎和彦の質問に、河野女史は落ち着いて答える。

「そうよね。そこもちょっと苦心した。実は、歳時記を結構ひっくり返して調べたんだ」

「歳時記なんて持ってるんだ、河野女史」

航太が口を挟むと、たしなめられた。

「当たり前。昨日もこの部室を出たあと、すぐにお世話になった」

「ああ、昨日見ていた辞書みたいなの、あれ、歳時記なんんだ」

「小市と話していると脱力するよ。私たち、五木中学校卒業の時に、全員卒業記念品として学校からもらったでしょ。斎君たちもそうだったんじゃない？」

河野女史がそう言って二年生二人の顔を交互に見ると、斎和彦が穏やかに答えた。

「そうでしたかね……。ところで河野先輩、さっきのぼくの質問ですけど」

三人の目がまた自分に集まったのを見て、河野女史は改めて説明を再開した。

「実は、『日記買ふ』が季語」

「へ？」

叫んだのは、たぶん男二人だ。

「季語って草や花の名前とか、自然のものじゃないのか？」

「いや、入学式とかクリスマスとかも季語だったはずですよ」

言い合う横で、河野女史が、我が意を得たりという顔でにっこりする。

「そう。それで、日記を買うのは、普通……」

男二人の呆然とした声が、またそろう。

「年末か！」

すごい。航太は今度こそ感心した。

また日記買ふ。

たったその七音に、自分の過去、これからの未来、どっちも受け入れる思いと、年の瀬の空気や新しい年への期待、それをみんな盛り込むのか。

さっきの、日記を買い込んだ河野女史の姿が、今度は首にマフラーを巻きつけている。去年見た、ピンクのチェック。あ、コートも着ている。ベージュのダッフルコート。弾んだ足取りで店を出た河野女史のやわらかい髪が、そのフードの上で揺れている。傾いた冬の日、風は冷たそうだ。来年はどんなことがあるだろう……。

そこで航太は我に返った。

——やばい、ここまで勝手に想像をふくらませたら、完全に妄想じゃないか。

航太に自分の姿をありありと映像化されていたのも知らず、河野女史は来島京しか見ていない。

「どう？　来島さん。俳句をやってみてくれないかな？」

赤い目のままで、来島京がうなずいた。即座に、河野女史がその肩をぽんとたたく。

「じゃ、あとで俳句甲子園の説明プリント、持ってくるからね」

「はい」

顔を上げた来島京は、表情がやわらかくなっている気がした。

——ふうん。

航太は感心する。

——河野女史、結構リーダーシップがあるのかもしれない。

ヤマアラシみたいに警戒心むき出しだった女の子を懐柔(かいじゅう)できたのだから。

そして、俳句甲子園のメンバーを一人確保できたわけだ。

二人が来島京を文芸部室に残して歩き出すと、斎和彦もついてきたが、やがて、こう口を開いた。

「驚きました」

河野女史が、手にしたノートを広げながら尋ねる。

「驚いたって、斎君、何に？」

「彼女、俳句甲子園に行くと言い出すとは思わなかったんです」

航太は驚いて斎和彦を見る。

「え？　お前が彼女を推薦したんだぞ？」

「まあ、そうなんですが……」

足を止めた河野女史も、斎和彦をじっと見つめる。

「斎君、何かわけがあるの？」

「ええと、このくらいは言ってもいいかな。彼女、五木中学出身じゃないんです」

「あ、そうなんだ」

相槌(あいづち)を打ったのは航太、河野女史はほかにも何か思いついたようだ。

「だからさっき、斎君は言葉を濁したの？　ほら、私が卒業記念品の歳時記のことを話していた時」

「ああ、そうです。ぼくは先輩たちと同じ歳時記をもらってるけど、彼女の中学はどうだったか知らないから」

「ちょっと待てよ。五木中学出身じゃないってことは、彼女……」

「ええ。この島に来たのは高校入学の時。ま、ぼくの家は家業が家業だからそこそこ家庭の事情がわかっちゃいますけど、彼女は今、親と離れて暮らしています。この島にいるのは昔からうちの氏子のおじいちゃんと、彼女だけ」

「はあ……」

どこの家にだって、それなりに家庭の事情はあるんだな。実は、航太の家も、母親がいない。その暮らしに悲愴がってもいないけど、表面だけ見る人間は変に気を回しすぎるかもしれない。

河野女史がまた質問した。

「聞いてもいいのかな？　彼女の親はどこに住んでるの？」

「松山市らしいです」

「あ……」

三年生二人は顔を見合わせた。

わざわざ辺鄙な島の廃校寸前の分校に、「俳都」と自らを誇らしげに名乗る街から、海を渡ってやってきた女の子。

なんだか、触れてはいけない事情がありそうだ。

「でも、ま、そんなに深く考えることはないのかもしれませんよ。高校受験にちょっと失敗して、定員に空きがあるのは五木分校だけだったとかね」

斎和彦は軽い調子でそう言うが、河野女史はその顔をまだ見つめている。

「なんです？　先輩」

「ひょっとして斎君、そもそも来島京の反応を見たくて、私をたきつけた？　彼女の名を持ち出した？」

斎和彦は涼しい顔だ。

「ええと、そんな深いたくらみはないですよ。ただ、俳句甲子園なんて松山に関連したワードが出た時、彼女がどんな反応するのか、見たかったってのもちょっとはあります」

「こら」

航太が怒ってみせると、斎和彦は笑った。

「だって、彼女も今はうちの大事な氏子ですからね。この島に住んでいる人間のことは、うちの神さんの管轄内です」

「すごいな、さすが神職」

「それに河野先輩、先走って考えないほうがよくないですか？　俳句甲子園の定員の五人には、まだまだ達していませんよ」

河野女史が珍しく笑顔になった。

「そうね。でも、四人までこぎつけた。これだけでもすごい進歩」

「え、四人？」

航太はあわてて周りを見回す。河野女史は既定メンバー、ここにいない来島京は確定として、あと二人？

たまたまここにはあと二人いるが……。

「筋肉男、言葉のセンスを買った。あのフレーズはよかったよ」

「え、何？　おれ、何か言った？」

「『赤信号』のフレーズを作りかえたでしょ」

「あ、ああ……」

「『赤信号誰か渡ってくれないか』。言い得て妙。小市って、意外に使えそうな気がしてきた」

「いや、河野女、いや、河野さん、おれの国語の成績知ってるでしょ……？」

「知らないよ。他人の成績なんて興味ない。ただ、意外に小市が言葉遣いにデリケートなことは知っている」

「え、おれのどこを見てそう思うわけ？」

「たとえばこの間、私にペットボトルをぶつけた時」

「いや、ぶつけたんじゃなくて、あれはシュートミス……」

「とにかくあの時、私が『私の取り柄は俳句だけなんだ』と言ったら小市はこんなニュアンスのことを言った。『うん。あ、今のは、河野女史の取り柄が俳句ってことへのうんであって、だけってことへのうんじゃないから』」

「あ、……そんなこと言った？　おれ」

「『河野女史』だなんて、そんなふうにこわがられていることも初めて知ったけどね」

「あ、ごめん、面と向かっては言わないようにしてたんだけど」

「ぼろぼろ漏れてたよ。まあ、いい。筋肉男のくせに意外に繊細な奴だと見直したんだから、やりなさい。私が鍛える。どうせほかにやることないんでしょ？　高校生活、残り十一か月。まだ完全燃焼の機会があるんだよ？」

勢いに押されて、航太はついうなずいてしまった。

たしかに、俳句甲子園なら、今年出場できる可能性が残されている。『まだできる試合』だ。

次に河野女史は斎和彦に目を向ける。

「そして、君は来島京の付き添い。どう？」

「でも、来島さんが本気になってるかどうか、まだわかりませんよ？　どうせ地方大会ですぐに敗退するってたかをくくっているからこそ、軽い気持ちで承知したのかもしれませんよ？」

「彼女の真意はいい、君はどうなの？　なんとなく、ここまで一緒に行動してるけど」

斎和彦はのんびりと笑った。

「まあ、いいです」

「斎、そんなに簡単にオーケー出していいのか？」

「だって、河野先輩の話が面白かったから。知識が増えるのは大歓迎です。来島さんの情報ももっと手に入りそうだし」

河野女史はいい笑顔になった。

「君のしゃべりと雑学は貴重。来島京も心を許しているみたいだし。本当にやってくれるね？」

「はい」

「では、今後、君も正式に新生文芸部の後輩という扱いにする。ま、私もこの小市も本日入部した扱いになるわけだけど、立場上、先輩ではあるからね。そのつもりで」

河野女史の口調が変わった。表情も厳しくなる。

「明日から毎日、午前七時半に部室に集合。朝練を始める。歳時記を忘れずに。時間がないから、すぐにエントリー準備を始めるからね。京には私から念押ししておく」

そして女史は航太にも向き直る。

「もちろん、そっちも同じよ。わかりきったことだけど、飛びぬけて危なっかしいのは小市なんだから。いい？」

またまた勢いに押されて、航太はうなずく。

……河野女史が突っ走り始めた。

第二章

「母」は「舟」に似ている

和菓子屋小市堂(おちどう)の朝は早い。

一度鳴った目覚まし時計を止めてまた眠りこけていた航太は、布団の中まで入り込んできた甘い匂いに夢うつつで鼻をひくひくさせてから、がばっと起き上がった。

時刻は午前五時十五分。

――しまった、また寝過ごした。

家の中は、すでに、豆を煮る甘い匂いに満ちている。白い作業着に着替えながら、航太はその下に別の匂いも嗅(か)ぎ取っていた。これは、糯米(もちごめ)を蒸す匂いだ。豆のほうは餡(あん)の仕込みだからわかるとして、糯米ということは、どこかの家で祝い事でもあって、赤飯の注文が特別に入ったのだろうか。

立夏(りっか)も近いというのに、昔ながらの作業場は暗く、まだ煌々(こうこう)と灯(あか)りをつけての作業だ。

コンクリート床の作業場を中心に設計されたこの家は、航太が生まれる少し前に建てられたものだという。作業場の南側は通りに面した店舗、反対の北側は住居スペースという、シンプルな平屋づくり。当時はこぎれいな建物だったらしいが、今となってはあちこち古びてきている。それでも四角い作業場の一辺に並べられた大きなかまどとコンロはいつもぴかぴかだ。親父は、日常生活ではずぼらなくせに、仕事に関してだけは几帳面(きちょうめん)なのだ。もっとも、中学生になったあたりから、作業場の掃除や道具の手入れには航太も加わっている。

見習いの下っ端は使い走りや掃除から修業を始める。当たり前のことだ。

ただし、現状、航太にとって問題が一つある。

親父が、航太を見習いとして認めていないことだ。

「なんだ、起きてきたのか」

今朝も、同じ作業着に身を包んで白い手拭いを頭にきっちりと巻いた親父は、湯気の向こうで振り返るが、甲斐甲斐(かいがい)しく手伝いに来た息子を歓迎してはいない。

「もう、起こしてよ。手伝うって言ってんだろ、いつも」

「この程度の数を作るのに手伝いなんかいらん。航太はそれより勉強しろ」

「またまた。学校の勉強なんかより、技術を修得しなきゃ駄目でしょ。おれはこの店を継ぐんだから」

「航太」

親父の声が改まった。「おれは、その件に賛成した覚えはないんだがな」

航太ははぐらかそうとして笑ってみせた。

「いいだろ。喜べよ。店を継いでやるなんてさ、おれ、孝行息子じゃん」

親父はむすっとして、取り板——細工中の菓子材料を載せる俎板のようなもの——を持ち上げた。

「こんな店じゃ先が知れてる。お前が継ぐことはない」

「店なら、おれがもっと大きくしてやるからさ。心配しないでよ」

話はここまで。そう宣言したつもりで、航太は取り板の上をのぞき込む。つややかな白い塊が八個ばかり並べられている。

「『こなし』は、これで完成しちゃったの？」

「ああ、とっくにできている」

ちっ、また見損なった。和菓子でいう「こなし」とは、白餡に白玉粉や米粉を合わせて蒸し上げ、なめらかになるまでこねたものだ。仕上がったらこうやって小分けして、粗熱を取っておく。ここから色づけと成形によって、多彩な和菓子——上生菓子と呼ばれる高級品——を作っていくのだ。

この店では、上生菓子は毎日作るものではない。五木島の人口ではそこまでの需要がないからだ。小市堂では一週間に一度、一種類だけ、こうした高級菓子を店に並べる。あとは常連さんの予約用や特別注文が入った時のあつらえ菓子のみ。

だから、航太も親父の仕事ぶりを毎日見られるわけではないのだ。

餡と粉という単純な材料から芸術品のような菓子を作るこの工程が、航太は小さい時から大好きだった。親父の太い指が魔法使いのように動いて繊細な菓子を作るのを、飽かずに見ていたものだ。

その親父は、今、最後の仕上げにかかっている。

和菓子作りは時間との勝負だ。頃合に冷めた「こなし」から一部を取り、染粉で薄紫に染め、次に、白と薄紫、二種類の「こなし」を同じ数の塊に分ける。別の取り板にかぶせてあった布巾(ふきん)を取ると、そこには「こなし」と同じ数だけの餡玉。

白の「こなし」を薄紫色の方にくっつけ、丸く伸ばす。親父の掌(てのひら)の上でその生地(きじ)は美しいぼかしの入った円になり、その中央に餡玉が載せられ、くるまれる。さらに仕上げとして細工棒によって上部に五本の線が入れられ、それぞれが絶妙の角度で花びらに変わり……。

航太も親父の横で同じように一つ分の「こなし」を取り、手早く形作ろうと神経を集中させる。

窓から朝日が射し込む頃には、先端が薄紫色に染まった五弁の花の形の菓子が、取り板の上に整然と並んでいた。

「これ、銘(めい)は？」

「花菖蒲(はなしょうぶ)、だな。五月の定番の菓子だ」

満足そうにつぶやく親父の前に、航太は遠慮がちに自作をさしだした。親父が目を細めて観察する時が、一番緊張する。いつもは身なりにも話し方にもかまわない、あまりかっこよくも見えない親父だが、作業場に立っている時だけは別だ。

「……これじゃ売り物にはならないぞ」

「うん」

それは航太もわかっている。全体がきれいに五等分されていない。花びらの反(そ)り返りもいびつだ。

「でも、できるだけ早く成形しようとは頑張ったんだぜ。かける時間だけなら親父と同じくらいで作れたよ」

親父は返事をせずに黒文字(くろもじ)で航太の作を真っ二つに割り、半分を口に入れた。

「舌触りが悪い。練りが甘いから乾きかけたところが出てきて、全体がざらつくんだ。形作る前に、生地をもっとなめらかにしないと」

航太も、残りを口に入れた。

「そうかな。ずいぶんましになったと思うんだけど。じゃ、また、次に期待してよ」

「航太」

ぴしゃりと親父の声が飛ぶ。「そろそろ本当にあきらめて、真剣に自分の進路を決めろよ。こんな小さな島の菓子屋なんか、先がない。もっと真面目に自分の将来を考えろ」

「真面目に考えてるよ」

思わず、航太の声もとがる。「おれはとにかく、和菓子を作るのが好きなの。この店も好きなの。うまい菓子作って、お客さんに喜んでもらって。そういうのを親父と一緒にやっていきたいんだよ。それのどこがいけないのさ？」

二人で、きれいな和菓子を挟んでにらみ合う羽目になってしまった。

親父の額に大粒の汗が浮かんでいる。眉間の皺を、その汗が幾粒も伝ってゆく。

航太はなんとか、親父にわかってもらえる言葉をひねり出そうとする。だが見つからない。親父のほうも、なんだか迷子になりかけたような顔で、何も言わない。この話題になるといつもそうだが、最後には、悔しそうな、情けなさそうな表情を浮かべて黙り込んでしまうのだ。

その時、二人の間に別の声が割り込んだ。

「航太、七時を過ぎたよ。早く学校に行かないといけんのじゃろ」

茶の間からだ。しわがれた、島独特の訛りのある優しい声が、ふっと作業場の空気をやわらげたような気がした。

「はーい、ばあちゃん」

救われた思いで、航太はその声に大きく答える。親父も、魔法が解けたように動きを再開した。

「ほら、早く朝飯食いにいけ」

花菖蒲の並んだ取り板を持って、親父が背を向け、店に向かう。航太はその背中に顔をしかめて見せたあと、白い作業着を脱ぎながら、茶の間に向かった。

「はい、早う食べて」

ばあちゃんが、味噌汁の椀を載せた盆を持ってゆっくりと台所からやってきた。今年八十一になるばあちゃんは、膝が悪いので早く歩けないのだ。

いただきますと手を合わせる航太に、ばあちゃんは少し気がかりそうな声音でこう尋ねた。

「お父さんと、何話しとったの」

「親父がさ、すごいわからずやなの。おれの進路のことだけど」

航太は腹立ちまぎれにばあちゃんに訴える。母親には小学生の頃死なれてしまったから、今はばあちゃんが母親代わりだ。この家の主婦だ。

きびなごの佃煮、庭の畑で採れた間引き菜の味噌汁、玄米ご飯。ものすごく年寄りくさいが、ものすごく体にいい。

すでに起床して二時間近く、猛烈に腹が減っている。航太は勢いよく飯を掻き込みながらも、親父への不満をばあちゃんに訴える。

「一人息子が跡を継ぐって言ってやってるのにさ、もっと真剣に考えろの一点張りなんだぜ。素直に喜べばいいじゃないか」

「お父さんはお父さんで、航太のことを考えているんだよ」

ばあちゃんは困ったように笑う。

「でもさ、おれ、本当に菓子作るの好きなんだから」

「それは、ばあちゃんにもわかるけどねえ」

「好きなことを仕事にするって、最高じゃないか。本当は、学校行かずに菓子作っていたいんだけどな」

「そんなこと、できるわけないでしょうに」

ばあちゃんの声は優しい。それから、話題を変えるつもりか、こんなことを言い出した。

「航太、俳句をやってるんだってね？」

航太はうなずく。

「そう。クラスにこわーい女子がいてさ、そいつに引っ張り込まれた」

そのこわい女子――河野日向子――は、全校生徒を合わせても八十名足らずの五木分校から、俳句甲子園を目指すと言い張って聞かないのだ。今朝こんなに早く登校するのも、河野が朝練と称して七時半部室集合を強制しているからだ。

出場するには五名必要。ただし、現在はまだ四名しか選手が集まっていない。

それでも、河野はやる気充分で、連日三名（三年生の航太、そして来島京と斎和彦という二年生二名）の選手を叱咤（しった）しては、俳句の基礎をたたき込んでいる。歳時記を読まされたり、吟行（ぎんこう）と言うらしいが校外を引っ張り回されて俳句を詠まされたり、の毎日だ。こんなにノートに字を書いているのは、高校入学以来初めてじゃないだろうか。

だが、大変さを訴えたつもりなのに、ばあちゃんは嬉しそうだ。

「航太が俳句をするなんてねえ」

そう言って目を細めている。

「それで斎神社の義貞（よしさだ）さんに教えてもらっているのかい」

「あ、そのこともう知っているんだ」

「だってうちの店は、ちょくちょく斎神社にお菓子を納めに行ってるけん」

この島では何も隠しておけない。まあ、べつに隠すほどのことでもないが。

だから航太はうなずいた。

「うん。うちの学校、俳句に自信のある先生がいないんだもん。一応国語の先生には相談したんだけど、河野が。でも、名目上は文芸部の顧問のくせに、俳句指導は絶対無理だって言われたんだ」

五木分校は生徒の数も少ないが、教師も少ない。国語の教師――実は三年生の担任でもある須賀がそうなのだが――は漢文が得意で現代文はなんとか、そして古典や文学が苦手なのだと言う。

——すまない、河野、指導教材がある単元なら教師の本分を尽くすが、おれは創作がまるっきり駄目なんだ。昨年度までこの分校にいらした国語科の先生は俳句の素養があったんだが、今年はおれ以外に国語科の先生がいないしなあ……。

そもそも、五木分校にはすべての教科の教師が常勤しているわけですらない。生徒が少なすぎるからだ。体育や音楽・美術の教師は週に二度、四国本土にある本校からやってくる。その日に全学年の実技系科目が詰め込まれることになる。

それでも、河野はめげずに、自信たっぷりに断言した。

——大丈夫、とりあえず須賀先生は名目上の顧問というだけでいいです。実作の指導者は、探せばきっと島のどこかにいると思いますから。

そして本当に、すぐに見つかった。

二年生部員の和彦——ほかならぬ斎神社の跡取り息子——が、淡々とこう提案したのだ。

——ほかにあてがないなら、うちの祖父に声かけてみましょうか。神職をぼくの父に譲って今は暇そうだし、近所のお仲間と句会やってるくらいだから、引き受けるんじゃないかな。

河野はすぐに乗り気になった。

——いいね。それに、学校が使えない日でも、斎神社の境内(けいだい)だったら、句会や吟行にも使わせてもらえるよね。

そして、航太のばあちゃんは、その先代神職——斎義貞御年七十八歳——とは七十八年にわたるつき合いというわけなのだ。実は義貞先生の初恋の人はうちのばあちゃんらしい……。近所の年寄り連中が、面白半分にそんなことまでささやくくらいだ。

ばあちゃんはにこにこと言う。

「義貞さん、見込みがあるって言っとりなさったよ」

「あ、ほんとに?」

「航太君は素直じゃって」

「それだけ? ……なんだか褒め言葉じゃないような気がするけど」

まあいい。とりあえず学校に行く目的ができただけでも、俳句を始めてよかったというものだ。

「あ、まずい」

時計は七時十五分を回っている。航太の家から五木分校まで、朝一本夕方一本のバスはあるが、それは始業と終業の時刻に合わせられている。朝練となればその一時間前には駆けつけなければいけないわけで、歩くか走るか自転車に乗るか、しか方法はない。航太の場合は二十分の自転車通学だ。学校までの道のりに相当なアップダウンはあるが、そこは自慢の脚力にものを言わせている。

「ばあちゃん、行ってきます」

「百日紅和菓子のような甘さかな」

航太はノートに書きつけた俳句を読み上げた。机の向かい側にすわっている河野日向子は、顔も上げずにこう返事した。

「小市、その句、意味不明」

「え、わからない？　おれ、百日紅の白い花見てると、うちの店で使う氷餅を思い出すんだけど。見てるだけでそのほのかな甘さが口ん中に湧いてくるって言うか……」

航太は部室の窓の外に見える百日紅の木を指さしながら主張した。その木の下を、来島京と斎和彦が歩き回っている。まだ花は咲いていないけど、とにかく百日紅をじっくり観察してきます。そう言って外に出たのだ。

河野もその百日紅に目をやる。だが、ぴんとこない顔のままだ。

「何、そのこおりもちって」

「え、知らない？　なんかね、糯米を砕いて蒸して、ぱらぱらに干したやつ。和菓子の材料。白っぽい半透明で、飾りに使うんだけど、本当に白い百日紅の花そのまんまの見た目なんだ」

航太は力説するが、河野はにべもない。

「小市、それは自分だけが知っていることで、読む人には伝わらない。そもそも百日紅の花が和菓子に似ているじゃ、俳句にするほどの新鮮さもないし。練り直し」

航太は頭をぽりぽりと掻きながら、また鉛筆を握り直す。相変わらず、俳句への苦手意識は消えない。だが、古ぼけた机の周りにみんなで集まる、この空気は好きだ。だから続けている。

「……おれ、俳句のセンスあるのかな」

「あるよ」

「ほんと？」

航太は嬉しくなって顔を上げる。河野は無表情につけ加えた。

「ただ、誰でもセンスを持っている、そこが問題なんだけどね。……ところで、小市」

「何？」

「指令がある。村上恵一の句を盗んできて」

「ぬ、盗む？」

「そう。村上が最近どんな句を作っているのか、知りたい。去年は授業で村上の句をいくつか知る機会があったけど、三年生になってからは全然わからないから」

「待ってくれよ、それ、ちょっと乱暴じゃない？」

村上恵一は二人のクラスメイトだ。そして、河野が五人目の選手としてなんとか俳句甲子園に出場させようと狙っている男子でもある。恵一に相当の俳句経験があると知っているのだ。

だが、恵一は河野の説得にも頑として首を縦に振らないままなのだ。色々あった末に航太が俳句甲子園参加を決めたこともこうして河野にしごかれていることも、恵一は気づいているはずだが、それには一言も触れず、知らんぷりしている。

そして、河野はまだ恵一をあきらめていないらしい。

「とにかく、敵を知らないと。村上を引き込もうにも攻略のしようがない」

「断る」

航太は断固として言った。恵一は一番の幼馴染だ。その親友を売るなんて、できない。

「だいたい、どうやって盗めばいいんだよ」

「村上恵一が俳句を書きつけたノートを持っているって、小市、言っていたじゃない」

「うわ、おれそんなことまで口を滑らせた？」

航太はあわてる。だが、気持ちは変わらない。

「自分の作った俳句を無断で人に見られるなんて、誰だって嫌なことだろ。人の嫌がることをしちゃいけないって、おれはばあちゃんに教わった」

二人はしばらくにらみ合ったが、航太は頑張った。ここで折れるわけにはいかない。

さいわい、河野が先にあきらめた。

「仕方ない。他の方法を考えるか」

それから河野は口調を改めて、窓の外の二年生二人に呼びかけた。

「二人とも戻ってきて。話がある」

四人がそろったところで、河野が宣言した。

「俳句甲子園のための練習試合を決めてきた。相手は能見(のうみ)高校。フェリーとバスで、五木島から一時間二十分あれば行ける場所。五月五日の午後一時に、向こうの高校にお邪魔する。向こうも今年初出場だそうなので、そんなにびびらなくてよさそうだし、うちにはちょうどいい相手じゃないかな」

「え、待って、練習試合って、もうそんなことするの？」

航太はあわてる。「おれ、まだ及第点もらった句なんて一つも作れてないんだぜ？　しかもどうするよ、うち、メンバー四人じゃないか」

だからこそ河野は恵一を狙っているのだ。だが航太は河野に協力できないし、でも恵一(またはほかの誰でも五木分校生一名)がいない限り定員五名には届かない……という袋小路状態なわけで。

しかし、河野は涼しい顔だ。

「別に正式の試合じゃないもの。地方大会の試合形式に合わせるから一試合三句勝負、つまり各兼題(けんだい)に三句ずつ用意すればいいわけだし。選手の数にしたって、試合当日になって、一人熱を出して来られませんから四人で対戦させてくださいって言えば、相手だって応じるしかないでしょ。向こうにしても、ディベートの機会はそうあるもんじゃないんだから、そんなことで試合をお流れにはしないわよ」

京が、おずおずと手を挙げた。

「それで具体的に、俳句の試合って、私、何をすればいいんですか？　俳句甲子園の試合の映像はいくつか見せてもらったけど、一人一人の役割がよくわからなくて……」

「じゃあ、簡単に説明するか」

河野がホワイトボードに向かい、簡単な図を描き始めた。

「試合は赤白に分かれた二チームの対戦。とりあえず今のところは、一試合三戦と覚えておいて。先鋒戦、中堅戦、大将戦」

「武道の試合みたいなものか、河野」

「ああ、形式としては同じ。勝敗は、審査員による採点で決まる。今回の審査員については、能見高校の先生が地元の句会メンバーに頼んでくれるって。合計三人。その三人が優秀なチームに旗を揚げて、多いほうが勝ち。さて、肝心の試合内容だけど、あらかじめ兼題を決めてそれに沿った句を用意しておくの。それを互いに一句ずつ出して、全員で三分間のディベートを行う。得点は……」

河野はホワイトボードに書きつける。

作品点　十点満点
鑑賞点　三点満点

「作品点はわかるよね。句の出来がいいほど高い点がもらえる。それに加えて、ディベートが優秀なチームに鑑賞点がつく。相手の句に対して、ここが変ですとか、こう直したほうがいいんじゃないですかとか指摘して、それが適切だったらプラス。見当はずれな指摘は駄目。受けて立つ側も、きちんと自分チームの句を守れればプラス、相手の言い分に反論できてないと判断されたら駄目。作者以外も、チーム全員で句を守る姿勢が大事。で、合計点の高いチームが旗をゲットできる」

「うわあ、おれ、そのディベートっていうの、苦手そう」

航太は、決して口がうまいほうではない。ましてや、ピントのずれた発言がいけないとなったら、今から腰が引けてしまう。

「まあ、慣れるしかないね。とりあえず今回の試合は、私ができるだけ頑張るから。何か質問は？」

今度は和彦が手を挙げた。

「肝心の句は、どうするんですか？　俳句甲子園本番の句ってわけにはいきませんよね」

俳句甲子園にエントリーするには——期限はもう迫っている——参加申し込みをしたあと、地方大会のための句を全員で提出する必要がある。

今年の兼題は「百日紅」「夜店」「蟬」。

実際の試合は六月だから、エントリー後は、一か月近くかけて、提出した句についてさらに研究と練習を重ねていく。一方、相手チームの句については、試合に臨むまで知ることはできない。つまりどのチームにとっても自作は秘中の秘なのだ。

「まさか本番用の句は出せないし、エントリーしなかったボツの句で戦うっていうのもなんか違いますよね」

「うん。だから相手校と相談して、練習試合用に別の兼題を考えた。『夏の潮』と『梅』」

河野がホワイトボードにその二題を書き足している途中で、予鈴が鳴った。あと五分で朝のホームルーム開始だ。

「じゃ、今朝は解散。課題として、放課後までに、この二題で最低一句ずつ作っておくこと」

おかげで授業中、航太は数学も英語もそっちのけで俳句をひねり出す羽目になった。

まあ、いつもにしたところで授業に身を入れて聞いているわけではないから、それほど気が咎めることもない。

窓際の席から、航太は海を眺める。今日は雨の少ない瀬戸内には珍しく、雨もよいの日だ。こういう日、海の匂いはいつもより強く、色もくすんでいる。こうして見ていると、海は空次第だということがよくわかる。海が青く見えるのは太陽光線の屈折のせい。いくら物理の教師にそう説明されてもぴんとくるわけではないが、海の色は日光次第なのだということは理屈抜きに納得できる。

——あ、一句できた。

夏の潮空の光の鏡かな

だが、放課後になって自信満々でみんなの前に持ち出した句だったのに、河野は一言で片づけた。

「却下」

「え、これでも駄目なの？」

あきらめきれずに、航太は食い下がる。「おれとしては結構ひねったつもりなんだけどな。潮の流れを見ていると、空からの光次第でどんどん色を変えるじゃないか。海は空の光を映す鏡って、ほら、こういうのが義貞先生の言う『発見』じゃないのか？」

「ふむ、発見は発見だが……」

口を挟んだのは、その義貞先生だ。朝練には間に合わないが、放課後は、こうして毎日分校に来てくれている。

「ただ、一つ指摘をさせてもらうとだな、航太。海の色と空の光の関連性は、海に親しんで暮らす者なら誰もがすでに発見していることだと言っていい。つまり、航太のこの句意は、別に新しくないのだ」

「はあ……」

そう言われたら、そのとおりだ。返す言葉がない。

「ただ、たしかに海の色はさまざまだっていうのは詠んでみたくなりますよね。特に光が強いからかな、夏の潮はほかの季節より色彩豊かに見えるし」

とりなすようにそう発言したのは和彦だ。義貞先生の孫であるわけだが、部活の場では師匠と弟子という関係を徹底していて、いつも敬語だ。

「では、この句をどう変えてみればよいと思うかの、和彦」

「うーん」

師でもある祖父に促されて、和彦が考える。

「……夏の潮だからこそ色彩豊かだってことを別の言葉で言えばいいんですよね……。『多彩』とか使いたいな」

すると、河野がこう言った。

「色見本より多彩なり夏の潮」

「色見本って何、河野？」

「ほら、文房具屋さんでばら売りの絵の具を買う時なんか、実際の色とその色の名前の一覧表があるじゃない。ああいうのを思い浮かべてみて。あそこにある色の名前よりも、実際の海の色にはもっとさまざまな種類がある……。どうですか、先生」

義貞先生はにこにこして言う。

「なるほどな、その句なら海の色の豊かさを詠んだということはわかる。だが……、すらりと一続きの句で面白くないとは指摘されてしまうかもしれんな。それから、『色見本』が『多彩』なのは、当たり前だからつまらないという指摘も来そうじゃな」

河野がもう一度考え込む。すると横で、今までずっと黙っていた京が口を開いた。

「夏の潮色の言葉も間に合わず」

「ほうほう」

義貞先生がうなずく。

「句意は整ってきたな」

負けじと河野が口を挟んだ。

「うん、私のより言葉がきれいだし、理屈っぽくないのはいいと思う。『色の言葉』っていうのもいいね。だけど……、負け惜しみじゃないよ、ないけど、『間に合わず』って否定形使うのは後ろ向きな気がしない？　夏の潮はすごく生命力にあふれていて前向きなイメージなのに、それでいいのかな」

　こういう論争になると、河野と京は本当に強い。和彦も要所要所でちゃんと加わる。航太はぼけっと聞いているしかない。だから、

「航太、どうだ？」

　義貞先生に話を振られて、あわててしまった。

「どうって、みんな、すげえなあって。よくそんなにいろんな言葉を思いつくよなあって」

「感心してないで、小市もちゃんと考えて。俳句甲子園は全員で発言しなくちゃいけないんだから」

「そんな、できるもんならやりたいよ。でも人間には向き不向きがあるんだから……。あ、でも」

「でも、何？」

「河野女史、そうせっつかないでよ。ただささ、『間に合わず』って言葉、どこかで聞いたことがあるなと思って。『間に合わず』なんて、おれ、自分から言ったりすることないはずなんだけど、どこか、教科書あたりで聞いたような……」

　航太がうなっていると、和彦が助け舟を出してくれた。

「先輩、それ、子規の句じゃないですか？　『痰一斗糸瓜の水も間に合はず』」

「ああ、それ！　……かもしれない。なんだっけ、それ」

「子規の辞世の句、のひとつ。そうよねえ、俳句甲子園を目指す高校生なら、まずその句を思い浮かべるよねえ」

……航太をのぞいて。

ますます航太の劣等感は募る。和彦がまたフォローしてくれた。

「いい指摘ですよ、小市先輩。やっぱり『間に合わず』じゃないほうがいいってことで」

「誰か、いいアイディアない？」

河野が見回すが、みんな出てこないようだ。

河野は小気味よい音を立ててシャーペンを置く。

「じゃ、ひとまず次の句に移ろう。だけど、この句のことはみんな頭の隅に置いておいて。ぴったりする言葉が見つかったら、練習試合に出すから」

「それは誰の句として？」

「まあ、小市の句でもいいわ。他人の意見が句に入ったっていいの。俳句甲子園の試合中には、誰の句かは問われるわけじゃないし」

「それって、極端な話、一つの題に一人の人間が五句出しちゃってもいいってこと？」

「いや、小市、それは違う。エントリーしたら、五人各一句という内容を明記したエントリーシートを提出するから。はい、じゃ、次の披講」

続く二年生二人の句を聞いていると、航太はまた一人置いてけぼりにされた気分になる。

国語の成績が悪くたって、なんとなくいいものはわかるのだ。京はものすごく文学少女っぽいし、和彦はきっと義貞先生の影響なんだろう、いろんな知識を持っていてボキャブラリーが豊かだ。

だから二人の句はちゃんとそれらしく見える。いつまでたっても初心者なのは航太一人。

議論が白熱しすぎたせいで、ひとわたり「夏の潮」についての発表が終わったところで、その日は暮れてしまった。

「じゃあ、『梅』の句についてはまた明日ということで」

助かった。一日中考えても「梅」の句が全然浮かばなかった航太は、ほっとして家路につく。

明日まで考えれば、何か思いつくだろう。

ところが、家に帰るなり、親父の険悪な声が飛んできた。

「航太！　そこにすわれ」

「な、なんだよ、親父」

親父がこっちをにらみつけている。

「さっき須賀先生から電話があったぞ。お前、三者面談のことをおれに隠しとったな」

……しまった。

進路相談のための面談の希望日を保護者と相談の上、担任に報告すること。その須賀の指示をのらりくらりとかわしていたつもりだったが、須賀が親父に直接連絡してしまったのか。

間に入ったばあちゃんがおろおろしている。食卓にはうまそうな鯛の刺身が見えるが、これにありつくにはもうしばらくかかりそうだ。

航太は覚悟を決めて、親父に向かい合う。

「だってさ、おれがいくら言っても、親父、賛成してくれないじゃないか。だから、まだ須賀に話す段階までたどりついていないと思ったんだよ」

「お前が親の言うことを聞けばいいだけだ。とにかく、将来につながるような職種を決めろ。大学でもなんとかしてやるし、専門学校でもいい」

「それだけの金があるならさ、製菓学校に行かせてよ」

「金はなんとかなると言ったが、無駄金はないぞ」

「無駄って言い方はないだろう!」

いい加減、航太は物わかりの悪い親父に頭に来た。

「菓子作りを勉強するのが無駄ってさ、じゃ、それ、親父の人生が無駄ってこと?」

言ってから、ぎくりとする。今のは言いすぎ……かもしれない。ついエスカレートしてしまった。

怒鳴りつけられるかと思ったのに、親父はまた黙り込んでしまう。

——ほら。ここで話が止まっちまうんだ。どこまで行っても、平行線のままで。

手をもみながら航太と親父の顔を交互に見ていたばあちゃんが、そこで遠慮がちに割って入ってきた。

「さあ、とにかくご飯ご飯」

透き通った鯛の身が、乾き始めてわずかに反り返っている。

「航太、とにかく面談の日を先生と決めるからな」

「……わかった」

今日のところはこれで休戦ということらしい。

「須賀先生の意見をちゃんと聞くんだぞ」

それ以上会話が弾むはずもなく、沈黙の中で夕飯は終わった。朝が早い親父は早々に自分の部屋へ引っ込んだ。

航太はばあちゃんを手伝って茶碗を片づける。台所のガス台には白いホーロー鍋がかかり、何かがぐつぐつと音を立てて、航太の気分とは正反対の甘い匂いを放っていた。その鍋の中の灰汁(あく)をしきりに取っているばあちゃんに、航太は謝る。

「ごめんな、ばあちゃん」

「何が？　航太」

「せっかく鯛をさばいてくれたのに、夕飯の雰囲気を台無しにしてさ」

「いいんだよ、そんなこと」

ばあちゃんはすまなそうに笑う。

「ばあちゃんこそ、ごめんねえ。こういう時にお母さんだったら、うまいこと二人を取りなせるのかもしれないけどねえ」

「無理だよ。親父、頑固だもん。……糞(くそ)親父」

「そんなこと言っちゃいけないよ、航太」

「だってさ……」

それでも親父とじゃ話にならないと切り捨てられないのは、航太にも親父の考えがわからないではないからだ。分校さえ閉校に追い込まれるような、人口減少・過疎化を絵に描いたような島で、贅沢(ぜいたく)品の和菓子を作り続けていけるかどうか。先の見通しが暗いのはたしかだからだ。

――でも、それでも親父は今までなんとかやってきたじゃないか。

小市堂を否定されると、親父が、親父自身と航太の十七年の育ち方まで否定しているような気にさせられる。

それが悲しいし、悔しい。

そんなわけで、結局その夜は俳句どころではなかった。

航太にしてはあれこれと思い悩んで眠れなかったせいで、翌朝は大幅に寝過ごしてしまった。息せき切って走ったおかげでバスにようやく間に合った始末だ。

当然、朝練もすっぽかしだ。

始業時間ぎりぎりに教室に滑り込み、河野に平謝りする羽目になる。

「放課後は、必ず来るのよ」

「わかってるって」

「梅」の句はまだできていない。昨日の今日で、気持ちの整理がつかないままだ。

放課後、それでもどうにか頭に浮かんだものをそのまま紙に書きつけて部室へ向かい、まずは河野の句を聞く。

薄闇の廊下の奥や梅香る

――きれいな句だな。ぱっと情景が浮かんでくる。きっと夜、家の中にまで梅の花の匂いがただよってきているのだろう。……あ。

航太はあることに思い当たって思わず口走った。

「そうか、まずい」

「何、小市？」

「いや、なんでもない」

航太は首を振る。だが、内心あわてていた。梅と言ったら、そうか、普通は梅の花のことか。航太にその発想はなかったのだ。

「じゃ、次、小市」

うわ。でもここまで来ては仕方ない。航太は覚悟を決めて口を開いた。

「煮た梅も昨日のことも瓶詰(びんづめ)に」

これで何のことかわかるだろうか。また意味不明と切り捨てられるのか。だが。

「ほう、航太、なかなか面白いぞ」

「え?」

義貞先生に褒められて、航太はかえってあわててしまった。

「でもおれ、梅の花を詠むんだって知らなかったから、これ、梅の実のことなんだけど」

河野がうなずく。

「うん、それはわかる。この句の梅は瓶詰にした梅の実だよね。でも別に梅の実を詠んではいけないってことはないもの。問題ない」

「あ、そうなんだ。よかった」

「ただ問題があるとすれば……」

和彦がぱらぱらと歳時記をめくりながら言った。『煮た梅』って季語と考えていいんですか? ぼくの歳時記にはないんですけど。もちろん『梅』はありますけど、それは花のほうのことで、春の季語になっちゃいますから」

「うん、そうだね……」

「『梅漬ける』なら夏の季語にありますけどね。梅干しのこと」

「でも、これ、小市の家で梅の甘露煮を作ったか何か、そういう句でしょ？　甘露煮と梅干しじゃ結構違うよね。夏の季語になってる『梅の実』ってはっきり言っちゃえばもちろん問題解決だけど、『煮梅の実も』じゃ、なんだかぴんとこない……」

　航太そっちのけでみんなが熱中してくれている。ありがたさのあまり、航太は口が出せなくなってしまった。実は早めに白状したほうがいいことがもう一つあったのだが……。

「小市！　言葉を足してみたらどう？　梅の実煮る昨日のことも瓶詰に。……まだ長いか」

「でも、瓶詰には作った時のいろんな気持ちも詰まっているんだって、そういう句であることは残したいと思います」

　これは京。

「うん、そうだよね」

「あ、そうだ。じゃあ『昨日のこと』を言い換えてみたらどうです？」

「あ、あのさ……」

　そこで航太はようやく口を挟むことができた。「実はさ、これ、本当のことじゃないんだけど」

全員の目が航太に集まった。

「どういうことです？　小市先輩」

「どうしても匂いができなくてさ、それもあったし別のことでいらいらしちゃって……」

昨日の夜の、激しい言い合いのこと。

そういう重苦しい空気の夜にもかかわらず、小市家の中には全然そぐわない甘い匂いが立ち込めていたこと。

——ご近所から苺をもらってね、たくさんあるからジャムにしてみたんだよ。

ばあちゃんが鍋に作っていた苺ジャムの匂いは夜中、いや、今朝になってもまだ残っていた。

親父とのやり取りで頭が一杯だった航太も、ばあちゃんが朝ご飯に出してくれたジャムを見た時には、そのきれいな色に見とれた。

——昨日おれが糞親父って悪態をついていた時に、煮られていた苺なんだ。

バスに遅れそうになりながら口に押し込んだトースト。塗られたジャムは香り高くおいしかった。

——この透き通った赤いジャムを使ったら新しい菓子も作れそうだ。白餡に混ぜたらきれいなピンク色になるだろう。でも、不思議だな。おれと親父がぐちゃぐちゃしていた時間に、このジャムはこんなにおいしく作られていたんだ。

そんなことを考えていたから「梅」の句は全然思いつけなかったのだ。

「……つまり、梅じゃなくて苺を煮てたんだよ。でもどうしても句が浮かばなくて、だから勝手に梅に替えちゃったんだ」

「そもそも今年の梅の実は、まだ採るほど大きくなっていないですしね」

「そうそう。……だから、これ、苦し紛れの嘘なんだ」

しょんぼりとして航太はそう話を締めくくったが、見ると、河野は別に眉を吊り上げていない。そしてこう言った。

「だからどうしたって？」

「へ？　いやどうしたって……」

助けを求めるように義貞先生を見やるが、こちらも平然とした顔だ。

「俳句というのはそれでもいいと思うぞ」

義貞先生がにこにこと言う。「もう少し推敲して、練習試合に出してみんさい」

「よかったね、小市。デビュー戦が飾れるよ」

「そう？　本当にいいの？」

航太だけでなく、京も納得していない顔だが、義貞先生は噛んで含めるように説明してくれた。

「この句の眼目は、瓶詰の中にさまざまな過去も閉じ込められているというところじゃろう。それが甘くておいしい果実の砂糖煮だからこそ、かえって苦さや辛さを含めた現実を際立たせる。大事なのはそこだ。果実の種類はこのさい、複雑な気持ちを引き立てるための踏み台と思えばよい。文学的真実というやつじゃな」

という具合に航太たちは義貞先生のコーチを受けて、初の練習試合に臨んだ。

こぢんまりとした分校に比べると、全校生徒が三百人近い能見高校は、校内に入るだけで威圧感がある。校舎も大きいし、第一、賑やかさが違うのだ。祝日登校で部活に励んでいる生徒たちは、別にうるさくしているつもりではないのだろうが、声の塊が校内にぎっちりつまって、天井や壁にわんわんと反響しているようだ。

顧問の須賀に連れられ、四人はかたまって廊下を歩く。すれちがう能見高生がちらりとこちらに向ける視線さえ、意識してしまう。たぶん、向こうは何気なく、見慣れない制服に目を留めているだけなのだろうけど。

それでも、案内された教室に入ると気分が落ち着いた。大規模校でもちっぽけな分校でも、教室というのはそんなに差がない。室内で待っていたのが相手チームの五人と顧問の先生、審査員の三人だけだったのもよかった。大勢のギャラリーがいたら、足がすくんでしまったかもしれない。

こちらが四人編成チームであることについて、「今日は都合がありまして……」と須賀がもごもご説明すると、相手はこだわりなく受け入れてくれた。赤と白の模造紙が貼られた机に向かい合って着席して、試合開始。

赤、能見高校。

白、五木分校。

第一試合、兼題「夏の潮」。

先鋒戦。赤の披講は利口そうな男子だ。立ち上がって二度自作を読み上げる。

（赤）夏の潮大航海の始まる日

次に白。京が読み上げた。

（白）夏の潮怒濤（どとう）の中の赤きブイ

白チームから先に質問開始。

まず自分が切り込んでいかなくてはならないと思っていたのだろう、河野が真っ先に手を挙げる。

「『大航海』と使っているのが、スケールが大きくていいと思いました。でも、『夏の潮』との取り合わせがよくわかりません」

それに対して、相手チームの反論。

「わかりませんか？　鑑賞いただいたとおりのスケールの大きさは、夏という開放的で外に向いている季節だからこそぴったりくると思います」

そこで五木分校側に沈黙が流れてしまった。まずい、ここでしゃべらなければと焦るのだが、航太も言葉が出てこない。

しばらくのち、和彦がようやく手を挙げた。

「『大航海』というと、ずいぶん昔の時代のことですよね。今、生き生きと流れている『夏の潮』は時代を超えて流れている、そういう時間の対比の句という解釈でいいんでしょうか。すみません、ちょっとわからなくて」

「その解釈でいいです。この句の狙いを言わせてもらうと、大航海時代だって始まりというのがあったはずです。その始まりの時と夏の潮はものすごくぴったりくると思います。さらに……」

しゃべり続けていた赤チームの選手に、審査員の一人からストップがかかった。

「質問に答えるのだから、この場合は、『はい』か『いいえ』かだけで終わらせていいのですよ。質問への答えにならない自作の解説は控えるようにというのが、俳句甲子園のルールですからね」

――あ、そうなんだ。

しかし、今、相手チームが長々としゃべってくれたおかげで、五木分校は救われたとも言える。たぶん、これ以上の質問を誰も思いつかなかったから。

現に、相手チームの選手がたしなめられてすわったあと、制限時間の残り十数秒は、また沈黙になってしまったのだ。

次に、相手チームからの質問。

「『怒濤の中の赤きブイ』、詠まれているものはわかりますが、なぜ『夏の潮』という季語にしたのですか？　『夏の潮』に色鮮やかで赤いブイが映えている情景なのは見えますが、わざわざ怒濤まで詠まなくてもそれは伝わりますよね？」

さあ、どうする。

これは京の句だ。まだ俳句に慣れていない京を、義貞先生は屋上に連れ出して、とにかく見たものを句にしてみろと教えたのだ。

――今目の前にある夏の潮。その中に見えるもので、一番印象に残るものを詠んでみんさい。

だから、なぜ取り合わせたのかと言われても、「兼題が『夏の潮』だったから」と開き直ることしかできない。

河野が手を挙げた。

「怒濤（どとう）の激しさと夏の潮の生命力は響き合うものだからです」

「でも、仮に『夏の潮』を取り合わせなくても、たとえば『土用波（どようなみ）』でもいいわけですよね？」

とたんに、にこにこと和彦が手を挙げた。

「『土用波』と『怒濤』は意味が少し重なりませんか？　それにこの句は『怒濤』の激しさが眼目ですから、やはり『土用波』は適切じゃないと思います」

ナイス、和彦。

自分が戦力になれないのは心苦しいが、これはポイントを稼げたんじゃないだろうか。

「それでは、判定！」

赤二本、白一本。

……負けた。やっぱり無理か。

がっくりした航太の脇腹を小突きながら、河野がささやいた。

「小市、ぼけっとしてないで。あんたも得点の内訳と、審査員の評をちゃんとメモして。あとでみんなのを突き合わせるから」

三人の審査員の得点内訳。

左の人、赤は作品点七点、白は作品点六点、鑑賞点一点で、作品点の高い赤に旗。

真ん中の人も同じく、赤は作品点七点、白は作品点六点、鑑賞点一点の合計七点で、赤に旗。

右の人、赤白ともに作品点七点……。

「おっ」

思わず声を上げた航太は、また河野に小突かれた。だが、それも気にならなかった。すごいじゃないか、作品点七点もらったぞ。おまけに鑑賞点までついたから、作品点は赤と同点でも白に旗が揚がったのだ。

——なんか、全然歯が立たない勝負じゃないのかも。

得点結果にちょっと勇気を得て、航太は次の勝負を待ち構える。

中堅戦。攻守所を変えて白から披講。

(白)　言葉より多彩なる色夏の潮

(赤)　人のなき校舎のしじま夏の潮

白の披講は航太だ。もともとの航太の句はほとんどどこにも残っていないが、潮の色の豊かさを肯定的に突き詰めたらこうなったのだ。

さあ、質問来い。

「『多彩なる色』とは、言葉が重複していませんか？」

「言葉が表す色より実際の色はもっと多彩だって言いたかったから、この句になりました
……」

航太もほかの三人も必死に防戦する。

だが、結果は負けた。

作品点七点は二人からもらえた。ただし、鑑賞点がどの審査員からも赤に与えられたせいだ。

……悔しい。

そう思う一方で、どうしたら勝てるか、航太は忙しく頭を働かせていた。

鑑賞点がもらえたら、今の勝負だって勝てたかもしれない。どうしたら、もっとしゃべれるようになる？　何が足りない？

また一つ、突破口が見つかった気がした。

続いて大将戦。ここまで五木分校は二敗。

再度攻守所を変えて、赤から披講。

白は河野の句だ。

（赤）　踏み出せる未来はそこに夏の潮

（白）　スニーカー真新しくて夏の潮

　ようやく発言することにも慣れてきた。和彦も、そして航太も。中でも力が入っていたのが京だ。河野を尊敬している京は、この句が大好きだと言っていた。

　――私、まだ俳句がわかったなんて言えないけど、この句には短歌で表現できないものがあるというのはわかります。短歌だったら新しいスニーカーが気持ちいいとか嬉しいとか走り出すとか、何かつけ加えちゃう。でも俳句はそれを省略するからこそ、気持ちよさも嬉しさも走り出す心の弾みも、全部を表現できるんですね。

　今、京は堂々とそれを主張している。

「真新しいスニーカーを履く時の心弾む前向きな気持ち、そこに『夏の潮』が響いているんです！」

　さあ、どうだ。

　そして結果。

赤一本、白二本！　勝った！

「おおー！」

また航太は声を上げてしまったが、今度は河野に怒られなかった。

河野自身も、航太とは反対側にすわっている京と肩を抱き合って喜んでいたからだ。

やっぱりどんな勝負でも、勝つのは気分がいい。二敗したあとの一勝だから、なおさらだ。

――さあ、こい。波に乗って来たぞ。

波に乗ったと思ったのだ。

だが、相手も一敗して闘志に火がついたらしい。

いや、もともと俳句の出来に差があったのか。

兼題「梅」で戦う第二試合、五木分校は先鋒戦、中堅戦を立て続けに落とした。

あと一戦しか残っていない。

しかもそこに航太の句が出て来るのだ。

大将戦。

（赤）　梅開く残りの日々を数えつつ

「続いて白チーム、ご起立の上、二度俳句を読み上げてください」

航太は腹をくくって立ち上がる。せめて、披講はかっこよく決めてやる。

(白)　梅の実を煮た時間ごと瓶詰に

赤の句は、ずいぶん、お行儀がいいな。やっぱりこういうのがいい俳句なのかな。

ひるむ航太をよそに、横の河野は闘志満々で質問している。

「梅の季節、三学期が残り少なくなって感傷的な気分でいるところに梅も開き始めている。情景はよくわかりますが、誰でも詠めますよね？」

うわ、そこまで攻撃的にならなくても。

航太はさらにひるむが、相手の防戦に、今度は和彦までが攻撃に加わる。

「残りの日々を惜しむ心に取り合わせるなら、梅の花より、もう少し季節が進んだ時のほうがいいんじゃないですか？　『水温む』ではどうでしょう？」

次に、こちらへの質問。

「梅の実を煮て保存食にする時、その時間も瓶詰になるというのは、当たり前のことではありませんか？」

すぐさま京が手を挙げた。

「当たり前かもしれないけど、その時間、記憶が、梅の実を食べる時によみがえることを、瓶詰にする時のこととして詠んだのが新しいと思います！」

——ああ、なるほど。

時間を保存したら、その時間を味わうのは瓶詰を開けた時なんだ。

自分の句なのに、そんなこと思ったこともなかった。

航太が答えるまでもなく、ほかの三人が次々に質問を受けて立っている。

——なんだか、嬉しい。

シュートが決まらなくてもいい。チームメイトがリカバリーに入るから。ボールをカットされたっていい。また奪い返してパスをつなげばゴールに近づける。

それは、どんな試合でも一緒なのかもしれない。

「それでは判定！」

赤一本、白二本！

……勝った。航太の句で勝った。

いや、違う。作品点は審査員三人とも赤白ともに同じだった。

勝てたのは、三人のうち二人が、鑑賞点を白につけてくれたからだ。

勝ったのは航太ではなく、航太の句を援護した三人だ。

結局、五木分校は二試合して二敗した。試合内容はどちらも二敗一勝。

帰りのフェリーを待つ間、待合室で河野が力強く仲間を励ました。

「まだまだこれからだからね？」

「そうそう。今日だって勝つチャンスは充分あったもん」

航太が続いてそう言うと、河野はちょっと意外そうな顔をした。

「小市、もっとくじけてるかと思ったら」

「スコア書き取ったが、面白いぞ」

航太は汚い殴り書きのメモをみんなの真ん中に広げてみせる。

「試合内容をもっと工夫する必要はあるけどさ。ほら、句そのものの作品点で八点もらえたのは、河野の一句と、相手チームの二句。七点もらえたのは相手チームの残りの四句とうちの三句。そして、おれと京の句に六点つけた審査員がいた」

「作品点で言ったらかなわないってことですか……」

京ががっかりしたようにつぶやくが、航太は首を振った。

「このくらいの点数差、試合の組み立てを変えれば挽回(ばんかい)できる」

「組み立てを変える？」

「先に二勝すればいいんだろ？　だから勝てそうな句を出し惜しみしないで先に出す。そしてとにかく審査員に評価されそうなことをしゃべる。ほら、途中でルールに外れているって相手チームが審査員に注意されてたろ？　あの勝負は三人ともうちに鑑賞点を入れてくれた。それは相手側へのペナルティーの意味なんじゃないかな」

「なるほど……」

和彦がうなずいた。「先手必勝ですか」

「すると小市の句を出す時は、必然的に大将戦だね。そして先鋒、中堅の二戦で勝ちを決めると」

「え、いや、おれ以外の三人の句でいいじゃん。京だっておれより才能あるもん」

謙遜(けんそん)ではなく本心からそう言ったら、河野に言い返された。

「小市、甘えるな。そして自分を過小評価もするな。小市のあの梅の句、私好きよ。だからもっとしごいてやる」

「うわ」

でも、航太は自分の気持ちが昂(たか)ぶっているのがよくわかっていた。

この勝負なら、なんとかなる。

絶対的にプレーの優れているバスケチームに当たるより、よっぽど勝つ見込みがある。負けはしたけれど、五木分校文芸部は大きな成果を収めたのだ。とりあえず、試合が成立するくらいの能力は持っているとわかったし、戦術次第では勝ちが見込める可能性も見つかった。こんなにわか仕立てのチームでは無理じゃないかという心理的ハードルも、クリアできた。

ただし、まだ大きな問題が残っている。

言うまでもなく、五人目のメンバーが決まっていないということだ。

今なら、航太にもわかる。引き込むのは恵一しかいないと。

航太は五木島にフェリーが着くと三人と別れ、恵一の家へ押しかけた。ぐずぐずしている暇はない。エントリー締め切りはもうすぐなのだ。

時刻は午後六時半。恵一の家の夕飯はもうすんでいるはずだ。航太は空腹の頂点だが、そんなことには構っていられない。

「あら、航太君」

おっとりとした声で、恵一のお母さんが迎えてくれた。

「恵一、います？」

するとお母さんは声をひそめる。

「それが、まだ帰ってこないの」

「あれ、そうなんだ」

今日は祝日だ。昼間は出かけているにしても、もう帰っていると思ったのに。

なぜなら、村上家は夜が早い。漁師のお父さんは朝暗いうちに出港するので、夜の八時にはもう就寝してしまうのだ。今の時間帯は一家で夕食を終えて、お父さんが風呂に入っている頃だと思ったのに。この家の習慣なら、航太は自分の家のそれと同じくらいよく知っているのだ。

「恵一、どこ行っちゃったんだろう」

すると、お母さんは困ったような顔になった。

「ここのところ、恵一はよく出かけて、夜八時過ぎでないと帰ってこないの」

「え？　どこで暇をつぶしてるんだろう」

五木島には高校生が立ち寄れるところなんて、ほとんどない。

「家で勉強できなくて、どこか外で勉強しているらしいの……。たぶん、お友だちのところで」

お母さんが情けなさそうに笑う。

それを聞いた時、航太の気持ちがちょっとざわついた。幼馴染の恵一が、自分の知らない行動を取っている？

気分を変えるようにお母さんが申し出る。

「せっかくだから、航太君、晩ご飯を食べて行ってくれないかしら」

「え、もうお母さんたちは夕食終わってるんじゃないんですか？」

「ううん、それがまだなの。恵一が三年生になってからこんなふうに帰りが遅いので、ついついご飯の時間も遅くなってるんだけど、でもそろそろ始めないと、うちの人、寝る時間になるし……」

「でもそんな、悪いです」

「ううん、ぜひお願いしたいの。航太君、うちの人のお気に入りだから」

まだ帰ってこない息子の代わりのように、航太は恵一のお父さんと食卓で向かい合うことになってしまった。中年太りを気にしている航太の親父と違い、現役漁師は肩も腕も太く、日に焼けた筋肉がかっこいい。体中から潮の香りが漂ってくるようなこの人が、航太は昔から好きだった。

「恵一なんぞ、待たんでいい。さあ、航太、たくさん食ってくれ」

「はい、じゃあ、ご馳走(ちそう)になります」

さすが、漁師の家庭は魚が多い。鯛の刺身、煮つけ、鯛めし。

お父さん、口数は少ないがとっつきにくい人じゃない。漁の話を聞くとか、航太の菓子作りの失敗で笑わせるとかしていれば、間は持つ。

航太がまだ食べているうちに、酒に弱いお父さんはビール一本でひっくり返り、軽くいびきをかきだした。

「あんた、寝床に行ったほうが」

お母さんが促すとむくりと起き上がり、茶の間から出ていく。

「航太、ゆっくりしていけ」

「あ、……はい」

玄関の戸ががらりと開いたのはその時だった。

「おかえり、恵一」

お母さんが精一杯明るい声を出したように見えた。でも、恵一は口の中でもごもご挨拶らしいことをつぶやいただけだ。お父さんのほうは何も言わない。

恵一とお父さんは、廊下で、肩をぶつけるようにすれ違った。どちらも無言。恵一はそのまま茶の間に入ってきて、すわっている航太を見て初めてちょっと表情を動かした。

「お、来てたんだ」

「うん。……ちょっと話があってさ」

「さあさあ、航太君、もっと食べて食べて。ほら、恵一もすわりなさい」

恵一は航太の隣にすわり込むが、何の用かとも聞かない。

――うちの中で、何かまずいことがあったのかな。

ここに恵一と二人だけでいるのなら聞いてみたいところだが、お母さんがいる。一生懸命に話題を見つけようとしてくれているのがわかるので、航太も愛想よく返事を返す。

なんだか、この間の晩の航太の家みたいだ。

食後、二階の恵一の部屋に落ち着いたところで、ようやく緊張がほぐれた。すぐそこは漁港だ。潮風が港の匂いを運んでくる。

「なあ、お父さんと何かあったのか」

すると、意外に素直に恵一は口を開いた。

「進路のことでもめてる。須賀との面談でおれが大学進学希望って言ったら、親父が怒り狂った」

「あ、恵一、受験するつもりなんだ……」

そりゃそうか。でなけりゃ、あんなに熱心に勉強なんかしてないか。

「とにかく、おれは漁師になるなんてまっぴらだからな」

一人息子がにべもなくはねつけたから、お父さんも頭に血が上ったのかもしれない。

航太は大きくため息をついた。

「うまくいかないもんだな。うちと逆だ。おれは家業を継ぎたいっていうのに、親父は聞く耳持たないんだから」

「そんなことより、なんだよ、話って」

「あ、そうだった」

航太は今夜押しかけた目的を思い出した。

だが、今はタイミングが悪いかもしれない。どう見ても恵一の機嫌がよくなさそうだから。

このまま帰ろうか。

「うーん、また明日にするわ」

「変な奴」

恵一はそれ以上突っ込もうとはしない。

航太が立ち上がって自分のリュックを肩にひっかけようとした時だ。勢いがよすぎて、恵一の机にリュックがぶつかった。何冊かの本が落ち、そのうちの一冊に挟まっていた写真がのぞく。

「あ……」

恵一がそう声を上げた時には、航太はもうその写真を何気なく拾い上げていた。

ずいぶん古い。今より若い恵一のお母さんと、その陰に隠れるように恵一がいる。二人が乗っているのは小型のボート——釣り舟かもしれない——だ。恵一、まだ小さい。お母さんのズボンのベルトくらいの背の高さしかない。だけど、幼稚園時代からずっと一緒にいる航太が見間違うはずはない。これは十年以上前の恵一だ。

「かわいいな、お前」

そう言ってその写真を恵一に向ける。自動的に、写真の裏が航太の目に入った。

『××年、五月』とメモ書きがされている。

だが、その日付のほかにも、別の、航太がよく知っている筆跡で何か書き添えられている……。

「おい」

あわてたように恵一が写真をひったくったが、航太の目には、全部しっかりと焼きついてしまったあとだった。

手放せる鮎「母」は「舟」に似ている

その写真を、恵一は乱暴に机の引出に放り込む。

「なあ、恵一、今の、お前の俳句だろ」

少し前の航太だったら、あれが俳句とは気づかなかったかもしれない。だが、連日河野と義貞先生にしごかれている今ならわかる。破調だけど十七音、そして「鮎」は夏の季語。今のは、俳句だ。

思いがけず、恵一の耳が赤く染まっている。

「見せるつもりはなかったんだ。誰にも。勝手にのぞくな」

航太が黙っていると、恵一はうつむいたままで言葉を続ける。

「偶然、今の写真を見つけたんだ。小学生の頃。家族のアルバムに貼ってあったんだけど、一目見た時、なんだかいやな思い出が頭の中に湧いてきて、だから自分の本の中に隠したんだよ。そうすれば誰も見ないと思って」

「いやな思い出って？　その写真の恵一、たぶん幼稚園か、下手したらもっと小さいよな？」

「それが、よく思い出せないんだ。ただ、あの舟の上でいやなことがあった、それしか覚えていない。たぶん、おれが釣った鮎を、親父に取り上げられて川に放り込まれたんだ」

「せっかく釣ったのに？　どうして？」

「知らないよ、そんなこと。おふくろにそれとなく聞いたけど、何も覚えていないみたいだった」

——お父さんに確かめてはいないのか。

「小学生のおれは、この写真を自分の本の間に隠した。そのままずっと忘れていた。ついこの間偶然見つけたらそのいやな気分がまたよみがえっちまって、それをなんとかしたくて……」

「それで今の俳句作ったのか？」

「ああ。作ったら、おれとしてはもう整理がついたのさ。おれにとって俳句というのはそういう道具だから」

「道具？」

「こうやって句にして、気持ちをすっきりさせる道具だよ。それだけのものさ。だからもうんだ。

「それだけのもの、か」

航太は自分の気持ちを持て余して、そうつぶやく。「『それだけ』なんて言っちゃうんだ。本当は大事にしているくせに」

航太の声音に何か感じたのか、恵一が顔を上げた。

「どういうことだ？」

自分でも自分の気持ちが全部つかめているわけではない。でもとにかく、航太は全部恵一に話してみようと思った。

「恵一、お前、すごい発想できるんだな。おれ、河野にせっつかれて俳句を作ろうとしているけどさ。いくら頑張ったって、標語みたいなものしかできないんだよ。今の写真、お前ら家族で鮎を釣ってたんだよな。だけど、そこからどうして、『母』は『舟』に似ているなんて、全然関係ないフレーズを思いつくんだよ。おれがやったらきっと、鮎が釣れたら舟が揺れたとか、そんなもんしか作れないのに」

言葉を吐き出しているうちに、航太は自分の気持ちに気づいた。これは嫉妬だ。恵一の頭がいいことはそりゃ、わかっている。でも、自分にできないことをやすやすとやってのけて、しかもその能力を「それだけのもの」で片づける。

腹を立てて当たり前じゃないか。

「航太、何を怒っているんだ?」

恵一は不思議そうな顔をしているが、航太は頬をふくらませて黙り込んだ。

よくよく考えてみれば、恵一に怒るのは理屈に合わない。自分がみじめになるだけだ。

でも。

河野の言い分を思い出す。

——もったいない。

今なら、河野のあの言葉が身に染みてわかる。

「おい、恵一、おれたちと一緒に俳句を作れ。俳句甲子園に行くぞ」

「はあ?」

恵一があっけにとられた声を出す。「お前まで何を言い出すんだよ、河野みたいに」

「今なら河野の考えがもっともだとわかるんだよ。お前の才能、もったいない。おれたちがその才能を必要としているのに御託(ごたく)を並べて拒否するなんて、ずうずうしい」

「ずうずうしいって、お前……」

「いや、言い方が悪かった。頼む、お前のその才能がほしい」

「待てよ、航太」

恵一がすわり直す。ようやく、航太が本気だということは飲み込めたようだ。

「航太が勝手に参加するのはいいさ。だが、おれを巻き込むな」

「いいじゃないか。できないことをやれって言ってるんじゃない、お前ならできるから力を貸してくれって頼んでるんだ。どうしてそこまで意固地になるんだよ」

「意固地なのはそっちだ」

恵一は指を突きつけた。「そんなにわからないなら、一度だけ説明してやる。おれの俳句はおれだけのものだ。みんなで語り合うものじゃない。俳句甲子園、お前は知らないだろうが、おれは散々見ているんだよ。句を真ん中に置いて、ああだこうだ、作者でもない奴らが言いたいことを言い合う。それに審査員という名の俳人が点数をつける。でもな、その審査員の点数だって、時には同じ句に六点つける俳人と九点つける俳人がいるんだよ。そんな評価のどこに客観性があるって言うんだ？　あんな試合仕立ての内容に納得なんてできやしない。おれの俳句に他人が勝手な解釈をするなんて、願い下げだ」

「自分の俳句に他人が勝手な解釈をするな、か」

今までの航太なら、そこで引き下がっていたのかもしれない。だが今は違う。今日、体験したじゃないか。

航太にはわからなかった航太の句のよさを、仲間が見つけてくれた。

恵一には、俳句の才能がある。物知りだから、航太の知らないこともたくさん知っているだろう。でも知らないことだって、航太が気づかせてやれることだってあるはずだ。京に俳句をするように説得した時、河野が俳句の可能性に気づかせたように。

──そうだ、あの時、河野は京に何を持ちかけたんだっけ?

航太は恵一に詰め寄った。

「なら、恵一、おれと賭けをしろ」

「賭け? どんな?」

「さっきの句に、恵一の思いもつかないような解釈をしてやる。で、その解釈も勝手じゃない、ありだとお前に納得させる。それはつまり、お前の句がお前だけのものじゃないと証明するってことだろう? それに成功したら、おれたちが新しい鑑賞を見つけたら、こっちの勝ちだ。おれたちの仲間になれ」

恵一が言い返した。

「おれが勝ったら?」

「うちの親父と斎神社の義貞先生に、お前のお父さんの説得を頼んでやる。進路について、恵一の言い分も聞いてやってくれって」

斎神社の神職は、島の有力者だ。人生相談に訪れる島民も多い。先代神職義貞先生の言うことなら、恵一のお父さんも無下(むげ)にはできないだろう。そして、航太の親父。航太と恵一は幼馴染だが、航太の父と恵一の父は、小学校、中学校、高校を通しての先輩後輩の間柄なのだ。航太の父のほうが二歳上。島の大人は、先輩後輩の上下関係には厳しい。

恵一もそのことはよく知っている。だからだろう、うなずいた。

「わかった。だが、いいか、おれが納得するのが条件だからな」


翌朝、航太は三人のチームメイトに非常招集をかけた。

今日も休日だが、かまってはいられない。

集合場所は斎神社の、そびえ立つ大楠(おおぐす)の下。

全員が輪になると、その真ん中に、恵一の句を航太が手書きしたレポート用紙を出した。

河野が怪訝そうに尋ねた。

「何、これ」

航太は、手早く、恵一との賭けのことを説明する。

「だからいいか、今日中に、この句に新しい解釈を見つけてくれ」

横から和彦と京ものぞき込んでいる。

「どうだ？」

「いや、まず、村上はどういうつもりでこの句を作ったって言ってるの？」

「お母さんたちと鮎釣りに行ったんだろうって。そして恵一がやっとつかまえた鮎を、お父さんに取り上げられて、川へ放り込まれたんだそうだ。その時の悲しい気持ちがよみがえって、それで気持ちをすっきりさせたくてこの句を作ったって言ってる」

「お父さんに鮎を取り上げられたの？」

「うん。恵一はそう言ってる。それに恵一のお母さんって、気持ちの優しい人だから、子どもの獲物を川に放り込んだりはしないだろうと思う。たぶんあの写真を撮ったのはお父さんなんだろうから、その場にはいたことになる」

「なんか……、独特な句ですね」

そう感想を漏らしたのは和彦だ。「一筋縄ではいかないって言うか……」

「どう、京は？」

河野に顔をのぞき込まれた京は、ぽつりと言う。

「私は、好きです。理由を聞かれてもうまく言えないけど」

「おれはさ……」

思い切って航太は話し始めた。「恵一の家族も知っているからさ、あんまりほじくり返すようなことも言えないんだが……。でも、そんな嫌味なお父さんじゃないんだよ。頑固な漁師だけど、そう無茶なことはしない人だと思ってる」

親しい友だちでも、心の奥底に入り込むのはちょっと気がひける。だがとにかく、恵一を俳句甲子園に引き入れるためにはこの俳句を理解して、俳句甲子園に出る意味を恵一に納得させるしかないのだ。

それと、理屈ではないが、自分が新発見をしてやらないといけないという気もしている。

京が真剣な目になった。

「『母』と『舟』のくだりはともかく、『手放す』っていうのは、どちらかと言うと悲しいイメージですよね。別れるってことだから。そこに『母』とか『舟』とか、平和な言葉がくっついているのが、余計に不安をあおる感じ。和彦君はどう思う？」

「不安というか、不満？　……かなあ。ええと、村上先輩の家は漁師なんですよね？　でもお父さん、川漁はしないですよね」

そこで航太は疑問を一つ思いついた。

「そもそも、五木島で鮎は釣れるのかな？」

「さあ……」

ここには漁師を稼業としている家の子がいない。

航太は家に電話をかけて、ばあちゃんに聞いてみることにした。ばあちゃんはこの島の生き字引みたいなものだ。

——鮎ねえ。あれは、清流の魚じゃねえ。この島では無理だと思うわ。村上さんの奥さん、石鎚（いしづち）のほうの出じゃなかったかしら。あのへんなら鮎釣りもできるでしょうよ。もうすぐ六月になると鮎漁の解禁だねえ。

五木島にも湧水がある。ほかならぬ斎神社の森の奥、島内の最高地点の近くに。だがその水は島民を潤（うるお）しているけれど、鮎が回遊できるほどの規模ではないそうだ。

つまり……。

航太はばあちゃんに礼を言ってスマートフォンをしまってから、また考える。もう少しで、何か思いつきそうなのに。

結局、最後は四人それぞれが自分の解釈を練ることを課題に解散した。

そして翌日の昼休み。

航太は三人のチームメイトが待つ部室に、恵一を引っ張っていった。

とにかく、恵一の考えてもいなかった情景を読み取ってみせる。俳句とはそういうものだから。

恵一と机を挟んですわった四人の顔は緊張しているが、その度合いには差がある。一番緊張の色の薄い和彦が、口を開いた。

「なんか……、こわい雰囲気ですね。じゃあ、ぼくから始めていいですか？　こういうのは早く終わらせたほうが楽なんで」

そして、気軽な調子で話し始めた。

「ぼくが注目したのは、『母』と『舟』についているカギかっこです。これは、この二つの言葉を漢字として強調するために使っているんだと思いました。そうして、改めてこの二文字に注目してみると、たしかにデザイン的に似ていますよね。『母』の一画目を曲げずに左へ払い、上にちょんと一画足したら、『母』の字は『舟』になる。漢和辞典で見たら二つの漢字の成り立ちは全然別のもののようですけど、『母』は『舟』に似ているっていうのは、面白い発見だと思いました。それから、よく、『海』という字の中には『母』がいるなんて言いますよね。海はすべての命の源、それは命を産み出す母にも通じる。そんなことを考えさせられて面白かったです、この句」

さすが、和彦は理屈っぽいけど、うまくまとめている。

「それで、この句の解釈ですが、『母』の中には命がある、『舟』も何かの容れ物みたいに思えてくる。だから、句全体が命の源の水を連想させる。そういうイメージが面白かったです」

和彦が口をつぐんで、窺うように恵一を見る。今度は恵一が口を開いた。

「字形のことは、もちろん最初から考慮ずみだよ。それからな、『舟』にはもともと容れ物という意味がある、水の上をいく乗り物というだけではなくて」

「え、そうなんですか？」

「あ……」

「ほら、浴槽のことを湯舟とか言うだろ」

和彦がそこで言葉に詰まる。つまり和彦の解釈はもともと恵一の中にあったものというわけか。

次に京が発言を始めた。

「私は、この句を読んで、昔、海の中で足がつった時のことを思い出しました。水の中でもがきながら舟を見上げると、濡れた船べりはすごく頼もしくて。あそこに上がれば助かるんだって夢中で手を伸ばすのに、ぬるぬるしていてつかめない。大人が気づいて引っ張り上げてくれて、ようやく舟に上がった時の、心からの安心感。水の中では生きられない私たちを守ってくれる舟、それと一般的な母との類似性は、ああ本当にあるかもって納得しました」

恵一は無言で聞いているだけだ。

続いて河野が話し始める。

「私は『手放せる』という言葉から、鮎の放流を思い浮かべた。鮎がいる生態系を守るために、鮎の卵を育てて稚魚にして、川に放す。そういう活動があるよね」

川に放す。

その言葉を聞いた時だ。航太の頭の中に、ぱっと新しい解釈が浮かんだ。だが、河野はまだ話し続けている。

「手放されるからこそ、生きていける鮎。つかまえた鮎を手放すことの意味は一つじゃないんじゃないかな。手放してしまった、残念、それだけじゃなくて。そして鮎の生命力は、産み出す『母』、命の豊かさにもつながると思う」

恵一は一瞬考え込んだが、すぐにこう反論してきた。

「そうかもしれない。でも釣りにしろ放流にしろ、結局人間が勝手にやっていることだろう。鮎に絶滅してほしくないから、自分たちの食料としての鮎を守るために、放流する。それと命の豊かさを結びつけるのは、人間の身勝手じゃないのか」

「身勝手で何がいけないの」

河野が体を乗り出した。「結果的に鮎が増えるなら、人間の思惑なんて二の次でいいじゃない」

恵一が勢いに押されたように黙る。河野はさらに勢いづく。

「それにね、この字、『舟』っていうのは、『船』よりも小型のものに使う字でしょ。それと『母』が似ているっていうのは新鮮で、でも納得がいった。あと、人間は水の上では舟を頼りにするけど、でも、その舟も実は結構ぐらぐらしたり、危なっかしかったりする。それが私の解釈の、『稚魚（ちぎょ）』にもぴったりのイメージだと思った」

恵一が口を開く。

「たしかにそういうイメージで『舟』の字を使ったんだよ。危なっかしいもの、頼りになると思っていると足元をぐらっと揺さぶられるようなものの象徴として。それと『母』も似ているっていうのがおれの書きたかったことなんだろう。結局、今の解釈は意外でもなんでもない」

航太は落ち着かなくなった。あの、気が弱くて優しい恵一のお母さんのことを恵一が危なつかしいと語るのを聞くのは、初めてだ。

　それから恵一は京をちらりと見やった。

「海の中にいると舟はすごく頼りになるように思える。というか、他に何もすがりつくものがないんだもんな。なのに、舟に上がると今度はその舟底はとても薄っぺらくて、ぐらぐら揺れる。乗っていれば船酔いもする。ちっとも安心できるものじゃない。だからと言って、ほかに頼れるものもない。海は大きすぎるからな」

　河野が手を打った。

「ああ、その感じが、まさしく母なのね。頼りないのか頼れるのか。舟も母も本質が変わったわけじゃないのに、そのイメージは様々に変わるんだ。でもイメージが変わるのって、迷って揺れているのは、自分も同じだからじゃないの？」

　恵一が初めて虚を衝かれたような顔になった。河野の勢いは止まらない。

「心の奥ではわかっているんだよね。海まかせ、自然まかせになるしかない自分、頼りないとわかっているものにも頼りたくなる自分、本当はそういう自分に一番いらだっているんだって」

　そこで河野は航太に目で合図を送ってきた。河野の主張は終わったようだ。

　航太はゆっくりと口を開いた。答えが見つかりかけたような気がしていた。

　恵一はさっき、「海」と言った。

自分では鮎を釣りに行った時のネガティブな記憶を処理するための句だと思っているが、その根底にあるのは、海が苦手だから舟も苦手で、漁師であるお父さんと仲良くなれない恵一の気持ちなのだ。きっと。

川や鮎が問題なんじゃない。

そして、ばあちゃんから聞いたこと……。

「あのさ……。おれはほかの三人と違って、この句が書いてある写真を見ちゃったわけだけど……。それで、感じたことじゃなくてたまたま知っちゃったことなんだけど」

そこで一度言葉を切って、言いたいことをまとめる。

「写真の日付は五月になっていた。五月なら、鮎は禁漁期だ」

恵一が目を丸くした。

「鮎漁は時期も漁法も厳しく制限されている。だから、恵一が獲った鮎は、禁漁期に川で舟遊びをしていて、たまたま舟から下ろした釣り針に引っかかっちゃったものとかじゃないか？　だからお父さんは、ルールを守る漁師として、問答無用で川に放したんじゃないか？　別に恵一に意地悪したわけじゃなくて」

恵一の顔に納得の色が広がっていくのに力を得て、航太はなおも続けた。

「それとさ、細かいことだけど、てにをはの選び方にもずっとこだわっていた」

「母」は「舟」に似ている。

「母」と「舟」は似ている、のではなく。

「舟」は「母」に似ている、のでもなく。

「作者、つまり恵一にとって真っ先に『母』が関心の中心に来たんだよな？　その関心の向こうに『舟』があった。ああ、このしがみついている『母』は『舟』に似ている、と。おれには、字形が似ているっていうのは後づけの理屈で、たまたまそういう偶然の類似に気がついて面白くなった……っていう俳句に思えた。だからどうって、うまく言えないけど、とにかくすぐにしがみつけるお母さんがいるっていいなって、それが感想。たとえ舟と同じで頼りないところがあるお母さんでも」

くそ、結局小学生みたいな感想になってしまった。鮎をキャッチアンドリリースした理由を指摘できたのだって、たまたまばあちゃんが禁漁期について教えてくれたからだし。

そこで京がふっと笑った。

「私もうらやましいですよ。たとえ頼りない気がするとしても、それは、頼ろうとした経験がある人でないと思いつかない感想です。私は一度も、自分の母を頼ろうと思ったことがないですから」

……母を亡くした航太よりもさらに深刻な口調に聞こえたので、何も言うことができなくなってしまった。

京もそれに気づいたようだ。

「あ、すみません、重い話をしちゃいました？　気にしないでください」

河野が気を取り直して、恵一に向かい合う。

「村上、どう？　私たち四人それぞれの鑑賞をしてみた。すべて、あんたの想定内だった？」

一瞬言葉に詰まった恵一だったが、すぐに、根負けしたように笑った。

「……いいや。まず、鮎を放すことにいろんな肯定の意味をつけてもらったのは、予想外だったよ」

そして、ちょっとすわり直した。

「それから、みんなと話しているうちに、この『舟』は海に浮かんでいる舟を思い浮かべていたんだってことに、自分でも初めて気づいた。『鮎』を季語に使っているくせに、自分でもぶれていた」

「いいじゃないか、ぶれたって」

航太は力強く言う。これは、ついこの間、自分が義貞先生に解説してもらったテーマだ。

「海だろうが川だろうが、お母さんにしがみついた安心感とやっぱりそれでもカバーしきれないどうしようもない不安感と、恵一の句の肝はそこなんだろ？」

恵一がさらに目を丸くした。

「航太、いつのまにそんないっぱしのことを言うようになったんだ？」

「あ、全部受け売りだけど。それはともかく、どうなんだよ、恵一。お前との賭けにおれたちは勝ったんじゃないのか？　おれたちの解釈に感心したんなら、俳句甲子園に出ろ。約束したろう？」

恵一が根負けしたように尋ねた。

航太は恵一から目を離さない。とにかく、恵一のうんという返事を聞くまでは。

「どうして、航太がそんなに俳句甲子園にこだわるんだよ。河野ならともかく」

「おれ、勝負ごとが好きなんだ」

それなら簡単だ。航太は胸を張って答える。

「あ、……そう」

気抜けした顔の恵一に、なおもたたみかける。

「いいな？」

「……ただ条件が一つある」

「なんだよ、この期に及んで」

「おれが納得いく俳句を全員が作ること」

航太は自分が笑顔になるのがわかった。

「わかった。じゃ、おれにつきっきりで教えろ」

恵一がとうとううなずいた。

「よし。参加する」

黄色い歓声が上がった。河野が京に飛びついて喜んでいる。

「やった！　一時は無理かとあきらめかけてたけど、チーム作れた！　俳句甲子園に出られる！」

「河野って……そういうことやってる時だけは、ちゃんと女の子に見えるな」

感心してつぶやいた航太は、容赦なく河野に肩をはたかれた。

ようやく、俳句甲子園出場に必要な五人がそろった。

やはり、恵一の参加は大きかった。航太を恵一に任せることによって、河野は二年生二人の指導に専念できるようになったのだ。

恵一と航太なら、互いの気心を知り尽くしている。そうやって向かい合わせで特訓を受けているある時、恵一がしみじみと言った。

「お前がこんなに俳句に熱中するとは思わなかったよ。意外」

「そうか？　だって試合に勝つのって単純に楽しいじゃん」

「違う、おれは、俳句甲子園じゃなくて、俳句そのものに航太が熱中しているのが意外だって言ってるんだ。お前、俳句に向いているんだな」

「おれ、俳句に向いている？」

航太は問い返したが、やがてあまり驚いていない自分に気づいた。「……そうかもしれない。いや、向いているかどうかは知らないけど、単純に面白いと思ってる、俳句って」

「ほら、それが意外だったんだよ。普通、俳句を始めても、字数の少なさとか季語の縛りとか、そういう制約が多いことにうんざりして放り出す人間が多いんだよ」

航太はけろりとして言い返す。

「だって、制約があるから面白いんじゃないか。制約って、つまりルールだろ。ルールがなかったらゲームにならないよ。バスケだってそうじゃん。ゴールにボールを投げ込んだら得点。それだけのゲームなら、ずっとボールを抱えて走り回ってりゃいい。でもそれじゃ何も面白くないんだよ。面白くするためには、ボールを持って三歩以上動いちゃいけないとか、わざと手の届かない高いところにゴールをくりつけるとか、そういうハードルがないと。俳句が五七五っていうのも兼題使えっていうのも、同じことだろ」

恵一が笑う。

「お前、たしかに俳句甲子園向きだ」

そうして、俳句提出の締め切り日、締め切り時刻のぎりぎり十分前。五木分校文芸部は無事にエントリーを完了した。

あとは六月の本番に向けて、ディベート練習あるのみ。

そんなある朝。

いつもと違う親父の声で、航太は目を覚ました。

「ばあちゃん！　ばあちゃん！　どうした！」

何か不穏なものを感じた航太は、寝起きの、しょぼしょぼする目をこすりながら、声のするほうに走っていった。茶の間の向こう。ばあちゃんの部屋だ。

茶の間との境のふすまは開け放されて、親父がかがみ込んでいる。その親父の肩越しに、倒れているばあちゃんが見えた。

第三章

言葉だけの故郷

狭心症。ばあちゃんはそう診断された。

五木島には、ありがたいことに総合病院が一つある。総合と言っても全部の科がそろっているわけではないし、ごく簡単な手術しかできないらしいけど、病院どころか診療所さえない島が瀬戸内海にはたくさんあるのだから、これだけでもすごくありがたいことなのだ。捻挫した時には航太もお世話になったし、先日ミカン畑に自転車ごと突っ込んだ航太の後輩も、ここにかつぎ込まれたはずだ。

ついでに言うと消防署はない。地域住民が作る消防団組織はあるから――航太の親父だって第五分団の副団長だ――いざという時の火事にはまず消防団が対応して初期消火に努めつつ、本土からの応援を待つことになる。

そして救急車もない。病人が出たら、とにかく自力で車の手配をして病院に駆けつけるしかない。

親父と航太が、胸を押さえてうずくまっているばあちゃんを『小市堂』と横っ腹に書いてある軽ワゴン車に乗せて病院に乗りつけたのは、朝の七時半過ぎだった。緊急外来受付の看護師さんが対応してくれて、すぐに仮眠中のお医者さんを呼びに行ってくれた。

「大丈夫だよ、もう苦しくなくなったから」

ストレッチャーに乗せられて診察室に向かいながら、ばあちゃんはすまなそうにそう言った。その顔はまだ白いが、とにかくばあちゃんがしゃべれたことで、航太は少しだけほっとした。

ほっとしたら、急に体が震え出した。

うずくまっているばあちゃんを見た時の衝撃が、今になってよみがえる。こんなに動揺するとは、自分でも意外だった。

親父と二人でへたり込んでいる、この廊下のベンチから動けない。本当は病院という場所は苦手で、待合室のがらんとした感じも薬の匂いも、みんな大嫌いなのだが。

急いでひっかけてきたパーカーのポケットに手を突っ込み、ずるずると背中をすべらせて楽な姿勢を探していると、隣で腕組みをしている親父がちらりとこっちを見た。

「航太、お前は学校に行け」

「え、ばあちゃんが診(み)てもらって容体がはっきりするまで、ここにいるよ」

親父はかぶりを振った。

「あの様子なら、ばあちゃん、今すぐにどうということはないだろう。どっちにしても今日、店は休みだ。おれがついている、お前は勉強しろ。少し遅刻することを須賀先生に連絡しておくし、今後何かあったら、もちろん学校からお前を呼び出してもらうから」

親父から小銭と家の鍵を受け取って、航太は立ち上がる。たしかに、ここにいても航太にはすることがない。

幸か不幸か、朝一本だけの通勤通学用バスも、ちょうど島内をめぐっている時間だ。病院の前からそのバスに乗り、家の近くで降りた。五木島を一周するこのバスに乗り続けていれば学校まで連れて行ってくれるのだが、航太は寝間着代わりのスウェット姿のままだし、教科書その他の勉強道具も何も持っていない。

さっき病院に来る時はずっとばあちゃんにつき添っていたから気がつかなかったが、親父はあんな緊急の時でも、ちゃんと家の鍵をかけていた。こういうのを忘れないのが、大人なんだろう。

作業場には、火が入っていなかった。今日は上生菓子作りの日ではなかったから。家のほうの台所では、水を張った中に煮干しの沈んだ鍋があるだけ。昨夜ばあちゃんが下ごしらえした時のままだ。起きてから朝食を作る暇もなく、身支度中に具合が悪くなったらしい。

三人暮らしだから、いつもだってそう賑やかな家ではない。それでも、こんなにがらんとしていると感じるのは、久しぶりだ。

そう、あの時以来。航太の母親が急に頭が痛いと言い出して親父に病院に連れていかれ、ばあちゃんがあたふたと入院用の着替えやなんかの買い物に行っている間、一人も来ない客のために店番をしていた、あの時以来だ。

あの時、ばあちゃんが用意したものは結局必要なかった。

その前に母親が息を引き取ってしまったから。

航太は朝食代わりに牛乳を一杯飲むと、ありあわせの紙に「本日臨時休業」と書いて店のガラス戸に貼りつけ、自転車を引き出した。

鍵をかけるのに少しだけ手間取った。この家にはいつでも親父やばあちゃんがいたから、航太は無人の家をあとにするのにも慣れていないのだ。

休み時間になるのを待ちかねて、航太は親父に連絡を入れてみた。原則校内での携帯電話使用は禁止されているから、いつもは放課後教師の目の届かない場所に行ってこっそりと使うくらいなのだが、今はそんなことを言っている場合ではない。

幸い、親父は電話に出られる状態だったらしく、すぐにつながった。

「狭心症？」

——そう。簡単に言うと、心臓の近くの血管が細くなって詰まりかけていたってことらしい。

「それで？　もう大丈夫なんだよな？」

――とにかく、今は薬で落ち着いているが、もう少し様子を見るそうだ。場合によっては入院かもしれない。

「入院？」

思わず声が裏返る。「そんなに大変なの？」

ばあちゃんは、ちゃんと話もできる状態だったのに。

――なにぶん、年寄りだからな。この機会に色々検査もしてもらったほうがいい。ばあちゃん、今まで健康自慢で、関節炎のための整形外科にしかお世話になってなかったんだから。

「そうか……。あとでまた連絡する」

しっかりしろ。スマートフォンをポケットに入れながら、航太は自分を叱りつける。高校生にもなって。

さっき、文芸部三年生の恵一や日向子に、朝練をさぼったことだけは適当に謝っておいた。でも部員のみんなに、ちゃんとばあちゃんのことを説明したほうがいいだろう。

だが、昼休み、恵一や日向子、二年生の和彦や京と部室にそろうなり、航太が一言も言わないうちに、みんなが気づいてしまった。

「航太、おばあちゃんどうした？」

四人そろって航太にもの問いたげな視線を向ける中、最初に聞いてきたのはやっぱり恵一だ。

俳句甲子園に向けて一緒の時間を過ごすことが多くなり、いつのまにかみんな下の名前で呼び合うような仲にはなったが、航太と恵一のつき合いの長さは、桁違いなのだ。

今は昼休みの時間も無駄にできないから、部員は部室に集まって弁当を食べながら模擬試合をしている。毎日ばあちゃん特製愛情弁当の豪華さをうらやましがられていた航太が、今日は購買部のコロッケパンと牛乳だけだったのだ。誰だって何かあったと気づくだろう。

「そうか……。それは心配だな」

今朝のことをひととおり話すと、恵一がそう言って眉を寄せる。みんなも気の毒そうな顔つきだ。

「たいしたことはないと思うんだけどね」

「だといいよな」

恵一はもちろん、ばあちゃんのことをよく知っている。小さい時から互いの家を行き来して遊んできた仲なのだから。

「そんなわけで、おれ、今日の放課後、俳句の練習に出られるか、まだわからないんだ」

「了解」

部長の日向子が大きくうなずいた。

自分たちが地方大会へ提出した句は、当然全員頭にたたき込んで、何を聞かれても即座に対応できるようにしておかなければならない。基本的には兼題三題かける三句――地方大会では一兼題につき三戦だから――の計九句なのだが、松山地方大会は例年のことながら出場校が多く、今年も決勝戦が必要になった。

その決勝戦用の「南風」の句を、追加でもうすぐ提出しなければいけない。ああだこうだと議論しているうちに、すぐに五時限目開始の時間になってしまった。

二年生と別れて三年生の教室に向かっている時。横に並んだ日向子が、航太に話しかけてきた。

「おばあさんがこんな時に悪いんだけど……、京のこと、何か気づかなかった？」

「え、おれ、何も思い当たらないけど」

今日はどうしても集中できず、ましてや下級生のことなどかまっていられなかったから。

すると、反対側から恵一も言葉を添えた。

「おれが思うに、今朝、地方大会についての詳細を日向子が説明してからだと思う、京が挙動不審になったの」

「挙動不審？」

航太が目をむくと、恵一はあわてて言い足した。

「いや、訂正。挙動不審ではなく、表情が消えた。あと、しゃべらなくなった」

「はあ。それはたしかに変だ」

来島京は、おしゃべりというわけではないが、俳句に関してはどちらかというと遠慮がないタイプだ。言いたいことは全部言う。航太の発言など、ずばずばと欠点を指摘される。

「どうしてだと思う？」

これは日向子。航太は迷わずに答えた。

「おれ、何も気づかなかったくらいだからよくわからないけど、本人に聞いてみりゃいいんじゃないか？　放課後、最後まで残れるかはともかく、おれもその時はいるよ。こういうのは、みんなで聞くほうがいいと思う」


そして放課後（結局、ばあちゃんは入院しなくてすんだ）。五人が部室に顔をそろえると、三年生が口を開くより前に、二年生の和彦がこう切り出した。

「京ちゃん、どうした？　今朝から何かおかしくない？　クラスでは言わなかったんだけどさ、ずっと気になってて」

それはそうか。京が本当に口を利かなくなっていたら、まず、同じクラスの和彦が気づくはずだ。

四人に見つめられた京は、しばらく下を向いていたが、やがて顔を上げた。

「……俳句甲子園って、地方大会も松山でやるんですね」

日向子が、ちょっときょとんとしてから答える。

「うん、そうだね。愛媛県で参加する高校はたくさんあるけど、会場を分散するよりも松山にまとめたほうが、何かと便利なんだと思う。それに、私たちにとっては有利だよね。ほかの地方の学校と違って、全国大会と同じ会場でできるなんて、すごいアドバンテージじゃない」

日向子部長、全国大会へ行くつもりなのか。この急ごしらえのチームで。

航太は日向子の強心臓に驚いたが、それは今の話題ではない。

また口を閉じてしまった京に、和彦が話しかけた。

「部長の言うとおり、大会の実行委員会にとっては、一番やりやすい形なんだと思うけどな。あと、いいPRなんじゃない？　会場の、松山市大街道商店街っていうオープンな場所でやれば、公会堂みたいなところよりも一般の人に何やってるか見せられるわけで。試合中ずっと、このイベントは予備戦みたいなものです、本戦は八月ですって告知できるんだから」

「大街道商店街にとっても、人の集まるイベントは大歓迎だろ。人が集まるイコール、財布が集まるってことだ」

これは恵一。

　すると、京は小さい声で言った。

「……私、地方大会はほかの場所でこぢんまりやるんだって思ってたんです。この間の練習試合みたいな、誰も来ない場所で。今から怖気づくなんて、すごい情けないんですけど、まさか、全国大会と同じ場所、松山市の大街道でやるなんて……」

「そんなに気にすることないじゃない？　会場なんて、どこだって同じだよ」

　航太がそう言っても、京は首を横に振る。

「だって、全国大会なんて、私たちが行けるわけないって思ってたんです。そうじゃないですか。この間の練習試合も勝てなかったし、私も小市先輩も完全な初心者だし、だからこの辺の公民館みたいなところで予選をやって、そこで終わるなら俳句をやっても別にいいかなと……」

　日向子がちょっと突っ込んだ。

「京、今の言い方だと、つまり、松山で俳句の試合をするのがいやなの？　どうして？」

「どうしてって……」

　京は上目遣いに四人を順番に見る。その目をしばらく泳がせたあと、ぐいと肩をそびやかした。

「すみません、よけいなことを言いました。なんでもないです」

「どうしようか」

ちょっとトイレに行ってきます、そう言って京が席を立ったあとで、四人は顔を見合わせた。

「あれ、どう考えても、なんでもなくはないよな」

「うん」

あの京の様子は、ただごとではない。日向子が腕を組んでつぶやいた。

「松山にわだかまりを持ってるんだよね、あの子」

「たぶん」

航太が答えるのに、恵一も言葉を重ねた。

「普通に考えれば、松山ということは自分ちということだよな。ところで、この島で一緒に暮らしている京のおじいさんって、何をしてる人なんだ？」

和彦がその説明を引き受けた。

「中学校の教師をしていたらしいですよ。でももう退職して、生まれ故郷の五木島で一人暮らしを始めた。よく知った場所だし、退職金や年金があるから、悠々自適。そこに京ちゃんが松山から転がり込んできた格好」

日向子は腕を組んだままだ。

「それだけって言ったら、別にそれだけのことだよね。ただ、五木分校入学を選んだ時点で、松山にいたくなかったからか？　って勘繰りたくはなるね」

「だって日向子、別に試合で松山に行くって言っても、朝五木島を出て日帰りですむことだろ？　家に帰るわけじゃないのに」

「でも、松山って京の謂わば生まれ故郷じゃない。関係ないと考えるほうが無理じゃない？」

日向子はそう言ってから、ドアのほうを振り向いた。「帰ってこないね、京」

「そう言えば、義貞先生も遅いな」

放課後に俳句の指導をお願いしている、和彦のおじいさんだ。

航太は立ち上がる。

「ここであぁだこうだ勘繰ってるより、本人を探しに行くか。義貞先生が来たら、俳句の練習が始まっちゃうもんな」

四人は校舎内を探し回った挙句、京が屋上にいるのを見つけた。そうだ、京はよくここから海を見ているのだった。

だが、一人ではない。義貞先生が隣にいる。二人は屋上の出入り口に背を向けて、何か話し合っているようだ。

和彦がささやく。

「これはたぶん、ぼくの祖父に任せておいたほうがいい状況じゃないですか？」

「……うん、そうだな」

というわけで、全員、足音を忍ばせて部室へ戻る。

しばらく経ってから、京は部室に戻ってきた。その後ろから義貞先生が穏やかに詫びを言う。

「遅れてすまんのう。昇降口のところの手洗いを使っている時にこの京ちゃんに会って、二人で立ち話をしてしまった」

「あ、はい」

返事をする日向子の前に京は進んで、ぺこりと頭を下げた。

「部長、時間を無駄にしてすみません。練習始めてください」

それ以上、京は何も言わなかった。一方、航太のばあちゃんのことを知った義貞先生が心配のあまり質問攻めにしたので、話題はすっかり変わってしまった。

航太としては京のことも少々気になるものの、ばあちゃんのことで頭が一杯だったので、やがて忘れた。

ばあちゃんは、血圧を下げる薬と血液をさらさらにする薬を飲みながら、そろそろと家の中で生活している。今までどおりに家事をしようとするのを親父が叱って止めている毎日だ。幸い、親父は職住一体の仕事だし、食べ物商売で慣れているから台所仕事もこなせる。

洗濯は夜、航太が受け持つ。掃除も手抜き。店だけはどうにか清潔に保っているものの、家の乱雑さや、作業着や制服のシャツがしわだらけなことには、目をつぶるしかない。

ばあちゃんの病気以来、近所の人たちには本当に助けられた。毎晩のように、誰かの手作りの料理や、さばいた魚が差し入れられる。そんな時のお礼にと、小市堂の店先には、こぎれいに包まれた菓子が常備されるようになったほどだ。

「親父、上生菓子がいつもちょうどいい数だな。最初から差し入れへの礼も考えて作ってるみたいだ」

航太がそう冗談を言うと、親父は苦笑したものだ。

それでも、日々はなんとか回っていく。そして、俳句甲子園の地方大会の前日になった。

「明日なのか。ちょうど、五木の病院に本土から専門の先生が来てくれる日だな。ばあちゃんの診察が入っているから航太の応援には行けないが……」

「いいよ、来てくれなくたって。そんなことより、ばあちゃんの病気についてしっかり聞いておいてくれよ」

親父は何やら考え込みながらうなずいた。

「ま、頑張れ。小市堂の必勝饅頭（まんじゅう）、持たせてやる」

文芸部の名目上の顧問、須賀は、鉄道オタクだ。五木島から松山市街到着までの所要時間をしっかり調べてくれた。その須賀に連れられて、航太は何週間かぶりに大街道にやってきた。

俳句甲子園松山地方大会は、全国大会と同じ会場、松山市大街道商店街で行われる。ただ、全国大会よりやや規模が小さい。全国大会は三十六チーム。それに比べて、今年、地方大会の試合に参加したのは四国の高校二十四チームだ。そのため、会場は第一から第四まで四つ用意され、各会場に六チーム割り当てられている。その六チームがさらに三チームずつの二ブロックに分かれて予選リーグ戦を行い、まずその勝者を各ブロックにつき一チーム決める。その後、各会場二チームによる決勝戦を行い、ようやく、全国大会に進める四チームが決まる。

くじ引きの結果、五木分校は第三会場の予選Aブロックに割り当てられた。同じブロックに入ったのは、南予（なんよ）にある私立栄（さかえ）学院高等学校と、東予（とうよ）の愛媛県立河津（かわつ）高等学校。

「対戦相手について、何か知ってる？」

日向子が誰にともなく尋ねる。目が合った航太が答えた。

「河津は結構山のほうに入った学校だろ。バスケはすごく強い。あと、校内マラソン必修とか、体を鍛えてるイメージ。……俳句に全然関係ないか」

補うように須賀が言った。

「河津高校は前身が旧制中学。栄学院は新進の私立で、最近、めきめきと進学実績を伸ばしている。かなり対照的な二校だな。……そのくらいのことは知っているが……」

するると、和彦があとを引き取った。

「うん、河津は古いですよね、文武両道を謳ってるような、元男子校。ぼくの父の友だちの出身校です。今でも一年に一度くらい五木島に遊びに来ます。航太先輩が言うように山地が近いから、『蟬』なんかだと実感のこもった句が来るんじゃないですか。栄は本当、新しくておしゃれってイメージですよね。ぼくが知っている在学生は二人くらいかな、結構ソフトな感じの共学校です。ひょっとしたら恋の句とか詠んでくるかも。ネットでのやり取り見てるとそんな感じがします」

須賀を含めた五人全員、和彦をあきれて見る。

「……お前、どうしてそんなにくわしいんだ」

代表して質問したのは恵一。

「くわしいって、いろんな知り合いから知り合いへ伝手をたどってネットワークを広げているだけです」

「なんか、すごく今風の高校生なんだね、和彦って」

日向子はちらりと対戦校の選手たちを見やった。

「それで、顔見知りはいる？」

「いいえ、残念ながら。祖父ならもっと色々知っているんでしょうけど、すみません、今日は斎神社の神事に駆り出されていてどうしても来られなくて」

「いや、それは仕方がない。義貞先生はそちらが本業だ。実作のご指導だけでもおれは本当に助かった」

「まあ、でも第一試合で対戦する栄学院、たしかに和彦の言うとおり、愛だ恋だって詠みそうではあるね。男子三名、女子二名の構成っていうのもいかにもそんな感じ」

日向子が相手をにらみながらつぶやくと、京がぷっと噴き出した。

「日向子先輩、男女比だけなら、うちもまったく同じなんですけど」

「……あ、そうか」

五木分校の文芸部に、恋愛要素はまったくない。部長の日向子が完全に体育会系の強化システムでまとめてきたし、もう一人の女子の京がその日向子になつきすぎていて、男どもはまとめて片づけられている感があるからだ。

「栄はうちとはまったく違う校風だろうな」

航太もそれだけ言った。

制服一つを見ても、ダークグレーのチェックのスカート並びにズボン、淡いグレーのシャツにえんじ色のネクタイ。ものすごくしゃれている。きっと部活の風景もまったく違うだろう。私立ということは、冷暖房完備の快適な校舎だろうし。

日向子は、七十年変わっていないと言われているセーラー服の肩を挑戦的に揺すった。

「さあ、行くよ」


第一試合。

赤、私立栄学院高等学校対、白、愛媛県立越智高等学校五木分校。

兼題は「夜店」。


先鋒戦。先攻、赤。

立ち上がったのは、ふわふわした髪をしたかわいい顔の女子だった。


（赤）　帰り来て夜店の雛(ひな)の重きこと

彼女は規定どおりに二度繰り返してからお行儀よく着席する。

「次に白チーム、ご起立の上、二度俳句を読み上げてください」

五木分校の先鋒は来島京。黒髪おかっぱ、栄学院の彼女とはまったく違うタイプの美少女だ。

(白)荒き声夜店一瞬だけ止まる

「それでは赤チームの句に対して、白チーム、質問をお願いします」

司会に促されて真っ先に手を挙げたのはやはり日向子、続いて和彦と恵一。指名された日向子が立ち上がる。

「この『雛』は夜店で売っているひよこのことだと思いますが、この句では、兼題の『夜店』よりも、買った時にはそうは感じなかった雛を家では重く感じる心情をうたっている、つまり、焦点が兼題ではなく『雛』に当たっているのではないですか?」

「それでは赤チームの方、回答をお願いします」

次に指名されたのは、披講した女子の隣の男子。

「鑑賞ありがとうございます。今、夜店よりも雛に焦点が当たっているのではというご指摘でしたが、それは違うと思います。家に帰ってきて我に返ったら、夜店で浮かれて買った雛に命の重さを感じた、つまり日常に戻った時に改めて夜店の非日常がきわだった、それが句意です。つまり、焦点はあくまでも、非日常空間である夜店なのです」

よくしゃべる男だな。

航太はまずそこに感心してしまった。だが、しゃべることに関しては、和彦も負けていない。

「夜店が非日常空間である、それはそのとおりだと思いますが、ならばなおさら、日常に戻った時の雛の重さではなく、非日常の夜店でいかに雛の命が軽く扱われているか、ぼくたちも軽いものだと感じてしまうか、『重さ』ではなく『軽さ』を夜店という場所で詠むべきではないのですか？　そうすればただ浮き浮きするだけの夜店ではない、非情で残酷な側面も際立たせることができたと思います」

やがてタイムアウト。どうにか最初の質問の時間を無事に終わらせることができた。

代わって、赤から白の句に対しての質問。

「荒い声で夜店が一瞬静かになった、その情景は伝わりますが、それだけの句ではないですか？」

これはつまり、けなされているんだな。

航太にもそのくらいのことはわかるようになっている。そういう質問はよく来ると、日向子や和彦からも教えられていた。

――どんな句であろうととにかく、「それだけの句ではないですか？」、そう質問しときゃいいだろうと考えてる学校があるんじゃないかって思うくらいです。

だから、航太でも用意ができている。これなら答えられる。

「それだけってことはないでしょう。今『静かになった』と鑑賞してもらいましたが、この句は『止まる』と使っているでしょう。声だけではない、夜店にいる人の動きも止まる、何もかもが止まってまるで時間が止まったかのような感じになった。夜店って楽しい場所に思えるけど、中には荒っぽい、ちょっとこわい人間だっている。だからみんながぎくっとするような声が聞こえることだってある。それをよく表している句だと思います」

これが、航太の初めての発言だ。自分でも、よく言えたと思った。しかしさっき披講した女子が、にこにこ顔で即座に発言を求めた。

「ですが、荒い声で時が止まるようにその空間が凍りつく、それは夜店に限ったことではないですよね？　この句は、たとえば『荒き声プール一瞬だけ止まる』、としても成り立つでしょう？」

え？　航太の思考が停止した。

……たしかに。その情景も目に浮かぶ。賑やかに水しぶきが上がるプール、女の子の甲高い歓声、子どものはしゃぐ声、誰かが飛び込む音、そこにこわいおっさんの叱り飛ばす声が聞こえて水面が一瞬しんと静まり返る……。

彼女はぴたりと航太に視線を合わせて言葉を続けている。

「この句が詠んでいる情景は夜店に特有のものではない、つまり、この句は『夜店』という兼題を活かしていないということになるのではないですか？」

むっとした顔の恵一が隣で手を挙げた。

「今、季語が動くというご指摘を受けましたが、そんなことはない……」

「そこまで」

行司の声が、恵一の反論をさえぎる。

恵一は渋々着席した。

「それでは、判定！」

審査員は五人。練習試合の時と同じように、優れていると判断したチームの色の旗を揚げる。

そして、揚がった旗は赤三本、白二本。

初戦、負けた。

「……かわいくない女の子ね」

日向子が悔しそうにつぶやく。

中堅戦。攻守所を変えて、白から披講。恵一の句だ。

（白）　夜店過ぐべたつく指をそのままに
赤の披講は、さっき発言した男子。

（赤）君の背を追いかけている夜店かな

「わ、本当に来たよ、恋の句」

日向子が不敵な笑みを浮かべた。「でも、まずはこっちが守る側ね」

「それでは白チームの句に対して、赤チーム、質問をお願いします」

さっそく相手チームの手が挙がる。

「べたつく指をそのままにして店を通り過ぎる、それはたしかに夜店をそぞろ歩いていればそうなる人は多いですが、それ以上に情景が広がらないと思うのですが」

「景は広がるでしょう。綿飴（わたあめ）や焼き鳥や、そのほか夜店でみんなが食べているものをすべて、『べたつく指』だけで想起させた、その工夫に注目していただきたい」

恵一の答え方は、少しだけ喧嘩腰（けんかごし）だったかもしれない。でも内容は間違っていないと思う。さっきの女の子が、またかわいらしい声で反論してきた。

「でも、夜店っていろんなものを食べ歩くのが楽しいんじゃないですか。なのに『べたつく』って言い切られちゃうと、指が気持ち悪いな、いやだなって、そういうネガティブな気持ちばっかりが強調されていて、全然楽しくないと思うんですが」

航太も負けずに手を挙げる。

「夜店って、普通とは違って手も洗わずにいろんなものを食べる、ちょっとくらいべたべたしたっていいや、だってお祭なんだから。そういう、羽目を外した感じこそ楽しいんじゃないですか？」

　そこでタイムアウト。どうにか質問には答えられたと思う。続いて、こちらから日向子が質問。

「『君の背を追いかけている』、この情景こそ、舞台が夜店でなくてもいい、校門でも、学校の中でも、いいえ気になる人の背中ならいつでも追いかけているものでしょう？『夜店』が全然活かされていないと思います」

　さっきの反論をそのまま返しているような具合だ。でもたしかに、そうだと思う。連れ立っている男女には、夜店と同じくらいふさわしいシチュエーションが他にもありそうだ。

「そんなことはないです。夜店だから、君がいつもと違ってすてきに見えるから、だからこそどきどきしてずっと追いかけてしまう、そういう気持ちを汲み取ってください」

　すると、和彦がおっとりと再質問。

「『君の背を追いかけている』、これは別に男女のカップルでなくてもいいですよね？　ぼくには、おじいさんが迷子にならないように孫をしっかり目で追っている、そういう情景が浮かびましたけど。夜店ならではの、いい風景だと思いました」

　相手は盲点を突かれたように一瞬固まってしまった。

　そこでタイムアウト。

「和彦、ナイス」

航太がささやくと、和彦が笑う。

そして判定。

赤二本、白三本！

「おおーっ、勝ったぞ！」

作品点ではこちらに低い点をつけた審査員も二人いたのに、それでも勝てたのは、鑑賞点が稼げたおかげだ。

「いい調子。このまま行くよ」

日向子が、さらに戦闘的な顔になった。

大将戦。再度攻守所が変わり、赤から披講。

(赤) 買いもせず夜店をめぐる君といて
白、日向子の句。

(白) 熱さまし舌に夜店の夢を見る

会場の雰囲気にもだいぶ慣れた。航太だけではない、みんなよく発言できている。

「赤の句、夜店をひやかすだけの君といる、そういう句だと思うんですが、それでは夜店の楽しさが伝わらないのではないでしょうか？」

「ひやかすだけでも、君といれば楽しいんです。というか、それだけで楽しいんです、夜店だから。そういうわくわくした気持ちを汲み取ってください」

「白の句、実際に行ってはいない夜店を夢に見ることと、熱さましとの関連性が見えないのですが？」

「熱さましの特有の味、人工的な甘さ、それがずっと舌に残っている感じはわかるでしょう？　そしてこの作者は熱を出して、不安定な状態でうつらうつらしている。自分でも自分の体調が心細い、そうした危なっかしさと、夢の中の非現実的な夜店は響き合っていると思います」

赤の句に質問したのは航太、白の句の質問を受けて立ったのは京だ。松山に来るのを渋っていた京も、今は落ち着いている。

客席を見る余裕もできてきた。土曜日の午前中とあって、買い物客はまだそれほど多くない。

審査員五人の頭の向こうに見えるのは、大半が制服やユニフォーム姿の高校生だ。自分の試合が始まっていない選手たちもいるのだろう。この第三会場を使うのはA・Bブロック合わせて六校だから、今は四つの学校が出番を待ちながら敵情視察している状態だ。

それから、忘れてはならないのが応援団。五木分校からも、何人か来てくれていることに気がつき、航太は感激した。あとでちゃんとお礼を言わないと。

その高校生たちを見回しながら、京の言葉にはさらに熱がこもる。

「体調が悪い時に見る夢って、いつもよりもさらに不思議なものになりませんか？　それは夜店のような異空間に通じると思います！」

京の勢いに、観客席から拍手が起きる。五木分校応援団が拍手してくれただけかもしれないが、それでもうれしい。

さあ、結果はどうなる。

「判定！」

白の旗が揚がる。一本。もう一本。あとは……？

二本だけだった。赤は、三本。

「第一試合大将戦、赤三本、白二本で栄学院の勝利です！　この結果、第一試合の勝者は栄学院と決まりました！」

どんな表情をしたらいいのかわからないまま、航太は立ち上がる。観客席のよく知っている顔にうなずくことはできたが、どうしても笑うことができない。

——負けた。

一番しょんぼりとしていたのは、航太のようだ。

「負けちゃいましたね」

いつもどおりに飄々（ひょうひょう）としてそう言う和彦と表情を変えない恵一、京などは、むしろ晴れ晴れとした顔だ。その表情にふさわしいさわやかな声で、京は相槌を打つ。

「うん、負けちゃった。でも面白かったです」

「それは結構」

航太のすぐ横ですごみのある声がする。改めて確かめるまでもない、日向子だ。

「でも、面白いだけではすまさないよ。次は絶対勝つからね？」

勢いに押されて、航太はうなずく。

「そうだ、勝つ」

こっちは、恵一。その顔をよくよく見て、航太は思い出した。そうだ、恵一は本当に集中すると、一切表情が変わらなくなる男だった。

「和彦、この会場、次はBブロックの第一試合だな？」

和彦が自分のノートを見ながら答える。

「そうです、恵一先輩。そのあとぼくたちAブロックの第二試合としてうちと河津高校、続いてBの第二試合、そのあとにAの栄学院と河津高校の試合、という流れですね」

「とにかく次に勝てばいいのよ」

日向子はさっさと観客席の一番後ろに陣取った。

「移動する時間も惜しいから、ここでいい。さあ、みんな、もう一度確認するよ」

「よし」

その隣に恵一がすわる。この二人がこんなに接近するのは、学校の部室でもあまりないことだ。

「恵一、あんたの歳時記貸して」

「ほら。じゃ、兼題の最終確認は日向子に任せる。おれは兼題の類句をこいつら三人に確認させる」

「よし、そっちは任せた」

そんな二人を見比べて、和彦が航太にささやいた。

「なんか、二人の息がすごく合ってきてますね」

「こいつら、似てるな」

航太もささやき返す。「どっちも、戦闘モードに入るとほかのことが頭からすっ飛ぶタイプだ。火がつくと猪突猛進するんだよ」

「でも、頼もしいです」

京がくすっと笑う。その顔がリラックスしていることに、航太はほっとした。


Ａブロック第二試合。

和彦の情報では古い文武両道の伝統校だという河津高校は、男子ばかり五人のチームだ。

たしかに、栄学院よりも、五木分校に近いものを感じる。

「ふわふわした感じの女の子相手より、やりやすそうね」

戦闘意欲が昂ぶっている日向子部長は、試合前の両チーム挨拶の時から、相手校に鋭い視線を送っている。

赤、河津高校対、白、五木分校。

兼題は「蟬」。


先鋒戦。

（赤）　蟬時雨(しぐれ)一人で眠る保健室

（白）　蟬採りの迷ひ込みたる神の杜(もり)

赤の句、一人の心細さと、催眠術のような鳴りやまない蟬時雨。その感じが好きだ。

そう思ったせいか、航太はあまり批判ができなくなった。こちらは和彦の句で、いかにも神社を自分のフィールドにしている人間の、いい句だったのだが。

結果は三対二で、白の負け。


中堅戦。

(白)　背番号10番の背に蟬時雨

(赤)　蟬の殻日を透かしたる足多き

白は航太の句だ。

五木分校に、背番号10番のユニフォームは存在しない。でも、そんなことはかまわない。うるさいほどの蟬時雨を聞きながら黙々と練習に励む背番号10番、試合に出られない焦りを抱えつつ、でもいつか出られるかもしれない期待を捨てられない10番。

試合のできない悔しさを、生徒数の多い学校の生徒にもわかってもらうために、あえて背番号10番とした。「背」の字と「せ」の音を繰り返した、義貞先生と練りに練った句だ。

そして、判定。

固唾を呑んでいた航太は、まず、白の旗の多さに目をみはった。

赤一本、白四本。

――勝った！

航太の句で勝った。思わずこぶしを突き上げる。あまり有頂天になってはいけないと思い、すぐに自分を戒めたが、白いテーブルに並んだ五人とも、いい方向に興奮しているのが互いにわかった。

これで勝敗は一勝一敗の互角。

しかも、次の大将戦の句は、京が一番力を注いでいた句なのだ。


大将戦。

（赤）　やはらかな慈雨のやうなる蟬の声

続いて白の披講。京が立ち上がる。

その動作が一瞬、腰を浮かせた状態で止まった。

「京？　どうしたの？」

日向子のささやきに、京ははっとしたように背を伸ばし、すっくりと立った。そして、唾を一回飲み込んでから口を開いた。だが、最初の言葉がかすれ、もう一度唾を飲み込んでから、ようやく句を読み上げた。

（白）　掌にもがく蟬や言葉だけの故郷

「それでは赤の句に対して、白チーム、質問をお願いします」

日向子はどこまでも容赦がない。「やはらかな慈雨のやうなる」という直接的な比喩は効果的ですか？　ただ「蟬時雨」と言うだけで伝わったのではないですか？　「慈雨」というのは観念的すぎませんか？

前のめりの、好戦的な口調だが、いいところを突いていると思う。

「それでは次に、赤チーム、白チームの句に対して質問をお願いします」

「『言葉だけの故郷』というのがよくわかりません。なんか、厳しすぎて読む人間が突き放されているというか……。説明してください」

赤チームの質問に、四人が京を見やったのは、偶然ではない。この説明こそ京が句にしたかったもの、だから京が発言すべきだと思っていたからだ。

——言葉だけの故郷、というのは今の私にとてもぴったりくる言葉です。

この句を発表した時、京は四人の前でそう言ったのだ。

——五木島は、私の故郷じゃない。でも、私の生まれた場所が故郷かというと、それもぴんとこないんです。その、どっちつかずの、寂しい気持ちが、私にもあっさりつかまるような弱ったセミを掌に載せて握って、そのもがく感触を味わった記憶と、ふっと結びついたんです。もう命の長くない蟬、故郷が見つからない蟬、それが私そのものみたいに思えて。

松山は、「言葉だけの故郷」なのか。

そのことを、あえて京に確かめる人間は誰もいなかった。ただ、

——うん、命って本質的に悲しいものだよね。

日向子がそう受けたのだ。

それなのに。今、京が発言しようとしない。

代わりに日向子が手を挙げた。時間を無駄にしてはならない。発言が積極的でないと、マイナスの評価をされる。

日向子は忠実に、京の説明を繰り返した。そしてさらに言葉を続けた。

「故郷が言葉だけのもの、すべての人にその実感があるとは思いません。でも『言葉だけの故郷』という悲しさと短い命の悲しさは、すごくぴったりくると思います。せつない句だけど、命そのものがせつなくて悲しいじゃないですか?」

さあ、次はどんな質問が来るか。

「作者は蟬の命を掌に握っているんですよね。その残酷な感じと『言葉だけの故郷』という、故郷を突き放す冷酷な感じ、それはたしかに合うのかもしれませんが、その解釈でいいんですか？」

――違う。

航太は心の中でそうつぶやく。

これは残酷や冷酷だけの句ではない。だって悲しいのは蟬だけではなく、作者もなんだから。

四人はまた京を見た。

ところが、京はまだ動かない。

「おい、京」

恵一があわただしくささやく横で、また日向子がまっすぐ手を挙げた。

「はい、河野さん」

「今いただいた解釈は、作者の意図とは少し違います」

日向子は堂々と、京の思いを説明していく。

それを聞きながら、京は相変わらずお人形のようにすわっている。

どうしたんだ、京は？

そのまま、ディベートは終了してしまった。

「それでは、審査員の先生、旗のご用意をお願いいたします」

司会の声に、航太は京の横顔から目を離して、審査員に意識を集中する。

「判定！」

審査員席に、涼しげな色が多い。だから、すぐわかった。

「赤二本、白三本！　Aブロック第二試合、中堅戦と大将戦をものにした五木分校の勝利です！」

日向子が、京の肩を抱く。京が、やっと笑った。


「さっきの試合、すみません」

会場をあとにすると、京は、四人と顧問の須賀に頭を下げた。

「なんだか、これで勝負が決まると思うと、緊張しちゃって声が出なくなって……」

はっきり謝られると、それ以上責めることができなくなる。

「ま、よかったよ」

「そう。結果オーライ」

「部長の迫力がすごかったもんな」

男三人が口々に言うと、日向子も穏やかな顔で受けた。

「ま、勝って終われたからよかったんだよね。みんな、お疲れ」

応援団のところへ行って礼を言い、五人はすぐに着席した。会場ではBブロック第二試合が始まるところだ。結果次第では——もしも五木分校がブロック戦を勝ち抜けたら——、このどちらかの学校と第三会場決勝戦を戦うこともありうるのだ。

その試合が終わったところで、昼休憩。須賀が手招きして五人を集合させた。

「みんな、昼はどうする？　おれは、顔見知りの他校の先生を見つけたので、情報交換がてらご一緒しようと思うんだが。午後最初の試合は栄学院と河津高校の対戦だ。絶対見ておきたいだろう」

「はい。もしも栄が次の試合にも勝ったら、二勝〇敗で決勝戦進出が決まるわけなんですよね」

日向子がそう返事をして、口をきっと結んだ。

「その場合は、うちが一勝一敗、栄が二勝、河津が二敗。決定的だな」

「そうしたら、おれたちはここで終わるのか……」

「でも、まだそうと決まったわけじゃないですよね」

恵一がきっぱりと話を引き取ると、須賀はうなずいた。

「そうだ。次の試合に河津高校が勝ったら、うちを含めて三校とも一勝一敗になるからな」

「その場合はどうやって勝敗を決めるんですか？」

「対戦成績で旗を一番多く取っている学校が、決勝戦に進出する。それも同数なら、合計得点の多いほう。とにかく、すべては次の試合次第だ」

須賀は答えて、緊張をほぐすように部員に笑いかけた。

「自分たちにもうできることのない状態、他校の試合次第というのは、落ち着かないよな。だがともかく、昼飯だ。じゃ、ここでいったん自由行動にしていいな？」

全員に確認してから、須賀は立ち去った。日向子が誰にともなく聞く。

「みんな、お昼どうする？　お弁当の人？　……と、持ってきてない人と両方か。私も何か買わないと。うち、今農繁期に入ってるから。どうしようか」

「じゃ、おれのおじさんの店に行かないか。その辺の店はいろんな学校の選手で込み合うと思うけど、おじさんのところならゆっくりできるぞ」

恵一がそう提案してくれた。

「おじさんのお店なんかあるの？」

「そう。まさに、この大街道に。って言っても、食べ物屋じゃないぞ。酒屋をやってる。でも、弁当広げる場所はあるから、持ってきてない奴はそこまで行く途中で何か買い込んで行けばいいだろ。おれが厨房（ちゅうぼう）を借りて、特製コーヒー淹（い）れてやる」

恵一のおじさんは、日向子と京がこっそり笑いをこらえたほど、恵一によく似ていた。

そして、さすが客商売だけあって、人当たりがいい人だった。

「お疲れさん。店の奥の部屋を自由に使ってくれ」

おじさん本人は、タオルで鉢巻をして、店の前にアイスクーラーを並べ、道行く選手や応援団にソフトドリンクを売るのにてんてこまいしている。

「商店街の人にとってイベントは大歓迎。恵一先輩がそう言ってた意味が、よくわかりました」

和彦が、みんなに持参のおいなりさんを分けてくれながらそう言って笑った。「これ、食べてください。うちの母が大量に作ったんです」

部員だけにしてくれたおかげで、五人はくつろいで昼食にありつけた。それでも落ち着く気分にはなれず、食べ終わると早々に会場に戻る。

だが会場に戻ると、すでに次の試合の中堅戦に入っていた。行司の声が聞こえる。

「それでは、判定！」

揚がった旗は白二本、赤三本。

「どっちが勝ってるの？」

日向子の焦ったような声には、すぐに司会が答えてくれた。

「栄学院、一勝！　これで両チームとも一勝一敗、勝負は大将戦にもつれ込みました！」

五人は急いで須賀の近くの席にすわった。とにかく今は、試合の成り行きを見守るしかない。

赤、栄学院対、白、河津高校。

一勝一敗で迎える大将戦。

（赤）百日紅色さまざまに人は人

（白）百日紅百円均一百の嘘

「どっちの句がいいと思う？」

日向子がささやく。

上手かどうか、航太には自信がない。でも、白のほうが好きだ。

「白の句、面白いと思うな」

恵一もそう答えたので、ちょっと嬉しくなる。

「そうですね。『百日紅』という上五（かみ）に、中七（なか）下五（しも）とも『百』で始まる言葉をぶつけてくる。それも、一見『百日紅』とは意外な取り合わせで。すごく印象的です」

こっちは和彦の感想だ。

河津高校も、同じような方向性で自分たちの句を守っている。そして判定。

揚がった旗は、赤二本、白三本！

「河津高校、二勝一敗で勝利です！」

——やっぱりな。白の句のほうがいいと思ったもんな。……でも。

航太は拍手しながらも、この結果の意味するものに動悸が速くなるのを感じていた。

四人を見回すと、どの顔も緊張している。

「……これで、うちを含めて三校とも一勝一敗ってことか」

「うん」

「じゃ、この予選Aブロック一位はどこになるんだ？　旗の獲得本数が決め手だっけ？」

五人がささやき合っていると、マイクの音声が流れた。

「松山第三会場、予選リーグAブロックの結果発表につきまして、ただいま協議しております。発表までしばらくお待ちください」

「旗の数を集計しているんだ」

恵一が言う隣で、日向子は焦った様子で記録ノートをめくっている。

「うちの獲得本数、どうなってる？」

和彦がなだめるように言う。

「日向子先輩、行司の集計結果を待つほうが早いですよ、きっと」

「いや、たぶん、五木は大丈夫だ」

ほおを紅潮させてそう言ったのは、顧問の須賀だ。

「どうしてそんなことわかるんです？」

「旗四本獲得した対戦があったじゃないか。その一方、負けても二本は取っていた。だから……」

そこでマイクのスイッチが入った。全員が静まり返る。みんなきっと、口の中はからからだろう。航太と同じに。京の、緊張にこわばった顔がちらりと目に入った。

「第三会場Ａブロックの結果を発表いたします」

身動き一つしない十五人の選手を前に、審査員長が告げる。

「栄学院の獲得した旗は十五本、河津高校十四本、五木分校十六本でした」

「え、ちょっと待って……」

日向子がそう言いかけるのにかぶせるように、マイクの声は続く。

「従いまして、決勝戦進出は越智高等学校五木分校と決定しました！」

須賀が大きくこぶしを握った。恵一が航太の肩をつかむ。日向子が京に飛びついて叫ぶ。

「やったよ！　決勝戦に行けるよ！　ええと、対戦相手は……」

「県立道後高校です。Ｂチームですけど」

日向子に飛びつかれたまま、細い声で京が言った。

「道後？　あの有名な進学校？」

「あ、そうですね」

首を伸ばして対戦成績の書かれたボードを見ていた和彦が言った。

「道後高校Bチーム。一つの学校がA・B二チーム出しているんですね。向こうはあっさり二勝〇敗で決勝に進んでます」

「道後か。頭いいんだろうな」

航太がつい、そうつぶやくと、日向子がきっぱりと言った。

「頭のよさと俳句の出来は、必ずしも一致しない」

「そうだ、それに、この兼題の句が一番好きだぜ。『南風』」

恵一もやる気に満ちている。

だが、試合会場に進む時、ちょっとだけもたついた。京が、トイレから出てこないのだ。

「緊張して腹痛くしちゃったのかな。京、さっきの観戦中もほとんどしゃべらなかったな」

「そう言えば、お昼もあんまり食べてなかったような……。大丈夫かな、もう始まりますよね」

女子にトイレに行かれたら、男にできることはない。近くでうろうろしているのもはばかられる。

心配した日向子が様子を見に行く。ほっとしたことに、無事に京を連れて戻ってきた。

「大丈夫？　京ちゃん」

「ありがとう、和彦君。もう大丈夫」

京はしっかりと歩いている。「ごめんなさい、もうなんでもないです」


会場は予選リーグと同じだ。だが、ギャラリーが多い。さすが、決勝戦。

相手は男子ばかり五人のチームだった。白いシャツに黒いズボン。身なりだけを見れば、五木分校とたいした違いはない。それでも、なんとなく気おされてしまう自分を、航太は心の中で叱りつけた。

——戦う前から圧倒されてどうする。

赤、五木分校対、白、道後高校B。

兼題「南風」。

先鋒戦。

（赤）まつすぐな道などなくて南風

恵一の披講に、白の道後高校がちょっとざわついた。

どうしたのだろう？　別に変な句ではないと思うが。だが、相手が騒いだ理由はすぐにわかった。


（白）　海見ゆる坂まっすぐの南風(みなみ)かな

「こんなことって、あるんだな」

まっすぐな道などなくて。

坂まっすぐの南風。

言葉がかぶっているようで、言っていることは正反対。それは、二つの学校の姿そのままのようだった。

小さな島、どんな道も曲がりくねっていて、どこにたどりつくかもわからない、廃校寸前の学校。

海を見下ろす坂の上、まっすぐに風が吹き渡る場所に堂々と建つ、将来までまっすぐ見渡せるような優秀な学校。

いったい、南風にはどちらがふさわしいのか。

「判定！」

赤一本、白四本。
南風はまっすぐに、力強く遠くへ吹き渡っていくものらしい。

中堅戦。

(白)　南風地球の裏の裏に吹く

赤の五木分校は、和彦の句。

(赤)　南風やすべては海のかなたから

赤チームから質問開始。
「『地球の裏の裏』、つまりそれは結局表ってことですよね？　地球の裏に吹いていく風はさらにその裏を駆けめぐり、この場所、この自分に吹いている。でも『裏の裏』という表現が、直線のイメージがある南風にふさわしいでしょうか？」
「南風に直線のイメージがあるとして、それとこの句は矛盾しないでしょう？　風は地球をめぐる、その大きなイメージは南風そのものだと思いますが」

ならば、風はめぐりめぐって、さまざまに吹いてくるとも言えるじゃないか。

そう気づいた航太は急いで手を挙げて発言権を得る。

「南風はものすごく大きい、地球を回るほど。でも……」

「そこまで」

航太の言葉は、行司の声にさえぎられた。

本当に言いたかったことは、言えなかった。

次に白から質問。

「『すべては海のかなたから』というのは、風も海の向こうから来るということですか？」

「ぼくたちは、五木島という小さな島に住んでいます」

和彦はそう説明を始めた。「ぼくたちにとって、ほしいものも新しいニュースも新しい人も、すべてが島の外から、海を渡って来るものなんです。それは、南風も同じです。島に吹いてくる湿った強い夏の風は、すべて、海を渡って来るイメージなんです」

道後高校のかっこいい男子が立ち上がった。

「ちょっと待ってください。すべての風が海を渡ってくる、それではあえて南風と特定する意味がないのでは？」

恵一が即座に反論する。

「たしかに、海からの風と南風はイコールではないかもしれない。いくら小さな島と言っても、海の見えない場所もあります。でもそれでも、ぼくらは常に海を感じているし、島のどこにいようと、風には海の匂いがある。海がついて回る、それが島に生きる者の宿命です。そこに、南風という、人間にはどうしようもない大きな自然が、ぼくらには響き合うんです」

そこで質疑の時間は終了した。

この中堅戦を落としたら、負けが決まる。

「判定！」

五木分校の色――赤――の少なさは、数えるまでもなくわかった。

赤一本、白四本。

五木分校は及ばなかった。〇勝二敗で、決勝戦敗退。

余裕の笑顔でリラックスする相手を前に、五木分校の五人は動けなかった。

航太は、机の下でこぶしを握る。

もう少しだけ、しゃべれていたら。あと少し、時間があったら。

でも勝負はいつもそんなものだ。

ええと、このあとはどうなるんだ？

色々なことを航太が考えている間も、司会の声がまだ続いていた。

「先鋒戦、中堅戦を制した道後高校Bチームが、見事、全国大会への切符を手にしました！　ですが、大将戦の句が残っています。すでに勝敗が決しているため、次の大将戦はディベートを行わず、句の発表のみで審査員の先生方の評価をいただきます」

ああ、そうか。もう旗の数で勝敗を決めるようなこともないから、勝負ではない、エキシビションみたいなものになるのか。

「それでは赤チーム、ご起立の上、俳句を二度読み上げてください」

日向子が立ち上がる。

その句。


　　南風明日（あした）の私（わたし）見つからず

閉会式後、またトイレに消えてしまった京と、これまたどこかへ姿を消した日向子を待っていたので、少し遅くなった。帰り道はもう、夕焼けの色に染まっている。

須賀とは会場で別れた。

「負けたな」

「うん。でもよくやったほうだよ、急ごしらえの雑多なチームとしては」

「そうそう。お疲れ様でした」

ずっと無口なままの女子二人の気分をほぐすように、男三人は口々にそんなことを言いながら、五人でフェリーの船着き場へと歩いていく。その時だった。

「あの……」

決心したように京が顔を上げた。「ごめんなさい。私、全然力になれなかった」

「そんなことない。そもそも京の句がなかったら、決勝戦まで進めなかった可能性もあるんだぞ」

航太はそう慰めたが、日向子はちらりと京を見た。

「でもたしかに、決勝戦で京がもっとしゃべればあるいは……かもしれなかったよね」

日向子は京から目をそらさない。「どうしたの、京？　試合中に何かあった？　特に、河津との試合の時」

日向子が京を責めるような流れにしたくないな、航太がそう思った時、和彦が口を挟んだ。

「京ちゃん、ひょっとしてさ、誰か気になる人が会場にいた？」

京が、驚いたように目を丸くする。

「わかった？」

「それ、たぶんだけど、島の人間じゃない人？」

京は、決心したように言った。

「兄。道後高校の俳句部長が観客席にいたの。河津高校との試合の途中で気がついた」

「兄？　京、お兄さんがいるの？」

「兄ちゃん、道後高校なのか？　頭いいんだな」

日向子の反応にかぶせるようにそう言いかけた航太は、そこで気づいてあわててあやまった。「あ、なんかごめん」

和彦が話を元に戻した。

「でもさ、決勝で対戦した道後高校のチームに、来島って名前の人はいなかったよね」

「兄は道後高校のAチームのほうで、だから私たちとは試合会場が違っていたの。第一会場。圧勝だったみたい。ストレートで二勝したら、もう同じブロックの他校の結果は気にしなくていいから、それで後輩のBチームがいる第三会場を見に来たんでしょう。私たちの決勝戦にはいなかった。それはそうよね、自分たちも同じ時間に別の会場で決勝戦やっているはずだもの。それでも、いつ兄が来るかわからないって考えただけで、私、うまく頭が働かなくなって……」

日向子が京に近寄った。

「京、お兄さんが今回の俳句甲子園に出てるの、知ってたの？　だから松山に来たくなかったの？」

京は力なく首を横に振った。

「はっきりとは知らなかったです。開会式の時も、二十四チームもいたから、よく顔も見えなかったんだけど……。ただ、大街道に来るだけで結構どきどきはしていました。第三会場でもう片方のBブロックに道後高校の名前を見た時も、おなかが痛くなったんだけど、でもBチームには兄がいなかったから、これなら大丈夫って途中までは思ってたんです。兄はもう受験生だから、今年は出ないのかもしれないとも思ったし。でも……」

「途中で客席に現れたってわけか。兄ちゃんが」

「はい」

航太はふと思いついて聞いてみた。

「じゃあさ、兄ちゃんのほうは、京が試合に出ていることは知っていたのか？」

京はきっぱりと首を振る。

「知るわけないと思います。私、実家には何も話していないから」

高校二年生の女の子が「実家」と口にするのもなんだか変な気がするが、そこには触れないでおこう。

そんなことより、そもそも。

「でも、兄ちゃんがいるってだけで、そんなに緊張するもの？」

一人っ子の航太にはよくわからない。

「それにさ、試合が終わったあと、兄ちゃんと話をしていた様子もないけど、いいの？

それで」

京は思いもよらないことを言われたというように、また目を丸くした。

「そんな、兄と話すことなんて何もありませんから」

言ったあとで、自分の反応が普通ではないと気づいたようだ。小さな声でつけ加える。

「兄は、中学の頃から、俳句をやっていて、いつも表彰されていました。だから私は、俳句なんてやるもんかって、ずっと思っていた」

「それで、松山に生まれても、短歌か……」

日向子がそうつぶやくのに、京は唇をゆがめて笑ってみせた。

「かわいくないですよね。でも、私、小さい時からお兄ちゃんに勝てたことなんて何もないんです。私はいらない子で、お兄ちゃんさえいれば母はそれだけでいいって人で。私が俳句やるなんて言ったら、母にまた馬鹿にされると思いました。お兄ちゃんみたいな才能もないのに、張り合うなんて無駄よって」

いや、そんな母親がいるもんか。

航太はそう反論したくなったが、黙った。

京が色々と屈折しているのは、今までのつき合いでなんとなくわかっている。そこに家庭の事情がからんでいるなら、部外者はとやかく言わないほうがいい。

日向子が、京を見つめたままで聞いた。

「じゃあ、私、京を俳句に引き込んで、悪いことしちゃった？」

京は、あわてて首を横に振った。

「そんなことないです。短歌と俳句と、両方できて、両方の違いも知れて、本当によかったと今は思っています。それに、あの蟬の句が作れたのは、とっても嬉しかった」

日向子の声が優しくなる。

「あの句、好きだよ。『言葉だけの故郷』」

「あの蟬の句ね、小さい時の思い出なんです。私は部屋の中に飛び込んできた蟬がこわくて大声で泣いて、そしたらお母さんに叱られて……。お兄ちゃんの勉強の邪魔になるって、そんなに蟬が嫌なら捨ててきなさいって、蟬を掌に載せられて、外へ出されて」

京は、目をぱちぱちさせた。涙をふるい落としたのかもしれない。

「なんか、いつも思い出すたびにすごくつらい体験だったんですけど、そのこと、ずっと吐き出せなくて。自分で自分がどう感じているかつかめなくて、短歌にもできない、思い切って小説に書こうとしても全然まとまらない。それが、俳句に出会ったら気づけたんです」

「気づけた？　何に？」

日向子の問いに、京は笑顔で答えた。

「感情を無理に言葉にしなくても作れるものがあるって。蟬に、ただ『言葉だけの故郷』

ってくっつけたら、それだけで気持ちが落ち着いたんですから。私、俳句をやってよかった。最後、あんなだらしない結果になっちゃったけど」

また頭を下げる京に、四人はあわてて言葉をかける。

「だらしなくないぞ」

「そうだ、だらしないのは上級生のほうだ」

京の笑顔がさっきより大きくなった。まだ目は濡れているのかもしれないけれど。

「みなさん、ありがとうございました」

「そう。惜しかったんだねえ」

「でも、面白かったよ、いい経験だったし」

小市家の平和な夕餉時、試合の結果を聞いても、航太のばあちゃんと親父は平然としていた。球技部時代から、航太の負け試合には慣れっこの二人なのだ。

「じゃあ、たんとお食べ」

「もういいよ。ばあちゃんの料理はうまいけど、もう腹一杯」

ばあちゃんが作ったのは味噌汁だけだけどねえ。そうかい、おなか一杯かい」

「ばあちゃんが食器を下げようとすると、親父があわてて止めた。

「ばあちゃん、そんなことより安静にしていろ。薬も忘れるな」

「大丈夫だよ」

恐縮するばあちゃんを叱りつけるように、親父は部屋へ追いやる。「もう風呂はすんでいるんだろ？　じゃ、早く寝ろ」

この頃、親父は本当に心配性だ。でも、今夜はさすがに何か変だ。

そう言えば、今日は専門の先生に診察してもらうとか言っていた。

「ばあちゃん、どうだったの？」

ばあちゃんが布団に入ったのを見届けて台所に来た親父に、小声で聞いてみる。

洗い桶に手を突っ込んで皿を洗っている航太の隣で、親父は茶碗を拭き始めた。

「航太、あのな。実はばあちゃん、本土の病院での手術を勧められているんだ」

航太は泡だらけの手を止めた。

「手術？　何の？」

「狭心症って、心臓の血管が詰まりやすくなる病気だってことは話したよな」

「うん」

「それで、今のばあちゃんの状態だが、とりあえず、詰まりかけていたもの――血栓（けっせん）って言うそうだ――は薬で溶かして、流すことができた。だが、検査してみたら、ほかにも同じような血栓があるのがわかった。できたら今のうちに手術で取り除いたほうがいいらしい」

「それ、五木の病院でできないの？」

親父は首を振った。

「無理だ。本土の病院に入院しないと。だが、ばあちゃん本人が渋っているんだ。今すぐにどうこうということはないのかもしれないが、これじゃ、心臓に爆弾を抱えているようなものだそうだ。それで、ばあちゃんを説得しようと、今日、五木病院の先生が本土の専門医を呼んでくれたわけだ。そっちの先生も同じ診立てだった」

「いやがってるって、それは島を離れるのがいやなのか？」

「ばあちゃんはそう言ってる。私は島で生まれて島で死んでいくんだからって」

「それじゃまずいだろう！」

航太が口調を強くすると、親父はまた首を振った。今度の動作は航太をなだめるためだろう。

「もう少し、ばあちゃんと話し合って、説得してみるつもりだ。ただ実際、本土の病院に入院すればもっと金もかかるしな。おれだって、毎日行くのは大変になる。店のこともある」

「そんなこと言ってる場合じゃないだろ。店番なら、おれがするからさ」

親父がきつい目になった。

「それよりお前は勉強しろ。こんな時だからこそ、お前は自分を大切にしなきゃいけない。

本土の子より、条件が悪いのはたしかなんだから」

そうなのだ。自分たちは、最初からハンディがある。

塾も予備校も、参考書を買える本屋もない。そんな島に生まれたから。

そんなことを考えていたせいで、週明け、学校に行った頃には、負け試合に終わった俳句甲子園のことなど、すっかり忘れていた。

ところが。

須賀が興奮して、放課後の部室――すでにやることがなくなっても、そこは部員のたまり場になっていたのだ――にやってきた。

「五木分校文芸部、投句審査に通ったぞ！　全国大会出場が決まった！」

五人全員、棒立ちになった。すぐには信じられない。

「そんなこと、あるのか……？」

これは恵一。日向子は、無言で頬を真っ赤にしている。最初に興奮から冷めたのは和彦だった。

「あ、でも、投句審査で通る学校もそれなりにあるんですよね。今年の場合だと地方大会から全国出場を決めたのが二十四チーム。三十六枠のうち、残る十二は投句審査で通過」

「そうか、そこまでレアケースじゃないのか」

「初心者はディベートが苦手なことが多いけど、句がよければ採ってもらえるってことなんですね」

しばらくはうまく考えられなかった航太も、みんなの声を聞くうちに、落ち着いた。

これ、喜んでいいんじゃないか？

とにかく、またこの部室で、ああだこうだと俳句をひねり回す時間が持てるのだから。

「ただ……」

日向子は探るように京を見た。

「京、いい？」

そうだ、全国大会となれば、今度こそ、京は兄と対戦する可能性が高い。

みんなに見つめられた京は、またおなかが痛そうな顔をしていたが、けなげに言った。

「はい。やります。いつまでも逃げていちゃいけないもの」

「えらい！」

京の手を握ったのは和彦だ。

「そうだよ、京ちゃんの句、いいもの。ぼくも応援するからさ」

航太は、何も言わずに、ただ拍手した。

京のことは、和彦と日向子にまかせるべきだろう。下級生の女の子、ましてや京のように繊細そうな子のことが、航太なんかにわかるわけはない。

再び、文芸部は本格的な活動を開始した。今度は、八月に行われる全国大会に向けて創作しなくてはならない。

そんなある日、航太は家に電話をかけようと、休み時間に屋上に上がっていった。学校にいる間も、一度は家にいる親父に連絡するのが日課になってしまっている。今のところ、毎朝毎晩血圧を測り薬を飲んでいるばあちゃんに異常はないが、家を離れている時も様子を確認しないと落ち着かないのだ。須賀あたりはたぶん気づいているのだろうが、見て見ぬふりをしてくれている。

ばあちゃんともいつもどおりに話してスマートフォンをポケットにしまった時、屋上のフェンスにもたれて海を見ている京に気づいた。ちょっとためらったが、近づいて声をかける。

「次の授業、始まるぞ」

「あ、……はい」

京はそう答えるが、動こうとしない。なんとなく、航太も隣に並んだ。梅雨(つゆ)はまだ明けない。今にも雨が降り出しそうな天気だ。空も海も、鉛色。こういう日は、潮の香りまで重い。どこかで河鹿が鳴いているのが、ここまで聞こえてくる。

「……本当にこの場所が好きなんだな、京は」

「はい。海を見るのが好きです。こうしていると、海が四国本土から私を隔ててくれる、壁を作ってくれる、そんな気がするんです。海に守られているみたい」

「守られている、か」

そこでつい、航太は言ってしまった。

「おれは逆だな。この海は、おれたちを他の場所から切り離しているように見える。こんなにすぐそこに次の島は見えるのに、どうしても海を越えられない」

「そうなんですか」

「特に、うちのばあちゃんみたいな年寄りは……」

「あ……」

京は、何かに気がついたという顔になった。

その表情に、航太はまた気持ちが波立つ。

理屈に合わないと思っても、その気持ちを止められなかった。

「ばあちゃん、この海のおかげで、ろくに手術設備もない島に閉じ込められているようなもんだから。もう年だしさ、いつ何があるのかわからない」

京に八つ当たりすることじゃない。なのに、わざと大げさに言ってみたくなっていた。

京が小さくなる。

「ごめんなさい、先輩の家のことも知らないで……」

雨に打たれた子猫のような京を見て、航太ははっとした。

京も、おじいさんと二人暮らしの身だ。年寄りのおじいさんに何かあったら、京はどうなる。親父を頼りにできる航太よりも、もっと心細い身の上なのだ。

「おれこそ、ごめん。また考えなしに言っちまった。大丈夫だよな、この島の年寄りはみんなしぶといから」

ありがたいことに、京にも航太がすまないと思っていることは伝わったようだ。

「そうですよね。私の祖父も、すごいタフな人なんです。私も、強くならなくちゃ。この島に来てすごく救われて守られている気でいたけど、あと二年したら、私はここを出て行かなくちゃならないんだから」

「えらいな」

素直に言ったのに、京はなんだかどぎまぎしている。航太もばつが悪くなって、先に屋上を出ることにした。

「本当に、授業に遅れるぞ」

実際、京は腹を決めたようだ。

全国大会の準備も着々と進む。色々思うことはあっても、何事もなく時は過ぎた。

だが、期末テストが終わった日。

須賀が、息せき切って部室にやってきた。

「航太、すぐに帰れ！　おばあさんが急に具合が悪くなられたとかで、救急艇で本土の病院に運ばれた！」

体中の血がなくなるような気がした。全身が冷たくなる。

「それで、ばあちゃんは……？」

「大丈夫だ、すぐに手術を受けるらしい。お父さんがつき添っておられる。早く行け」

今までも海が嫌いになり始めていたところだった。だが、こんなに憎いと思ったのは初めてだ。

何度も親父に電話をかけて、ようやく話ができたのは本土へ渡るフェリーを待っている時だった。

――ばあちゃん、今手術室に入った。心臓に近い血管が詰まったから、血管の中に管を通して、その詰まりを取るそうだ。カテーテル手術というらしい。

「この前、親父が説明してくれた手術か」

――ああ、そうだ。先生たちは、そんなに難しい手術じゃないと言ってくれている。だから、航太、あわてて駆けつけようとして怪我なんかするな。病院の場所はわかるな？

「うん」

通話を終えてからも、航太はしばらくスマートフォンを握りしめていた。

「……海さえなければ、ばあちゃんは入院を承知していたかもしれない。そうしたら、もっと早く、軽いうちに手術を受けられていたんだ」

「うん」

ベンチの隣にだらしない格好ですわっている恵一が、相槌を打つ。

「こんなに、血の塊が大きくなる前にさ。だけど、ばあちゃんは島を離れるのを嫌がった」

「うん」

――島で生まれて島で死んでいくんだから。

そう言い張るばあちゃんを、親父も航太も説得し切れなかったのだ。

「おれの母親だって、そうだ。急に頭が痛いってしゃがみ込んで、病院に駆け込んで救急艇で運んでもらっているうちに……」

「くも膜下出血、だったよな、お母さん」

「そう。きっと、救急車ですんなり運んでもらえるようなところに住んでいたら……」

ようやく、フェリーの汽笛が聞こえてきた。そののどかな音さえ、今は腹立たしい。

「じゃあな」

立ち上がる航太に、恵一は乗船口までついてきてくれた。

「うちの親父が家にいたら、フェリーなんか待たずにすんだよな。船を出せって掛け合えたんだけど。でもまだ漁から戻っていないんだ。悪い」

一人でフェリーに乗り込んだものの、座席に落ち着いている気にはなれず、航太はずっとデッキの手すりをつかんだまま、街の灯（ひ）が大きくなるのをにらみつけていた。

「……ぼくら水の壁に隔てられてます」

ふと、そんな言葉が口をついて出る。

それが十七音であることに気づき、おかしくもないのに変な笑い声が漏れた。

「いいんだよ」

第四章

おれのポジション

病院の待合室は、島の古い病院でも本土の新しい病院でも、たいして変わらない。殺風景で、くつろげるような場所ではない。置かれているベンチも固くてすわり心地が悪いし、さらに困ったことに座面が狭い。航太が腰を下ろすと腿の半分くらいが余ってしまって、長くすわっているうちに疲れてくる。もぞもぞしながら少しでも楽な姿勢を探していると、隣の親父がふっと笑った。

「航太、また背が伸びたのか。脚が長い奴は大変だな、もてあますことになって」

そうか、自分の身長がこのベンチに合っていないのかと航太は納得し、次に、親父はもてあましていないことに軽くショックを受けた。

航太がこの病院に駆けつけてきた時、ばあちゃんはすでに手術を受けていて、親父一人がその手術室のドアの前をうろうろしていた。その親父をこのベンチに引っ張ってきて、こうして二人ですわっているわけだが、たしかに、ちんまりとベンチに収まっている親父はジャストサイズに見える。

親父、こんなに小さかったっけ。

ばあちゃんを飲み込んだという手術室のドアが開いたのは、それからまもなくだった。

「ばあちゃん？」

航太がそっと呼んでも、ばあちゃんの反応はない。

顔が真っ白で、固く目を閉じている。でも、毛布の下ではちゃんと胸が動いているのがわかった。

航太はため息のような声を漏らし、壁に寄りかかる。

よかった。ばあちゃん、生きている。

執刀してくれた先生が、親父に向かっててきぱきと説明をしてくれているようだが、その声はろくに耳に入らなかった。

ばあちゃん、生きている。

今になって震えてきた脚を鎮めようと、航太は口の中でそう繰り返した。

ばあちゃんは特別室に運ばれていった。今夜は、そばにつき添ったりはできないらしい。

「お年がお年ですからね、用心しましょう」

そう説明する先生に親父と何度も頭を下げてから、ようやく二人ともものを考える余裕ができた。

「さて……、これからどうするか」

すでに夕方という時刻だ。

「店のことも心配なんだが……」

二人で外に出てから、航太はスマートフォンの電源を入れる。すると、知らない番号から着信が入っていた。誰だかわからないその電話は後回しにして、メールを確認する。四件。一件は日向子からのお見舞いと部活のスケジュールの知らせ。和彦からもお見舞い。あとの二件は恵一からだった。

――今晩、親父さんとどうするんだ？　島に帰って来られないんじゃないか？　思いついたんだけど、この間行った、おれの卓おじさんの店に連絡してみちゃどうだ？　航太と親父さんの二人くらい、泊まれるぞ。おじさんの連絡先、教えとく。

一時間ほどあとに、さらにもう一件入っていた。

――航太に断らないうちに悪かったかもしれないけど、航太の電話番号を卓おじさんに知らせた。おじさん、悪い人じゃないからそれだけは信用してくれ。おじさんから連絡あるかも。遠慮しないで相談したほうがいいと思う。おじさん独身だし、気兼ねはいらないって言ってるからさ。

そこに書かれている電話番号に見覚えがあった。着信があった相手だ。あれは、恵一のおじさんの卓さんだったのか。

航太はそれらの画面を親父に見せて、ざっと説明する。

「今晩泊まる場所か……」

「うん。恵一のおじさんが松山で酒屋をやってるんだ。恵一のお母さんの弟、だったかな」

親父は腕を組んで考え込んだ。

「実は、明日は上生菓子の注文が入っているんだ。もう、豆の下ごしらえもすんでいる」

「じゃあ……」

和菓子屋の朝は早い。今晩、本土で過ごして朝一番のフェリーで島に帰っても、親父が菓子を作る時間がない。小市堂の菓子を待っている人がいるのだ。そのお客さんのために、プロなら、ちゃんと仕事をするのが当然だ。

それに対して、航太は明日、テスト明けの自由登校の日だ。五木分校では慣例として、もう授業がない。休んでもそんなに困らないのだ。

親父はやがて、決心したように顔を上げた。

「航太、この人のところに一晩泊めてもらえ。これから一緒に行って、おれからもお願いする。だから今晩ばあちゃんに何かあったら、航太、頼むぞ。やっぱり、今はすぐに病院に駆けつけられる場所に誰かいたほうがいい」

そうだ。これからしばらくは、親父と協力してばあちゃんを見守らなければならない。

そして親父は小市堂も守らなくてはいけない。どんなに少ないにしても、親父が作る菓子を楽しみにしているお客さんがいるのだ。あんなに小さい島なのに、上質の菓子を喜んでくれる舌を持った人たちが。

だったら、航太が、親父の代わりにばあちゃんについていなければ。

おろおろしている場合ではないのだ。本音を言えば、心細い。これからどうなってしまうのか。

――それでも大丈夫。とにかく、ばあちゃんは生きているんだから。

航太は呪文のようにそう繰り返してから、卓さんに電話をかけた。

大街道商店街から横道に一回折れてさらに路地を入ったところに、卓さんの店――『リカーショップ・TAKU』――はある。雑居ビルの一階で、道路側が店、その奥が居住スペースだ。

この前は勝手を知った恵一に連れられて店の裏手からまっすぐ居住スペースに行ったから、店内を見せてもらうことはなかった。でも今日は、航太と親父、二人だけだ。

航太の記憶を頼りに『リカーショップ・TAKU』に行きついた頃には、日が暮れていた。

自動ドアが開くと、かわいいチャイムが鳴る。中に広がっていたのは、白い壁が冷蔵ケースで埋めつくされ、白木の棚に整然と並んだ色とりどりのボトルが目を引く、明るい店内だった。気持ちよく冷房が効いたそこは、とても楽しそうな空間だった。奥のレジにいた人が、立ち上がる。

「あ、ええと、小市航太君……、と、小市さん、ですよね？」

相変わらず白いタオルを頭に巻いた卓さんだ。

「よかった。お取込み中のところ航太君に電話して迷惑だったかもしれませんが……。あ、恵一からもあらかたの事情は聞いてます」

「はあ、すみません、お忙しいところにお世話をかけます」

親父が丁寧に頭を下げる。「こんなに急に、厚かましいお願いですが、一晩、こいつを置いていただけますか。なんでもこき使ってやってください。役に立つかどうかわかりませんが、ご厄介(やっかい)になるせめてものお礼です」

「ああ、いやいや、そんな。厄介なんてとんでもないですよ。どうせいつも恵一が使っている部屋に寝てもらうだけですから……。あ、だから掃除もしてません、散らかってんじゃないかな」

「あ、いいえ、そんなこと、全然かまいませんから」

航太が言いかける間にも、またあのかわいいチャイムの音がして、お客さんが入ってくる。

「いらっしゃいませ」

三人が同時に言ったものだから、入ってきた観光客らしい二人の女性の動きが一瞬止まった。

まずい、スタッフがたくさんいると、お客さんが入りにくい空気になる。

親父もそう思ったのだろう、早々に頭を下げて店内から出て行った。最終フェリーの出港時刻も迫っている。

「航太君、そこのドア開けたところがバックヤードになってるから、荷物はそこに置いてくれ」

卓さんはそうささやいて接客に向かう。

航太は言われたとおりにバックヤードに入る。たくさんの段ボール。ビールケース。ドアの向こうとは違って使い古しているスペースによく合った、古い事務机。店を開けている間はここで食事もしてしまうのだろう、その上にはコンビニ弁当の空の容器が端に寄せてある。机の横には、小さな流し台。

航太はスクールバッグ——学校から直行してしまったからだ——を邪魔にならない場所に置いて、流しに置きっぱなしになっていたコーヒーカップを洗い始めた。

泊めてもらう身としては掃除でもしたいところだが、あまりなれなれしく部屋の中を片づけるわけにもいかない。だが、食器の洗いものくらいならいいだろう。

「ああ、ありがとうね、でも気を遣わなくていいんだよ」

お客さんを見送ってやってきた卓さんがそう言った。

「ううん、このくらいしかできないし」

「それより、航太君、晩飯まだだろう？」

言われると、急に腹が減ってきた。

「店を閉めるのは夜の九時なんだが、君、どこかで先に食べてくるか？　腹減ってるんだろう？」

それはちょっと図々しいような気がする。店主をさし置いて、居候（いそうろう）が先に腹ごしらえなんて。

「あの……、卓さん、冷蔵庫の中見せてもらってもいいですか？」

「うん？　別に構わないけど」

またもやお客さんが来たので卓さんは接客に向かい、航太は住居スペースへ続くドアを教えてもらって、台所へ入る。誰もいないのはわかっていたが、失礼しますと口の中でつぶやいてから、冷蔵庫を開けた。何種類かの野菜と、ベーコン、チーズ。密閉容器の中にはかなりの量の残りご飯。それを確認してから、航太は卓さんのところへ戻って言った。

「あの、卓さん、よかったら、おれ、何か食べられるもの、作りますけど」

「え？　できるの？」

「ほんとに簡単なものだけど」

　やがて、お客さんのいない時を見計らってバックヤードにやってきた卓さんは、航太が作ったチャーハンを見て、目を丸くした。

「すごい！　これ、航太君が作ったんだ？」

「冷蔵庫の野菜とベーコン使わせてもらいました」

「すごい！　すごいよ！　まず、君くらいの年で、自分で料理しようっていう発想が浮かぶだけでもすごいのに、おお！　野菜がちゃんと刻んであるじゃないか！　見事なみじん切りだ！」

　卓さんがあんまり感心してくれるので、航太はつい笑ってしまう。

「うち、母親いないから。料理はばあちゃん担当なんだけど、夕飯前に腹減った時とかは、作りたいものを自分で作って来たから。あ、でも、味はどうかな……」

「いや、うまい！」

　さっきの弁当についていた箸でつまみ食いしていた卓さんが絶賛してくれる。「ところでこれは、何？　ご飯粒の間で何か溶けてる……。あ！　チーズか！」

　タンパク質が足りない気がしたので、冷蔵庫のチーズも角切りにして混ぜ込んだのだ。

　二人で接客をしながら交代して航太作のチャーハンを食べ、その食器を洗い、それから航太が使わせてもらう部屋に行って窓を開けたりとやっているうちに、閉店時間になった。

「ご苦労さん。航太君はもう休んでくれ」

「でも、店の片づけ、手伝います。あと、明日に向けての在庫確認とかも……」

航太がそう言うと、卓さんはいきなり航太の頭をつかんでぐりぐりとマッサージを始めた。航太より背が高い卓さんは、指の力も強かった。痛い。ちょっとだけ、気持ちいいけど。

「もういいよ。航太、子どもは遠慮するな。大人の言うことを聞け」

いつの間にか呼び捨てだ。卓さんにとって、航太は恵一と同じ扱いになったらしい。そのまま航太は、店から追い出されてしまった。後ろから卓さんがてきぱきと説明してくれる。

「ほら、そこの突き当たりがトイレ。横が風呂場。シャワーが出るから汗を流して、とっとと寝ろ。朝まであの部屋から出てくるな。あと間違っても風呂掃除なんかするなよ、実は汚れてるけど」

卓さんは航太の顔をのぞき込んで笑う。

「子どもはな、しんどい時は大人に甘えていいんだ。眠れなかったら、あの部屋の押入れを開けてみろ。恵一が勝手に色々置いて行っているから、何か退屈しのぎが見つかるかもしれない」

部屋に一人残された航太は、畳の上に大の字になる。

一度寝転ぶと、起き上がる気になるまでしばらく時間がかかった。気がついていなかったけど、色々緊張して疲れていたのかもしれない。卓さんに言われたとおりにシャワーを使わせてもらい、部屋に戻って布団を引っ張り出した。

天井の灯りを小さくした薄暗い部屋で、航太は目を閉じる。頭の真ん中だけが目覚めていて、病院の殺風景な壁がまぶたの裏によみがえる。

疲れているのに眠れない。

航太は行儀悪く部屋の隅まで寝たまま転がっていくと、卓さんに教えられた押入れを開けてみた。何冊かの本があるのがわかる。その中から一冊取り出して、またごろごろと寝床に戻った。灯りに近づけると、なんとか題名が読めた。

――『試験に出る英単語』

「恵一、真面目すぎ」

航太はつぶやくと、あきらめて目をつぶった。

翌朝。幸い病院からの連絡もなく、無事に朝を迎えられた。航太は商売物の製造と配達を終わらせてまた海を渡ってきた親父と、病院で待ち合わせた。

ばあちゃんは一般病棟に移されていた。大部屋のベッドの脇に行くと、ばあちゃんはぱっちりと目を開けていて、航太に向かってちょっと笑ってみせた。

「徹（とおる）も航太もごめんねえ、心配かけたね」

「そんなの、いいんだよ」

徹というのは親父の名前だ。よかった、ばあちゃん、頭もしっかりしている。

やっと、航太の知っているばあちゃんの顔が見られた。大事なものを取り戻せた思いだった。

ただ、ばあちゃんはやはり疲れているのだろう、すぐに目をつぶってとろとろと寝入ってしまう。親父が持ってきた細々(こまごま)としたものをばあちゃんのベッド脇の小物入れにしまい、それから二人はそっと病室を離れた。

ばあちゃんの容体を見届けて、ようやく一段落という気分だ。

「親父、車で来てるんだよね？」

「ああ」

病院の駐車場には、小市堂の古い車が老犬のように待っていた。

「もう一度松山市内に戻るぞ。卓さんに礼を言わないと」

今日は車だから、移動はスムーズだ。大街道商店街へと走りながら、親父と航太は今後の対策を話し合った。

「ばあちゃん、しばらくは入院みたいだね」

「……だな」

さっき、主治医の先生の説明を親子で聞いている。ばあちゃんの病状は、二人とも同じようにわかっている。

「でも、そのほうがいいかもよ。ばあちゃん、一人で店番していると心配だから。これから夏本番だっていうのに、ばあちゃん、冷房嫌いだしさ。熱中症起こしたりするのもこわいし、汗を掻きすぎると、血液が濃くなってまた発作起きやすくなったりするんだろ」

「そうだな。病院は一応完全看護だから看病の必要もないしな。おれもできるだけ見舞いに来る」

「見舞いなら、おれにまかせてよ。もうすぐ夏休みだし、毎日来るよ。フェリーと電車使えば、たいしたことないさ」

「そうだな……」

『リカーショップ・TAKU』に着くと、親父は卓さんに丁寧に挨拶して、航太にとっては見慣れた小市堂の包装紙の包みをさしだした。

「昨夜は本当にお世話になりまして。おかげで本当に助かりました。これは商売物で誠に失礼ですが、どうかお受け取りください」

「あ、いえいえ、かえってお気遣いすみません」

言いながらも卓さんはこだわりなく受け取り、中を見て声を上げた。

「こりゃあ、きれいだ」

親父が持って来た、今朝作りたての菓子はきんとんだった。白い漉し餡の上にごく淡い緑色の抹茶そぼろを載せ、白と紅の氷餅を散らしてある。

前に、氷餅の小さなかけらは百日紅の花に似ていると力説しても、日向子に共感してもらえなかった。だが、こうして見る紅白の氷餅は、本当に百日紅の紅白の花のようだ。

この菓子の銘はもちろん「百日紅」。航太が発案して親父が作り上げた、小市堂の最新作だ。

何度も礼を言い、商売の邪魔にならないようにと早々に店をあとにして、フェリー港へ向かう。親父はずっと口数が少なかったが、航太も急に疲れが出たようで、気にするどころではなかった。

親父だって、やっぱり実の母親の手術騒ぎがこたえているのだろうし。

そう思った航太は無理に話しかけず、目をつぶった。やっぱり昨日の夜は眠りが浅かったのか、今になっていくらでも眠れてしまう。

フェリーは、希望すれば車中にいたまま乗ってもかまわない。結局航太は五木島に到着するまで、そのまま熟睡していた。

航太の三者面談は、一度目にはっきりした結論が出せず、一学期中に再面談ということになっていた。

その前夜。

親父が、いつになく真面目な顔で航太を呼んだ。

「そこへすわれ。話がある」

そして、夕食を片づけたちゃぶ台の上に、ビニールケースに入った手帳のようなものを滑らせた。

「何、これ」

「開けてみろ」

それは手帳ではない、通帳だった。ゆうちょ銀行。口座名義は小市航太。

親父に目でことわってから中を見てみる。定期貯金の口座に、かなりの金額が記されていた。

「これ……」

「お前の母さんが死んだ時に、お前に作った口座だ。母さん、それなりの額の生命保険に入っていてな。受取人が航太だったんだ。だからそっくり、定期貯金にした」

どう返事をしたらいいかわからないまま、航太はその通帳をケースにしまってちゃぶ台に戻す。

「それが、うちの全財産だ」

親父がぽつりとつけ加える。

「へえ、うちって結構金持ちなんだね」

　なんだか親父の雰囲気が暗いので、航太は空気を明るくするつもりで言ってみた。だが、親父はそれには乗ってこない。

「まあ、数字で見るとそれなりにも見えるな。だが、使い始めたら最後、それくらいはすぐになくなっちまう」

　返事に困って黙っていると、親父はぼそぼそと続けた。

「それだけあれば、たとえば、国公立の大学なら入学金と四年分の授業料にしておつりが来る。専門学校なら年数も少ないし、もう少しは残るかな。だがどちらにせよ、この島を出て下宿ということになるから、生活費が別に必要になるだろう。学校があっせんしてくれる寮にでも入れたら住居費はかなり抑えられるが、それ以外の生活費を考えると、航太もバイトでもして稼がなきゃならん。私立に行きたかったら……、情けないが、私立大学へということになったら、奨学金を頼りにするしかないな。返済が大変だというニュースを聞くから気は進まないが」

　あ、そういう話か。と気づいた航太が口を開くより早く、親父はかぶせるように続けた。

「これが、航太のために用意できる金の全部だ。この店は減価償却の時期なんかとっくに過ぎているし、島の地価は値もつかないほど下がっている。担保にできるものが何もないから借金はできない。つまり航太、この金が尽きる前に、お前は一人前になって自分を養える職に就かなきゃならんということだ」

「親父」航太はすわり直す。「おれは本気で頼んでる。この店を継がせてくれ。島を出て製菓学校へ行かせてくれ。この金を使わせてもらえれば……」

「駄目だ」

途中でさえぎられて、冷静でいるつもりだったのに、航太はつい声が高くなる。

「どうしてさ？　どうして、親父、そんなに頑固に反対するのさ？」

「なら逆に聞くが、航太、お前は誰に菓子を売っていくつもりだ？」

「誰にって……、今までどおりお得意さん相手に商売を続ければいいじゃないか」

親父は、航太の返事の途中から首を振り始めていた。そして、なおも首を振りながら言う。

「航太、うちのお得意さんの年齢を考えろ」

「年齢？」

「うちのばあちゃんの知り合いばかりだろう？」

言われて気がついた。

――あの敬老会メンバーがいなくなったら、売り上げががたっと減りそう。

前に恵一相手にそんな軽口をたたいていたくせに、自分の身に起こることとして実感を持って考えたことがなかった。

「ばあちゃんがこういうことになったが、現実に、ばあちゃんの知り合いもこれから減っていく」

「じゃあさ、新しいお客さんを呼び込んで……」

「どこから？」

航太は返事にまた詰まる。分校さえ廃校に追い込まれるような島だ。航太たちの二歳年下から下の世代は、十五歳で島の外での生活を始める。島から通う子どもばかりではない、本土に下宿する子だっているだろう。たとえ島に寝に帰るような生活を送るとしても、ものと刺激と人間がたくさんいる本土に、関心は移っていくはずだ。

そうしているうちに、老人は一人また一人とこの世を去っていく。年寄りばかりが多くなる島は、やがて年寄りさえいなくなる島になる。

「でも、でもさ、親父の世代はまだまだ島で生活してるだろ？　働き盛りの大人たちがさ……」

親父はふっと笑った。

「実は、島で一番金持ちの連中は年寄りなんだよ。なんて言ったたって年金がもらえるからな。だから年寄りたちは、菓子を買うような小さな贅沢はできるんだ。今さら教育費だ娯楽費だというような使い道もないし、島なら遊ぶ金もいらない。どんどん金が飛んでいくおれたちの年頃が、一番世知辛いよ。そして、節約したい人はわざわざ和菓子なんぞ買わない」

「そんなことないじゃないか、親父の世代も結構買ってくれるだろ。恵一のところはあんまり来ないけど、ほら、山向こうの漁師のおじさんとか、手広く農業やってる人とか……」

親父はどこか痛そうな顔をした。

「あれは相身互い（あいみたがい）の取引だよ」

「相身互い？　どういう意味だ？」

「おれの作る菓子は、まあ、うまい。第一、島で和菓子を作っているのはおれ一人だ」

「うん、それで？」

「だが、和菓子は日持ちがしない。作ったものはその日のうちに売り切らなくちゃならない。いつ頃からだろうな、売れ残った菓子を、そういう友だちのところに持っていくようになったんだ」

親父はそう言って、ほかにも何人かの名前を挙げた。どれも下の名に「ちゃん」をつけて呼び合うような、親父の四十年来の幼馴染だ。

「そうして向こうからはお返しにと、その日市場に出せなかった魚やエビや、野菜が来る」

「え、それって……。うちはそういうおこぼれをもらって食っているってこと？」

「おこぼれじゃない」

親父はきつい目になった。「だから相身互いだと言ったろう。市場では扱ってくれない雑魚、サイズが小さい鯛、ひげの取れたエビ。曲がったキュウリ、熟れすぎたトマト。漁師や農家でもて余すものと、おれの菓子と、どちらも互いに喜ばれ、互いを補い合ってる。いつからか、小市堂の菓子はそういう具合に使われるようになってきたんだ」

これで何度目だろう、航太は返事ができなくなった。

こんな小さな島としては、親父の上生菓子は高級すぎる。そう思ったことがないわけではない。

でも、その菓子がちゃんと売れていく。それは親父の菓子を島の人が評価してくれているからであり、一方では島の人たちの心の豊かさを示すものだと思ってきた。小市堂が生き残れる五木島を、航太は誇りにしてきた。この前も病院で考えていたとおりに。

それがただの、余りものの交換だったとは。

親父はゆっくりと立ち上がった。

「先に風呂に入るぞ。進路のこと、よく考えておけ」

結局、次の日の面談で、航太は大学進学希望と初めて口に出した。

これから考えなければいけないことが色々あるらしい。今から準備して合格できそうな大学、そして四年間経済的に続くところを探すこと。学部は先々の就職に有利なように選ぶこと。ちゃんと給料をもらえる会社に就職できるように。

面談のあとで文芸部の部室に行っても、航太はぼんやりしていた。

「ほら、航太、いつにもまして腑抜け顔じゃない。しゃんとして」

日向子に叱られても、来島京が心配そうな視線を送ってきても、エネルギーが湧いてこない。

一番文句を言いそうな恵一が何も言わないのを、不思議に思うことさえなかった。

「ねえ、ちょっとみんなで体を動かしません？」

突然、和彦がそう言って立ち上がる。「ほら航太先輩、行きますよ。足はとっくに治ってるんでしょ」

部員四人の球技部が、校庭でバスケットボールを使ってパス練習をしていた。航太が試合を持ちかけると、すぐに乗ってくる。こっちは文芸部五人のチーム、相手は一人足りない。

「おれら一応専門だし、野郎四人なんだからいいっすよ、女の子がいるそっちは五人でも」

日向子は、ほとんど戦力にならない。ところが、京が意外に強かった。いや、強いというより、よく走り回るのだ。シュートの精度はそれほどでもないが、とにかくこぼれ球を拾いまくり、ゴールを攻める。

「なんか、色々意外な子だな。本の虫のくせして」

恵一が感心したようにつぶやいたものだ。

やがて、文芸部の三年生は息を切らしてコート脇のベンチに腰を下ろした。球技部はまたパス練習に戻っている。

「疲れたあ。ねえ、京、和彦、二人で購買部に行って何か飲み物買ってきて。私がおごる」

日向子がそう提案して財布を出したので、あわてて恵一と航太もポケットを探る。二年生二人が仲よく校舎内に消えるのを見送りながら、日向子が言った。

「ねえ、航太、覚えてる？　あんたが地方大会の決勝戦に作った句」

突然だったが、航太は素直に答えた。

「もちろん覚えてるけど？」

今ここがおれのポジション南風（みなみ）吹く

これが、航太の句だ。試合には使われなかったけど。

「だけど今頃、なんで？」

「『今ここがおれのポジション南風吹く』」

日向子は航太の問いには答えず、そう吟じてみせた。

「みんなで話し合って、義貞先生にも意見してもらって、結局航太のこの句、試合には使わないことにしたんだよね」

「うん」

それで当たり前だと思った。自分への迷いを詠んだ日向子の句や、島の高みから見た海を感じさせる和彦の句に比べたら、なんと言うか、幼稚な感じなのは自分でもわかっていたから。

「だけど、この句、妙に心に残りはしたんだよな」

恵一が、反対側からそう口を挟んだ。「『おれのポジション』って言い方は、たしかにあんまり俳句らしくはないし、『今ここ』っていうのも、なんか、J―POPあたりで使い古されたベタな感じがする。だけど、これを聞いた時、ぱっと、バスケットコートの中でポイントガードを務めている航太の姿が浮かんで、ああ、いいなと思ったのは本当だ。だから迷ったんだが……。正直、審査員にどう評価されるか、読みにくい句だとも思ったしな」

日向子が体を乗り出した。

「うん、そう！　私も、この句は残ったんだよ！　絶対に汗びっしょりかいて大声出して、気持ちよさそうに走ってるんだろうな航太、ってそこまでひとつづきの景が浮かんだの。恵一の言うとおり安全策を取って、使わずに終わっちゃったけどね。でも、わからないよ？　試合に出したら審査員にすっごい評価してもらえたかもしれないよ？」

二人が口々に言ってくれるのを聞いていると、航太はこそばゆくなってくる。

「あ、つまり二人とも褒めてくれてるんだと思うけどさ……、でもあれも、ほかに何も浮かばなくて、ただ屋上に立って南風南風、って風を感じようとしていた時に、ああおれ今ここで生きてるんだって、そういうのをふっと感じただけで」

「それがいいの。今ここがおれのいる場所、そう言い切る単純さが航太のいいところじゃない」

そう言った日向子は、まっすぐ航太を見つめた。

「その単純さが取り柄の小市航太が、何を悶々としているわけ？」

「いや、別に……」

航太は口ごもったが、結局二人に話す羽目になった。

「そう……。小市堂に未来はないってお父さんに言われたの……」

「実際、なかった。そういう目でうちの商売を考えたことがなかったおれが、ほんと、単細胞の甘ちゃんだったわけ。だってさ、ばあちゃん、病気になる前はちゃんと帳簿や家計簿をつけていたんだけど、それを見ると笑っちゃうほどシンプルなんだぜ」

「シンプル……？」

「入ってくる金も出る金も、少ないの。まず、店のほうはさ、ほんと、微々たる売り上げしかないんだ。毎月の材料費や光熱費を取り除くと、え、これだけ？　って誰でも驚くらいの額。で、家計簿と照らし合わせると、うまい具合に生活費やおれにかかる費用で差し引きほぼゼロになる感じ。もっと笑っちゃったのがさ、うち、おれ結構大食いだと思ってたんだけど、毎月の食費、一万円程度なの。三人で」

「私は自分の家の食費を知らないから何とも言えないんだけど、まあ、多くはないんだろうね」

そう言う日向子に、航太は苦笑まじりにうなずいた。

「うん。ほとんど米代と調味料代って感じだった。あとはたぶん、魚も果物も、物々交換なんだ。野菜に関してはもらいもののほかにばあちゃんが家庭菜園やってるしさ。結局たいした金を使わないでも飯が食えるんだ」

「はあ……、すごい自給自足だね」

「もっと笑えること教えてやろうか。時々夕食に鯛の刺身とかが出てきてたけど、今思えばいつも、親父が上生菓子を作る日だった。あ、焼き魚やアラ煮なんかはその翌日にもあったけど」

「はあ……」

もう一度日向子がため息のような返事をした。「それってつまり……」

「そう。親父の上生菓子が鯛に化けたわけ」

「それはそれで、いいじゃないか」

　それまで黙っていた恵一が口を挟む。

「そんなこと言ったら、おれのうちだって金を出して食料買ってないのかもしれないぞ。食っている魚は当然市場へ出せない半端ものだし、そう言えばうちも、もらいものは一杯あるな。親父もおふくろも、新鮮なうちにって配りまくってるから、きっとお返しがどっさり来るんだ」

「それでも、動く金の規模が違うよ」

　どう言えば恵一にわかるだろう。漁師の家は、たしかに天候に左右される不安定さはあるものの、基本、大儲けを期待できる。当たれば大金が転がり込む。もちろん、出て行く金のほうも――船の維持費、燃料費、設備費、もろもろ――大きい。何もかもちまちましている小市堂とは、スケールが違うのだ。

　いつのまにか、二年生二人も遠巻きに三人の話を聞いていた。日向子は和彦からペットボトルと財布を受け取りながら言う。

「じゃあ、航太、結局進路はどうするの？　どこの大学に行きたいの？」

　ずばりと聞かれた航太は、言葉に詰まる。ちっぽけな島の平凡な航太として、小市堂の作業場が居場所になればいいと思っていた。和菓子は贅沢品。その贅沢品を島の人へ届けることを仕事にしたいと。あんなに楽しい美しいものを作って人の生活を豊かにすることができるのなら、こんなにいいことはないと思っていた。

だが、航太の作る菓子を受け取る人が、いないとなれば……。

おれのポジション。

そのポジションは、誰にも必要とされないものなのかもしれない。

「……進学先はこれから考える。あんまり時間はないって須賀には脅かされたけど」

そう言って航太は立ち上がった。みんなに聞いてもらえたら、ちょっとすっきりした。

「とりあえず、今は俳句甲子園、頑張ろう」

夏休みに入る直前の日曜日。航太はばあちゃんのお見舞いに行った。

「ごめんねえ、わざわざ来てもらって」

ますます小さくなるばあちゃんを見るのはせつないが、航太は努めて明るくふるまうしかない。

ばあちゃんの洗濯物を病院内のコインランドリーに放り込んで、昼食の介添えをしてやり、乾いた洗濯物をしまい……。何度もやっていることなので、手際はよくなった。食べ終わってうとうとし始めたばあちゃんを残して、病院を出る。

喉(のど)が渇いた。自動販売機の前で財布を探り、航太はため息をつく。

都会にいると、ひっきりなしに金がかかる。本土までのフェリー代、松山市内までの電車代、飲み物がほしければこうして自動販売機のお世話になるしかない。

小市堂の経営の話と同じだ。

ばあちゃんの作る料理と弁当を食べ、自転車で移動し、五木島の水を飲んで暮らしていたらほとんど出す必要がない財布を、こうして何度も取り出さなければいけない。

その中身はトマトみたいに自然に育つものではないのに。

なんとかして、金を増やせないか……。その時、唐突に一つの考えが浮かんだ。

航太は決心して、『リカーショップ・TAKU』へ向かう。

「よう、航太。親父さんとおばあちゃんは元気か？」

元気よく迎えてくれる卓さんに、航太は一息に言った。

「あの、……おれを、夏休みの間、この店で働かせてくれませんか？」

卓さんが目を丸くする。航太はさえぎられる前に急いで続けた。

「安い給料でいいです。おれ、少しでも金を稼ぎたいんです」

親父が見せてくれた貯金通帳。あの金を、減らすわけにはいかない。でも、このままではばあちゃんの見舞いに消える費用だけでも、航太には痛い。金がないから大事な人の見舞いにも来られないなんて、あんまりみじめじゃないか。

卓さんが真面目な顔になった。

「すまない、航太、この店にはこれ以上人を増やす余裕はないんだ」

この店はすごく繁盛している。この間見ただけでもひっきりなしに客がやってきていた。一日店番しても顔見知りの何人かにしか売れない小市堂とは、天と地の差だ。あれだけの売り上げがあるのなら、人を雇う余地はあるはずだ。

その時、がらりと裏の戸が開いて、ビールケースを抱えた人影が現れた。

「あれ？　航太」

それは恵一だった。

――ああ、そうか。

航太は落胆とともに思い出した。

どうして忘れていたんだろう。恵一はいつも、夏休みは松山でバイトしていた。

それが、このリカーショップだったんだ。

叔父と甥を見比べて、航太は体を縮めて頭を下げた。

「そうですよね……。手は、足りてますよね。すみません、いきなり変なことを言って」

航太はそのまま、外へ走り出した。どんどん足は速くなった。

この前、少しは店の手伝いをして、賄いも作って、卓さんに喜んでもらえたと思った。

だからあの店に置いてもらえるんじゃないかと期待した。

そこにはもともと恵一がいたのに。あの店を手伝って。自分の部屋も用意してもらって。

航太の場所は、どこにあるのか。

……ポケットの中が、さっきからぶるぶると震えている。航太はいらだちながらスマートフォンを取り出した。病院に行ったあとだから、マナーモードにしたままだったのだ。

恵一からだ。

正直言って、今は出たくない。なのに、いつまでたってもスマートフォンは震え続けている。

気乗りしないながらも耳に当てると、いきなり恵一に叱り飛ばされた。

――何やってんだ、お前！　さっさと電話に出ろ！

「え、でも……」

――だいたいな、さっきだってそうだ。おれがいくら呼んでも足を止めないって、どういうことだよ？

「え、ごめん、呼んでるの聞こえなかった……」

スマートフォンの向こうから、舌打ちが聞こえた。

――アホらしくなって追いかけるのをやめたけど、こっちはお前のおかげで汗だくだよ。お前、足だけは無駄に速いのな。

「あの、恵一、それで……何？」

――何じゃない。とっとと店に戻って来い。さっきの話は終わってないんだぞ。卓おじさんが、耳寄りな働き口を知ってるらしいんだ。

「え？　ほんと？」

――おれ、お前を探し回るのなんてごめんだからな。どこにいるのか知らないが、早く来い。

「わ、わかった……。あと、恵一」

――何だ？

「ありがとう」

恵一は鼻で笑ったような音を残して、電話を切ってしまった。

店に戻った航太は、恵一に腕を引っ張られてバックヤードに押し込まれた。待ってくれていたらしい卓さんには、また頭をぐりぐりされた。

「うちじゃ無理だけど、夏場、人手をほしがっているところがあるんだよ」

「ほんとですか？」

「航太が接客に向いているのは、この前わかった。気が利くし、自分からできることを見つけようとするし、腰が低い。さすが、商売をやっているうちの子だなと思っていたよ」

褒められると、照れくさい。

「そんな……。おれのうちなんて、ほんと、ちっぽけな店だし」

今度は頭を軽く小突かれた。

「お父さんの仕事をそんなふうに言うもんじゃない」

いや、おれじゃなくて親父自身がそう言うんですけど。

でも、それは口には出さない。

「あの、それで……？」

「そうそう、バイトのことだ。うちが酒を納品している温泉宿が道後温泉にあるんだが、夏季繁忙期に手が足りないって言ってたのを思い出したんだ。どうだ？　接客って言うより、裏方の、布団の上げ下ろしや膳運び、その他肉体労働がメインだと思うけど」

航太は飛びつくようにうなずく。

「是非！　お願いします！」

卓さんはにこにことうなずいてから、思い出したようにつけ加えた。

「でも、重労働だぞ」

航太はそれでもためらわなかった。

「かまいません。お願いします」

卓さんが紹介してくれたのは、道後温泉のはずれにある創業三十年という旅館だった。

夏休み――つまり、客が増える時期――にこそ必要とされる仕事だ。

親父も、多くは言わずに賛成してくれた。

「そうだな。少しでも今後の学費の足しになることを考えないとな。すまないが」

「いいよ。これでおれはバイトの前後に、ばあちゃんの病院に行けるんだから」

基本的には週五日。高校生だから日勤がメインだ。朝、客室の寝具の片づけと清掃から始め、食材その他の搬入を手伝うシフトか、昼から出て夕食の上げ下ろしと寝具のセッティングまでのシフトか、どちらかだ。

こうして、航太の夏休みは始まった。

仕事を始めてみると、なるほど体は疲れるが、お客さんへの応対が少ないから気は楽だった。重いものを持っての通用階段上り下りも、島の坂道を毎日自転車通学している航太には、問題ない。

ただし、島にいない日は、必然的に俳句甲子園の練習には出られなくなる。申し訳ない気持ちで部員にそのことを言うと、日向子はすぐに対策を考え出した。

「登校できる日を言いなさい。その日に全員集中して活動する。あと、島にいられない時でも、どうにか手段を作って情報を共有させるから問題ない」

「そんなこと言っても、どうやって？」

「航太、あんたのスマートフォンは何のためにあるのよ？　いくらでも連絡取れるじゃない。あんたがいない時の練習は映像に撮って送れば全部フォローできるし、課題の提出も画像送信でできるでしょ」

「あ、じゃ、そういうのはぼくが担当します」

気軽に名乗りを上げたのは和彦だ。「ちょうどいいや、俳句甲子園への記録残したら面白いなって思ってたところだったんです。せっかくだから全部残して、航太先輩に送ります」

「じゃ、おれも遠距離練習組にしてくれ」

恵一まで加わった。「おれも島を出てバイトする。出るからには俳句甲子園のこともきちんと準備したいから、頼む」

「これで決まり。じゃ、和彦、まかせたよ。でも、島にいる日は貴重だから、二人で休みの日を合わせて。あと、全国大会がある八月第三週の週末は、きっちり空けておいて」

航太と恵一の休みは、二人そろえて毎週火曜と水曜ということにさせてもらった。一週間のうち、その二日は朝から晩まで練習。ほかの日は三人で練習。忙しい日々が始まった。

心配していた俳句甲子園全国大会との日程も、うまく調整できた。代わりに、最もお客さんの多いお盆の時期もシフトを入れてもらった。どうせ島に帰ってもたいした用事があるわけではないので、航太にも好都合だ。

俳句甲子園がどんな試合内容なのかは、地方大会で全員充分わかった。すでに句は提出しているから、その句に対してどんな質問が来るか、みんなで考えて、それに対する答えを練る。それが練習の中心メニューだ。

何よりありがたいのは、映像の資料だ。和彦が、インターネットにアップされている過去の試合映像をまとめてくれたのを、航太はバイトの合間に熱心に見た。披講される句に、自分だったらどんな質問をするか。それを考えてから、実際の映像で相手チームの質問と比べてみる。最初のうちは、自分がどんなに幼稚な質問しかできないかを思い知らされてがっくりきたが、やっぱり地道な積み重ねは大事だ。慣れるうちに、対戦チームの句を攻める要点もわかってきた。

・兼題は生かされているか。

地方大会で、「荒き声夜店一瞬だけ止まる」という京の句に、「プール一瞬だけ止まる」でも成り立つじゃないですかと指摘されたのなんか、まさにこの戦法だ。与えられた兼題でなくても成立する句ということはつまり、兼題を詠んだ意味がない＝句として弱い、ということだ。

・無駄な言葉がないか。

俳句は短い。だから、一つの言葉にいろんなイメージを詰め込む。相手の句がごたごたと似たような言葉を重ねていたら、それは練りが不足しているというわけで、攻撃ポイントにできる。

・鑑賞者として、句のイメージをどれだけ豊かにふくらませられるか。

大事なのは、句に使われた言葉のイメージを最大限に引き出すことだ。それが多彩であればあるほど――もちろん正しいイメージに限るが――、広く深い鑑賞態度をアピールできる。そのイメージは、作った側がもともと持っているものと同じでなくてもいい。いや、作者の思いもよらないイメージをぶつけるほうが有効なことだってある。そういう鑑賞は相手チームにとって想定外だから、当然答えを用意できていないわけで、こちらの主張が通りやすい。作った側がそれは違うと思うかどうかは問題ではない。大事なのは、審査員がその鑑賞は「あり」だと認めるかどうか、それだけだ。アピールすべき相手は審査員なのだから。

木曜日から日曜日までの夜、航太は『リカーショップ・TAKU』に、恵一と二人泊めてもらっている。航太は居候として少しでも宿泊代を払うと申し出たのだが、卓さんにはねつけられた。だから、せめてものお礼に三人分の食事を作ることで、互いに折り合いをつけた。店をしまい、夕食とその片づけがすんだら、恵一と二人で好きなだけ俳句に没頭できる。

夏の真夜中、一つのスマートフォンの画面を一緒にのぞきこんで、互いに質問を出し、批評し合う。そうやって言葉を探る。こんなに恵一としゃべることは、十五年のつき合いでも初めてかもしれない。

「なあ恵一、ほかのチームって、どんな句を作ったんだろうな」

ある蒸し暑い晩、レモネードを飲んで一息ついている時、航太はふっと思いついてそう言った。このレモネードは、この間日向子がくれたレモンシロップを使って恵一が作ってくれた。日向子の家で収穫したレモンを使った、自家製のレモンシロップ。こうやってただでソフトドリンクが飲めるのは、倹約している航太と恵一にはありがたい。

「全国大会の句は、とっくに出そろって俳句甲子園の実行委員会の手元にあるんだよな。おれたちが攻めるべき句が……。絶対手に入らないけど」

恵一もそう同意した。

すべての句は、すでにこの世にある。中でも今五人でディベートを練り上げているのは、予選リーグの三題、「父の日」「紫蘇」「青嵐」の句だ。まずはここを突破しなければ、次の決勝トーナメントに進めない。

「こうやって、過去の大会の句で練習するのが一番実践的なわけだけど、でも練習している句は、当然今年の兼題じゃないからさ。今年の兼題についてディベート練習ができれば、おれみたいな超初心者にはすごい上達が望めると思っちゃうんだよ」

「そりゃ、そうだ。誰だってそれができればどんなにいいかと思ってるさ。でも、絶対できっこないだろう。どこのチームだって、自分たちの句は秘中の秘だよ。互いに初見で限られた時間内で討議するのが基本ルールなんだから。それが事前に漏れてみろ。試合内容が変わっちまう。というか、俳句甲子園のシステムが崩れる」

「だから、無理だとはわかってるよ。でも、知りたいよな」

「そんなことを考えるとは、航太、ちょっとスランプか？」

「そんな上等なものじゃないけど、でも、なんかおれ、もうない知恵を絞りつくした感じ。何も思いつかなくなった」

恵一はちょっと笑ってレモネードを飲み干した。

「じゃ、今夜はこれまでにするか」

「そうだな」

航太はグラスをまとめて立ち上がった。

「おれ、片づけてくるからさ。恵一は自分の勉強始めろよ」

次の朝が早い航太は先に布団に入るが、職住一体の恵一はまだ夜更かしできる。いまだにやる気を出さない航太とは違い、恵一は、これから受験勉強を始めるという根性の持ち主なのだ。


頭を使い、体を使う、去年までに比べてものすごく勤勉な夏が過ぎていく。

そして八月、盆の入りの朝のこと。

航太は五木分校の文芸部部室をのぞいた。

「おはよう」

「あれ、航太先輩」

和彦が、驚いて声を上げる。「まだ島にいたんですか」

「バイト、いいんですか？」

これは京。航太は二人にうなずいた。

「うん。今朝、急だったんだけど遅いシフトに替えてもらったんだ。だから松山に行くのは午後の便でいい。実は今日、ばあちゃんが退院できることになったから」

「そうなんだ！　よかったですね、祖父たちも喜びます」

「ありがとう。義貞先生にもお礼言わなきゃな。今朝の回診で、大丈夫って言ってもらえたんだって。親父はもちろん退院に付き添うけど、おれは家の準備とかしていたほうがいいから、島に残った。うちの車狭いから、おれまでついて行っちゃうとばあちゃんが楽な姿勢で乗ってこられないし。あ、だから、午前中しか部室にはいられないけど……、今日は二人だけ？」

一番熱心なはずの日向子の姿がない。

「何か、日向子先輩の家も今日は忙しいらしいです」

「それに、昨日の活動でも意見が出たけど、そろそろ練習もやりつくした感があるでしょ」

和彦がそうつけ足したのには、航太も同意できた。

みんな、この何週間か、本当に頑張った。でも、ネットで漁（あさ）れる他校の動画も、ほとんど見尽くした。やはり、使えそうなものには限りがある。高校生が動画を普通にアップするのもここ数年だけの風潮だし、そもそも俳句甲子園を目指す高校自体、盛んになってきているといっても全国大会出場は三十六チーム。

「この間も恵一と話したけど、過去映像はもちろんいいディベートの練習材料ではあるけど、兼題は当然今年のじゃないからな」

ディベート練習は、過去映像を利用してできる限りやったつもりだ。今年使う自分たちの句については、須賀や義貞先生含めた全員で、突っ込まれそうな質問を考えつく限り書き出して和彦が箇条書きにし、全員に配った。それをもとに、特に予選リーグの句をメインに、どうやって反論するかを話し合った。もちろん、その反論も紙にまとめてある。

「これ以上、新しいことは思いつかないよな……」

恵一や日向子も含めた全員が、そう思い始めているところなのだ。

「でも、ほかにどうしようもないものね」

「よその学校の句がわかるわけないから具体的な対策を取るのは絶対無理だけど、本当はせめて、誰か全然知らない人におれたちの句の感想言ってもらいたいよな。須賀や義貞先生だって最初からアドバイスもらった上で一緒に最善の句に作り上げたわけで、つまりは難癖つける立場じゃないんだよな……」

「でも、外部に漏らすのは危険ですよね。回りまわって、対戦チームに句がばれちゃったら一巻の終わりですから」

「うん。俳句甲子園は初見の句に対してディベートする場だもんな」

今話していても、こうして、前と同じような内容に落ち着いてしまう。

「でも、せっかく航太先輩と三人いるんだから、もう一度やりましょうか」

京の提案に和彦も賛成した。

「そうだね。どの句にします、航太先輩？　この際、予選リーグ用の三題じゃなくて、決勝トーナメントに進めた場合を想定して、『夕焼』や『海月(くらげ)』の句も確認しましょうか」

航太は首を振った。

「日向子と恵一のいない時に、勝ち進んだあとの想定練習はちょっと荷が重いからさ。じゃ、予選リーグの『紫蘇』にしようか。ここにいない恵一と日向子の句が先鋒、中堅だろ？　二人がいないからこそ、遠慮なしに言えることを思いつくかもしれないじゃないか」

というわけで、三人はすっかり使い込んだそれぞれのノートをめくって、「紫蘇」の句のところを探した。

紫蘇の香(か)や言葉は今日もつかまらず

これが先鋒戦、恵一の句だ。

「恵一先輩らしいですよね。いつでも言葉を探して、苦闘している感じなのが」

「ほんと、俳句に対してはストイックな奴だよな。ほかのことは結構いいかげんなのに。部屋の片づけとか、バッグの中身の整理とか、そんなことはまったくほったらかし」

そこまで言って、これでは俳句のディベートとはピントがずれすぎていると気づいた航太は、論点に戻る。

「言葉を探しても見つからない、そのじれったさと、言葉探しにこだわるような頑固そうな作者の気分に、紫蘇の香りはぴったり合っているよな」

「はい。この『紫蘇』は、きっと青紫蘇ですよね。あのさわやかだけど青臭い、それが香る場所で、作者はいらいらと言葉を探している」

今までに何度も確認してきた話し合いだ。

「この『紫蘇』は青紫蘇ということですが、赤紫蘇では駄目なんですか？」

和彦が言う。これは、日向子が思いついた指摘だ。

それから、義貞先生も交えて議論した。青紫蘇と赤紫蘇では全然違うと。

「赤紫蘇と言えば、ほとんどが梅干しに使われますよね。だから、赤紫蘇って、つまりは梅干しのあの特徴的な匂いのイメージになる。それでは、作者の青臭い感情や、生々しい草の香りへのいら立ちを表現した景からははずれる。この句に詠まれているのは、青紫蘇です」

京が、みんなで決めた方針どおりに答え、この句への確認はすんだことにした。

「じゃ、次」

畑仕事しまふ頃ならむ紫蘇摘む

これが中堅戦、日向子の句だ。

「ちょっと特殊な語順ですね。破調です。わざわざ破調にしないで、五七五におさめる工夫をしたほうがよかったんじゃないですか？」

京が、義貞先生に指摘されたとおりに質問を繰り返す。

「作者は家にいて、畑仕事に出ている家の人、お父さんでしょうか、その仕事の終わる時を推し量っているんです。疲れる農作業を終えて帰ってくる人をねぎらうために、新鮮な紫蘇を香り高いまま味わってもらおうと、摘むタイミングを見定めているんです。家族を思う素直な心を素直に詠んだら、『畑仕事しまふ頃ならむ』という十三音になった。だからこの破調には意味があります」

和彦が、これもみんなで決めた答えを言う。次に二人が質疑の役割を交代して発言練習。

「この『紫蘇』も青紫蘇ですか？」

「はい。疲れた家族をねぎらうための、さわやかな青紫蘇です」

――わざわざ青紫蘇かどうかなんて質問来るか？　『摘』んで夕食に使うから、青紫蘇に決まってるだろ。

以前の練習で、恵一がそうぶっきらぼうに言ったら、日向子が反論したものだ。

――五木島みたいに、ほとんどの家も自分のところの畑や家庭菜園で青紫蘇を調達している高校生ならこんな質問しないだろうけど、都会の高校生だったら、紫蘇がどんなふうに生えているかも知らないんじゃない？　だからこういう質問も出ると思ったほうがいい。

本当に、日向子はこういう毎日を送っているんだろう。シーズン中の農家はものすごく忙しい。そういう農家の長女に生まれた日向子は、家事をかなり引き受けているはずだ。

「日向子って、いい子だよな」

また本題からはずれて、航太はつぶやく。「日向子の父ちゃん、ミカン畑の手入れから疲れて帰ってきてさ、娘が摘んだ紫蘇を薬味に晩酌できたら、幸せだよな」

「航太先輩って、そういう情景を思い浮かべる想像力が豊かですよね」

はにかんだ様子の京に言われたので、航太は照れくさくなった。

「こういう光景はいくらでも浮かぶんだよ。日向子って、口は悪いし態度はでかいけど、でも根は優等生のいい子だよなって」

「それはどうも」

どすの利いた声に、三人は飛び上がった。

開け放していた部室のドア——効かないエアコンに頼るより、風を通したほうが涼しいのだ——に手をかけて、日向子が仁王立ちしている。

「あ、日向子、今の聞いてたの？」

「航太、今日も島にいるならそう言いなさいよ。だったら、私も、家の仕事なんか放り出して朝から登校したのに」

日向子は航太の向かいの席に音を立ててスクールバッグを置いた。

「それと、私、別にそんないい子じゃないからね？　これはあくまでも俳句甲子園対策の創作よ」

「え？　創作……なの？　この句」

「当たり前。お父さん、疲れたでしょ、紫蘇今摘んだのよ、なんて、そんな優しいことうちの親に言ってやるはずないじゃない、気持ち悪い。でもこうやって、いかにも近代俳句の流れを汲んでます、みたいな労働や家庭を題材にした句を作ったら、相手だってけなしにくいでしょ」

「はあ……」

「うちの親、最近愚痴ばっかりだもの。こんなに苦労してミカン畑を守ってどうなるんだ、とか。そのくせ、私がなんとかするって励ましても、女の日向子にできるわけがない、いくら勉強ができても畑を守る役に立つわけがないとか、人をけなす文句だけはいくらでも出てくるんだよね……」

うつむいて独り言のようにつぶやいた日向子は、そこで自分を見つめる三人に気づいたようだ。

「悪い、時間を無駄にした。お盆だからってわからずやの年寄りが墓参りだなんだと家に押し寄せてくるのを相手させられたものだから、ストレスがたまっていた。ごめん」

だが、謝ってもそれで終わらないのが、日向子だ。続いてじろりと周りを見回す。

「でもどうして、あんたたちも黙って聞いてるのよ？　私が脱線したらすぐに軌道修正してよね」

「は、はい……」

気を取り直したように、京が自分のノートのページをめくる。

「『しまふ頃ならむ』と、文語にした効果はあるのでしょうか。素直な言葉というなら『終わる頃だと紫蘇を摘む』と、素直に中七下五を作ることができたと思うのですが」

「この句は、『しまふ頃ならむ紫蘇摘む』としたからこそ、ずっと昔からの家族愛、いつの時代にも変わらない家族へのねぎらい、普遍的な温かさが表現できているんです」

……たった今、すべては好評価を狙った創作だと言い放った日向子が、殊勝な顔で反論している。この複雑さが、日向子の一番の武器かもしれない。

やっぱり、航太一人では引っ張ることのできないディベート練習が、日向子が入ることで段違いに活発化する。

続いて大将戦、和彦の句。

紫蘇を裂く祖母の思い出壺の中

「梅干しを作るために赤紫蘇を裂いていた祖母の姿、手仕事をしていた祖母との思い出も、丁寧に壺に漬け込む。そういう、なつかしい家族を詠んだ句です」

――実は、航太先輩の『梅の実』の句に影響されて作ったんですけどね。

和彦は披講する時にそう言ったものだ。

――五木島らしい句になってるよな。こういうばあちゃんが一杯いる島だっていうアピールもいいんじゃないか？

そう提案したのは、恵一。航太のばあちゃんと、この句の「祖母」――つまり義貞先生の奥さん――も、七十年以上の幼馴染だ。

四人は、思いつく限りの意見を出し合う。

でも、じきに発言が尽きてしまった。

「もう、思いつくことはない？」

何度も繰り返していた日向子も、やがてあきらめた。

「じゃあ、あとの時間は、図書室に行って、歳時記に載っている兼題の句を集めようか。学校によっては、先人の類句について、結構、うんちくを垂れたりするからね」

「完全に勉強みたいだな」

「仕方ない。お勉強が得意な進学校が、たくさん俳句甲子園に参戦してるんだもの」

そうやって全員が立ち上がったところで、航太は引き上げることにした。

「そろそろ、ばあちゃんと親父が帰ってくる頃なんだ。お勉強の成果は、また、恵一とおれにまとめて送ってくれ」


家で待ちかまえていると、昼過ぎに、ようやく、ばあちゃんが家に帰ってきた。

「よかったねえ、お盆の支度をできるよ」

家に帰るなりそう言って喜ぶばあちゃんを、親父と航太はたしなめる。

「盆支度なんて、どうでもいいんだぞ。ばあちゃんは安静にしていろ。お盆は家で迎えたいって、先生にわがまま言って、やっと退院させてもらったんだからな」

「そうだよ、暑い盛りなんだし、とにかく自分の体を大事にしてよ」

これから店を開けようと親父が準備をしている間、航太は久しぶりのばあちゃんにくっついて、あれやこれやと世話を焼く。

何しろ、ばあちゃんときたら、自分のことも後回しで、納戸へ行ってごそごそと何か持ち出そうとし始めるのだ。航太はあわてて、その道具を取り上げる。

「ばあちゃん、おれが運ぶから。ところで、これ、何？」

「仏様を迎える準備だよ。だから、どうしても今日帰ってきたかったの。迎え火を焚かんとねえ」

「はあ、迎え火」

そう言えば、毎年ばあちゃんは、お盆には外で火を焚いたり盆棚——と言ったと思う——をしつらえたりと、一人で忙しくしていた。部活と称して遊び回っていた航太は、ろくに気に留めていなかったけれど。

「航太、これから松山へ行くんじゃろ？」

「うん。夕食の配膳までには持ち場についてないといけないから、二時半のフェリーに乗る」

「なら、今のうちに迎え火を焚いてしまおうかねえ。航太がいてくれたほうが、美佐江さんも喜ぶじゃろうから」

美佐江というのは、航太の死んだ母親の名前だ。

素焼きの皿に苧殻という燃料を置いて、火をつける。ばあちゃんがマッチを持っている姿が危なっかしく見えて仕方ないので、航太が代わってつけた。

「なんだかすまなくてねえ、美佐江さんに」

二人でしゃがんでその火を見ている時。ばあちゃんがぽつんとそう言った。

「すまない？　なんで、ばあちゃん？」

「私だけお医者さんに助けてもらって」

「え？　何を言い出すんだよ、ばあちゃん」

「美佐江さん、もともと五木島の生まれじゃなかったじゃろう？　お父さんの仕事の都合で中学生の時に五木島へ引っ越してきて、そのまま、五木島が気に入って小学校の先生になりんさった」

「うん、そのことは親父から聞いてる」

航太はその話を面白く聞いたものだ。「四国の大学の教育学部に進んで小学校の先生になって、だけどわざわざ五木島の小学校に志願した。親父は、おれの魅力にさからえなかったから五木島に戻って来たんだって、いつもいばってるけど」

「なんかねえ、新任の先生は島に行かされるのが普通らしいよ」

航太は笑った。

「なんだ、じゃ、恋愛がらみで島に戻って来たわけじゃないんだ」

「でも、結局は同じことさね。徹と結婚しなかったら、五木島には住んでいなかった人だよ。美佐江さんのご両親はとっくに五木島を離れていたんだから」

「まあ、二人で恋愛成就させたんだから、よかったじゃない」

「……よかったなんて、ばあちゃん、申し訳なくて言えんよ。美佐江さんのご両親に」

ばあちゃんの声が震えているのに、航太は初めて気づいた。ばあちゃんは楽しい昔話をしているんじゃなかったのだ。

「五木島に残らんかったら、美佐江さん、ご両親と東京で暮らしていたじゃろう。そうしたら、具合が悪くなった時じゃって、いくらでも病院があって、助けてもらえたじゃろう。美佐江さんが亡くなってからずっと、悪いことをした、ご両親にも航太にもって、ばあちゃん、つらくて」

航太はかける言葉が見つからなくなった。

「……ばあちゃん、家の中に入ろう。ここの始末は、おれがするから」


俳句甲子園の全国大会は、八月の第三週の週末に行われる。土曜日に、まず、全国から集まった三十六チームを十二ブロックに分けての予選リーグ戦。そこで各ブロックから勝ち進める一チームを決めるのは、地方大会の時と同じだ。この時点で、三十六チームが十二チームに絞られる。

ここからは決勝トーナメント戦。土曜日のうちに第一回戦、第二回戦を行って、十二チームが六チームに、六チームが三チームに絞られる。

翌日曜日は会場を変えて、この勝ち残り三チームに敗者復活戦を突破した一チームを加えた四チームで、準決勝と決勝が行われるのだ。

前日の金曜日夜には、ウェルカムパーティーと言って、三十六チームが集う顔合わせ会が行われる。同時に、翌日の予選ブロックを決めるくじ引きも。

だから、実質三日間の大会だ。

金曜日、航太はお客さんを送り出して客室清掃を終わらせる午後三時までのシフトにしてもらっていた。そのままほかの部員と合流すれば、ウェルカムパーティーに充分間に合う。

ところが、昼前になって、バイトのチーフが困った顔で泣きついてきた。

「夜のシフトの子が、急に来られないって言い出してさ。小市君、すまない、夜の寝具セッティングにも入ってくれないか？　バイト料、はずむから」

「え、それは……」

さすがの航太もすぐには返事ができない。なんといっても一回だけの全国大会だ。全部に参加したい。

「頼む！　君しかいないんだ！　残ってくれるなら、今から夕方まで休憩取っていいよ！あ、あと、おれがなんでもおごってやる！」

「……ちょっと待ってください」

航太はそう断って、部員たちに連絡させてもらった。みんなは今頃、フェリーに乗っているはずだ。やっぱり、最初の顔合わせには選手全員いるべきだと思う。ところが。

——いいじゃない、全員そろってなくても。

日向子を始め、みんながそう返してきた。

——今日の内容、全部航太先輩に実況しますから。

——バイト先とは関係よくしておけ。

航太はスマートフォンをしまってチーフを振り返る。

「あ、あの、残れることになりました」

夕食の配膳が終わった頃、出場校そろってのウェルカムパーティーは始まった。和彦が、部員や顧問の須賀の写真を送ってくれた。紹介された総勢六十人の審査員の中に憧れの俳人がいたとかで、恵一が興奮しているそうだ。これから夕食がふるまわれて、今日の一番のイベント——予選リーグの組分け抽選——という段取りらしい。

今夜の仕事は、客室の寝具を用意すれば終わる。でも、それから選手たちにあてがわれた宿舎に行くのは大変そうだから、航太はもう一晩、卓さんのところに泊めてもらうことに決めていた。チームのみんなとは、明日の朝合流すればいい。

今日参加できなかったのはもちろん残念だが、俳句甲子園のメインは、なんといっても明日からの試合なのだ。ウェルカムパーティーの食事――和彦の写真にちらっと写ってい
た――は食べそこなったけど、ここの賄いも充分うまかったし、チーフはアイスクリームをおごってくれた。予選リーグ戦の組分け抽選に臨む日向子にも、エールを送れた。どうか、いい組に入れますように。航太が事前に情報をつかんでいる学校なんてほとんどないから、どこが「いい組」なのか、よくわからないけど。

さあ、そろそろ組分け抽選の時間だ。リネン室あたりから和彦とこっそり連絡を取ったら、結果が聞ける。そう思いながら廊下を歩いている時だった。航太は背中から声をかけられた。

「ちょっと、あなた！」

「はい？」

振り向くと、さっき「はまなすの間」に入ったお客さんだった。航太の親くらいの年に見える女性。たしか、夫婦でチェックインしたはずだ。

「空気清浄機をお願いしていたの、どうなってるの？」

きれいな服を着ているし、化粧も似合っている……と思う、航太はくわしくはないが。

でも、顔がこわい。

「あの、空気……？」

「空気清浄機。お部屋に入ったらかび臭いのよ。主人、ぜんそくがあるの、あの部屋で寝たりしたら、体調が心配だわ。さっさと持ってきて」

あわてて航太はフロントに走る。フロントにいたオーナーがちょっと面倒くさそうな顔になった。

「そうだった。あのお客さん、さっきはクーラーの効きが悪いって部屋の交換を言ってきたんだぜ。そうしたら今度の部屋は空気が悪そうだって言われてたんだよなあ」

「空気清浄機なんて、あるんですか？」

「ないよ。あ、待て。リネン室にある。業務用のだけど。小市君、あれ持って行ってくれ」

航太が抱えて行った年季の入った空気清浄機を、お客さんは気に入らないという目で眺め回す。

「ずいぶん古そうね」

「あ、でも、性能はいいですから」

いいかどうかは知らないが、こう言っておかなくては満足しないだろう。持ってくる前に、一応見た目を気にして磨いて除菌剤を吹きかけてきたから、清潔にはなっている。

「……まあ、いいわ」

航太が客室内に空気清浄機を持ち込んでコンセントを探している時、お客さんのバッグからポップスのメロディーが流れてきた。

「もしもし？　あ、お世話になっております」

航太に向けるのとは大違いの、愛想のいい声だ。今鳴ったのは、携帯電話の着信音だったらしい。

「そうですよね、そろそろウェルカムパーティーは終わりますわよね。あの子たち、今頃何してるのかしら」

部屋から出ようとしていた航太は、思わず足を止めて振り返る。

「そうですわよねえ、あの子たち、もう親なんて無視してかかるんですから。せっかく東京から応援に来てやってるっていうのに。あら、でもいいですわね、親は親同士で楽しくやりましょう。お食事はすまされました？　じゃあ、どこかでお茶でもいかがです？　おいしそうな和風カフェが近くにあるらしいんですよ……」

航太はそれ以上聞かずに、お辞儀をしてから外へ出た。ポケットの中でスマートフォンが震えているのも、そのままにした。

別に、不思議でもなんでもない。俳句甲子園に出る高校生だけで百八十人以上。それにくっついて大人も大勢松山に来ている。引率の顧問や、そして応援する保護者たち。みんな泊まるところが必要なのだ。それだけのことだ。

そう、不思議でもなんでもない。この世には、金を払ってサービスを受け取る人間と、金を頂くためにサービスする人間がいる。それだけのことだ。

翌朝。航太は気合を入れて会場の大街道へ向かった。集合場所は昨夜のうちに決めている。

昨日の夜のすっきりしない感情なんか、すっぱり断ち切ろうと自分に言い聞かせる。試合に出れば、みんな平等な選手だ。

ただし、顧問の須賀は、今朝から不在だ。兼務で顧問をしている水泳部も今日は試合があって、そちらに同行している。松山での行動に心配はなくても、他県まで遠征となれば、島の子は不安ばかり先に立ってしまうから。それに、五木分校文芸部は相当にしっかりしている面々だし。

ところが、合流してチームメイトに挨拶した時、航太はそのしっかりしているはずの彼らの間に、何か妙な空気が流れているのに気がついた。航太以外の全員が緊張している。

「どうしたの?」

「航太、昨日連絡入れたのに、ブロック対戦表の確認してないの?」

「あ、悪い、バイト終わったあと、なんか疲れちゃって。和彦が色々画像送ってくれたけど、よく読まずに寝ちゃった。おれ、どうせ他校のこととかよく知らないしさ……」

航太があわててスマートフォンを取り出そうとするのを、恵一が止めた。

「いや、別に、こっちのを見たって同じことだ」

そして、対戦表が貼ってあるボードを指さす。AからLまで十二ブロックの校名があった。

「ちなみに、うちはDブロックに入った」

うなずきながら、航太は対戦表に目を走らせる。そして、思わず小さな声を上げた。

予選Dブロック
召命(しょうめい)女学園高等学校（石川県）
愛媛県立道後高等学校A（愛媛県）
愛媛県立越智高等学校五木分校（愛媛県）

「一緒になっちゃったのか……。京の兄ちゃんのチームと」

思わず京の顔色をたしかめてしまう。また顔色がよくない。だが、しっかりした声をしていた。

「大丈夫です。このくらいのこと、起きるかもしれないって予想してましたから」

「十二分の一の確率に当たっちゃったんだよねえ」

和彦が横から言うと、日向子が首を傾げた。

「ん？　その数値、ちょっと違う気がする……」

横から京が引き取る。

「そうですね、私の式だと三十五分の二の確率だと思う。気になって何度も計算しちゃったの。でも、かまわない。だって仮に予選ブロックが別だとしても、うちが勝ち上がったら、どこかで絶対に対戦することになるじゃない。……大丈夫」

「そうよね！」

日向子がその肩を抱いた。

「京、えらい。うちが勝ち上がることを考えている強い気持ちもえらい。大丈夫よ、私たちだってちゃんと準備してきたんだから。それに、さいわい、初戦で道後と当たるわけじゃないからね」

「そう。うちはまず、第一試合で召命と当たる。道後と当たるのはそれから一試合置いた第三試合だから。まず、召命とやってそこでペースをつかもう」

恵一の声に、一同、しっかりとうなずく。

「よし。まず一勝するよ」

Dブロック予選第一試合。

赤、召命女学園対、白、五木分校。

兼題「父の日」。

試合開始に当たり、両チームは着席の前に互いに握手をするのが恒例だ。

「……かわいいな」

握手してくれた召命女学園の女の子が軽やかに席に向かうのを見て、航太は思わずそうつぶやいてしまった。それから、日向子や京に聞かれなかったか、あわてて周りを確認した。大丈夫だった。

いや、顔立ちで言ったら別にそんなに美形ぞろいというわけでもない……、うん、五木分校の二人に比べても。だけど、なんというか、たたずまいがかわいい。五人で手を握り合っている様子とか、頭を寄せて何かささやき合っている姿勢とか、何もかもが「女の子」なのだ。

そんなことはどうでもいい。試合に集中しなければ。


先鋒戦。

召命女学園の真ん中の子が立ち上がる。

（赤）　父の日の革靴光るまで磨き

やっぱり、作る句もかわいらしい。父の日だからいつもより念入りにお父さんの靴を磨いてあげるのか。それとも、父の日だから特別に今日だけと磨いてあげるのか。

どちらにしても、いい子なのだ。

そしてお父さんもきっと、頼りになる人なのだろう。航太の親父が革靴を履くなんて、一年に何度もないと思う。この子のお父さんは、毎朝きちんとスーツを着てぴかぴかの革靴を履いて、仕事に行く人なのだ。

子どもに何の心配もさせない人なのだ。

色々とよけいなことを考えてしまいそうになる自分を、航太は叱りつける。集中しろ。

先鋒、五木分校は航太の披講なのだ。

「続いて白チームの方、ご起立の上、二度俳句を読み上げてください」

航太は大きく息を吸って、立ち上がる。

(白) 仕事着が普段着父の日の暮るる

航太の親父は、朝白い作業着を着て菓子を作り、そのまま店番に出る。菓子を売るのも——売り上げは少ないけど——お得意さんに配達するのも、ずっとその作業着のまま、どうかするとそのまま疲れてうたたねをしてしまう。灯りもつけない室内が暮れていき、薄闇の中に作業着が白く浮かび上がる。最近、めっきりと小さく見える仕事着が。

でも、頼りないかもしれないけど、航太を育ててくれた仕事着なのだ。航太が精一杯考えた句だ。

だが。

「中七と下五のつながり方がよくわかりません。『父の日』が言葉として入ってこなくて、『日の暮るる』が一続きの言葉に思えてしまいます」

「それは、『父の日』に一度意識が向けば解決することでしょう。いやむしろ途中で『父の日』に気づいた方が、ああそうか、これは働き続ける父への感謝を詠んだ句なのだと、印象づけるのに効果的だと思うんですが」

恵一の反論にも、彼女は納得しない。

「そうでしょうか？　私には何か、お父さんの日暮れが近づいているみたいな、後ろ向きの気持ちが読み取れてしまうんですが」

航太は今さらながらに気づく。いくらかわいくても、俳句の対戦中にかわいい発言をする子はいないのだ。

「それでは、判定！」

最初の試合の最初の勝負。まず一勝したい。

だが、揚がった旗は、赤三本、白二本。

航太の句は、負けた。
中堅戦。
ここで一勝しないと、まずこの第一試合を落としてしまう。どうにかして取りたい。
その気持ちは五人とも同じだ。披講する日向子の声からも、意気込みが伝わってくる。

(白) 父の日や素直な言葉ぽんと出て

(赤) 空駆け抜けて父の日のスニーカー

赤の句、ずいぶん活動的なお父さんだな。スニーカーで駆け回るのか。詠みたかったものはわかる。でも……、対戦相手の句だからつい意地悪な見方をしてしまうが、ちょっとかっこいいことを言おうと頑張りすぎていないか。わざと「空駆け抜けて」と中七の真ん中で切れるような作りにするところとか。空を駆け抜けるんなら、スニーカーより先に顔や上半身が目に飛び込んでくるだろうに、わざわざ足元に注目しているところとか。
それに対して、日向子の句は詠まれているとおり素直な句だ。父の日に娘から素直な言葉をもらったら、お父さんはそれだけで嬉しいだろう。その気持ちがまっすぐ伝わってくる。

日向子は、この間、親に対する愚痴をこぼしていた。小市堂ほどじゃなくても、この時代、農家の将来だってけっして明るくないのかもしれない。日向子のお父さんも、先行きが不安だと、きれいごとばかりじゃない弱音を漏らすこともあるのかもしれない。

でも、やっぱり本音のところでは、日向子はお父さんが好きなんだと思う。日向子の家には安らぎがあると思う。ミカン農家の長女で、成績優秀で、自分でチームを作ってしまう実行力のある、しっかりした日向子。

お父さんにとっても頼もしい娘なんだろうな。

頑固に認めないけど、日向子は、根っこではとても素直な子だ。自分で気づかなくても。そんな子が、父の日に素直にお父さんに話しかけている自分に自分でびっくりして、ちょっと照れている。

だからこの句は、しあわせな親子の、素敵な句だ。

その幸福感を、日向子も含めて五人で精一杯訴えた。そして、相手の句に感じた違和感も、遠慮なく攻め立てる。

これは勝負なのだから。第一、五木分校はすでに一敗しているのだから。

この対戦を落としたら、身構えている道後高校Aとの試合どころではない、圧倒的に不利な状況になってしまうのだ。

さあ、結果はどうなる。航太は机の下で両手を握りしめた。

「それでは、判定！」

赤一本、白四本！

五木分校、勝った！

思わず、隣の京の肩をつかんでから、あやまる。

「あ、ごめん……」

でも、京はちょっと笑ってくれた。

「そんな、なんでもないです」

「でも、どうかした？　なんだか……」

京の視線を追って、航太は気づいた。

「ひょっとして、兄ちゃんが……？」

「はい。あそこ」

選手たちのすわる席と向かい合った観客席。真ん中あたりに、腕組みをしてこちらをじっと見守っている男子高校生三人組がいた。

「あの右側が、兄です」

「そうか……」

審査員の講評が終わった。

「よし。次も勝つぞ」

航太は自分と京に言い聞かせる。ここで勝たなければ、気持ちを上げて道後高校戦に臨めない。

航太は、来島兄をにらむように見据えて、大将戦の披講を待つ。


大将戦。

（赤）父の日の陽ざしを受くる椅子の脚

（白）父の日や棚の工具の一揃い

「赤の句、『父の日の陽ざし』なら夏至の頃ですよね？　すごく強くてはっきりした印象的な景なのはわかりますが、なぜ焦点が当たっているのが『椅子の脚』なんでしょうか？　もっと父をダイレクトにイメージするもののほうがよかったと思います」

日向子はますます勢いがいい。言っていることも当たっていると思う。ただし、やはり全国大会に来るほどの高校だ。相手の女子五人も負けていない。

「そうでしょうか。これは詠み手にとって、父をダイレクトにイメージさせる、がっしりした、頼もしくてすわり心地のいい椅子なんです。そこに当たる陽ざしは、父と同じように強くて頼もしい。その力強い景を鑑賞してください」

真ん中の女の子がリーダーなのだろう。彼女がチームの発言を引っ張っている。

「白のこの句、父をイメージさせるのに『工具』っていうのは、ありきたりじゃないですか？」

「そこは、ありきたりではなく、誰にでも納得できる普遍的な父のイメージと取ってください。工具をきっちりそろえている父、そこからは、家の中で何か壊れても父にまかせれば大丈夫だ、そういう安心できる家庭が読み取れるじゃないですか」

これは和彦の反論。

島に住む者ならではの、父のイメージかもしれない。少々何かが壊れたって不足したって、とりあえずは自分の家でなんとかする。すぐになんでも買えるような場所ではないし、修理の人がさっと駆けつけてくれることもないから。

そんな場所で千年以上神社を守り、代々神職を務めてきた和彦の家。

航太も、そのイメージをできるだけ伝えようと頑張る。

さあ、判定。ここまでどちらのチームも一勝一敗。この結果で、勝負が決まる。

相手チームも含めた全員が息を詰めているのが、わかった。

「判定！」

赤二本、白三本！

「うおっ」

同時に声を上げたのは、航太と、たぶん和彦。恵一も、机の向こう端でこぶしを握っている。

「接戦でしたが、第一試合、勝ったのは五木分校です！」

五人は上気した顔で立ち上がり、観客席に深々と頭を下げた。

道後高校の面々が、拍手をしながら席を立つ。だが、航太はその横の顔に気を取られてしまった。

大きく拍手しているのは、親父だ。拍手をしながら、五人に近づいてくる。

「よう。陣中見舞い、持って来たぞ。今日の特製は……」

小市堂の包みを取り出す親父を、照れくさくなった航太は、ついさえぎった。

「あとでもらうからさ、今は後ろにすわっててよ」

すぐに第二試合が始まる。今戦った召命女学園対道後高校Aの試合だ。

次のために、しっかり見ておきたい。

第二試合。

五木分校の五人は、観客席の中ほどに並んで試合開始を見守った。風も来ないアーケードの中だ。ベンチに固まっているとずいぶん暑いが、どこか涼しい場所でのんびりしている場合ではないのだ。

「道後Aがどんなチームなのか、できるだけ観察しないとね」

真ん中にすわった日向子は、広げたノートとペンを構え、相変わらず気合充分だ。

最初のうちは、何事もなく観戦できた。

航太が異変に気づいたのは、先鋒戦——道後高校が旗四本で勝った——の講評の時だった。恵一を挟んで右にすわっている日向子が、航太から見てさらに反対側に、しきりに何かささやいている。

やがて、日向子の向こうで誰かがすべりおちるようにベンチから下りてしゃがみ込んだ。あわてたような日向子の声が聞こえた。

「京？　どうしたの？」

日向子の外側から、うずくまった京の顔を見た航太は、その青白さに息を呑んだ。

これは普通じゃない。

試合の邪魔をしないように、五木分校の五人はできるだけ体をかがめて、観客席の外側に出た。日向子と和彦が京を両側から支えて、アーケードの端に移動する。

「日向子、京はどうしたんだ？」

「わからない。ずっと静かだと思っていたけど、まさか具合が悪くなっていたなんて

「……すみません、大丈夫です……」

京の声が小さく聞こえたが、これは絶対に大丈夫じゃない。一人では歩けないくらいなのだから。

「熱中症……？　でもそれなら、こんなに顔色が白くならないよな」

「貧血ってやつか？」

京がようやく顔を上げた。

「本当に大丈夫です。ちょっと頭がくらくらして、体に力が入らなくなったみたいで……。でも、少し休めば大丈夫です」

一番後ろから見ていた恵一が、初めて声をかけた。

「京、無理するな。大丈夫じゃないならそう言え。ところで次の試合まで時間はどれくらいだ？」

はっとしたように日向子が顔を上げた。その横で、和彦が答える。

「今第二試合の中堅戦が始まったばかりだから、三十分くらいはあると思いますけど」

三十分。

航太も、恵一の言おうとしていることに気がついた。

その間に京が治らなかったら。あの会場の机の前にすわれなかったら。

部員五人の五木分校は、人数不足で棄権するしかない。京が出られなかったら不戦敗になるのだ。

あんなに練習してきたのに、準備を重ねたのに、すべてが終わるほどの緊急事態だ、これは。

「大丈夫です、試合、出ます」

京はすわり込んだまま青白い顔で言い張るが、こんな子に無理はさせられない。

「どうしようか……」

初めて日向子が気弱な声になった。

その時だ。

「なあ、お嬢ちゃん、ちゃんと飯は食ってきたか？」

航太には聞き慣れた声がした。

「親父」

航太が引き留めるより早く、親父はするりと航太の横を抜けて、京の前にかがみ込む。

「なんだか、おじさんにはエネルギー切れに見えるぞ？」

すると、京がうつむいたまま、恥ずかしそうな小声で言った。

「私、緊張すると、すぐおなかが痛くなるんです。そういう時は何を食べてもトイレにこもっちゃうことになって。だから、今日は試合が終わるまで何も食べなければきっと大丈夫だと思って……。みんなに迷惑かけられないから」

日向子があきれたように言った。

「朝から何も食べていないなんて、駄目だよ、京！　こんな暑い日に。それじゃ絶対ばてるって！」

親父は、航太に振り向いて、てきぱきと言いつけた。

「航太、何かスポーツドリンクを買ってこい。できたら自動販売機の冷えているのじゃなくて、常温のままのほうがいい、冷たいと腹を冷やすかもしれないからな」

「あ、それならぼく持ってます」

和彦が自分のリュックを探る。「朝買ったあと入れっぱなしだから、充分ぬるいと思います」

「よしよし」

親父は京にそれを少しだけ飲ませ、しばらく時間をおいてから京を立ち上がらせた。

「よし、歩けるようになったみたいだな」

親父は京を導いて、会場外のベンチまで連れて行った。航太たちはぞろぞろとついていく。

「航太のお父さん、頼もしいね。いてくれてよかった。まだ義貞先生も到着していないから」

ささやいたのは日向子だ。

京の隣にすわった親父は、今度は別のものを出してきた。

「今度は、こっちだ。食べてごらん。大丈夫、これなら絶対に腹を壊したりしないから」

「親父、それ……」

航太にはお馴染みのものが出てきた。

小市堂特製錦玉羹。水飴に柑橘類の汁を混ぜ込み、寒天で固めたシンプルな菓子だ。親父の工夫として、青い柚子の皮の千切りを散らしてある。

「自慢じゃないが、これはどんな病人だって食える菓子なんだ」

小さなスプーンで、京はどうにか一切れをゆっくりと食べ終える。そして十分後。

「……なんだか、動ける気がしてきました」

気のせいじゃない。血の気のなかった京の頰に、少しだけど赤みがさしている。

「よし、行ける！」

恵一が力強い声を出した。

航太もほっとして、親父にねだる。

「親父、今の錦玉羹、みんなにもちょうだい。景気づけに全員で食っておく」

親父は笑って、小市堂の包みごと航太に渡してくれたあと、思い出したように、提げていた紙袋の中も探る。

「少ししたら、こいつもお嬢ちゃんに食べさせてくれ。落雁だ。糖分補給にはもってこいだぞ。どうにか試合するエネルギーくらいにはなるだろう。紅白落雁、縁起がいいぞ」

第三試合。

赤、道後高校A対、白、五木分校。

さあ、来島兄との対戦だ。

ちなみに、やっぱりというか、第二試合、道後高校はストレート勝ちしている。三戦三勝。

結局前の試合はほとんど見られなかったが、見ていたら緊張していただろうから、かえってよかったのかもしれない。

何より大事なことは、こうして五人そろって試合に臨むことなのだから。大丈夫だ、京もちゃんと試合に出られた。

兼題は「青嵐」。

来島兄は、こうして向かい合うと、顔が京そっくりだ。真ん中にすわって恵一と対峙している。

先鋒戦。

（赤）　思春期と呼ばれる背（せな）に青嵐

披講したのは来島兄の右の女子だ。こっちも頭のよさそうな顔をしている。声にも迷いがない。

こちらの披講は京。しっかりと立ち上がった。大丈夫そうだ。

（白）　青嵐推理小説のページ尽く

質疑は五木分校から。和彦が発言する。

「『思春期と呼ばれる』、ぼくたちはみんなそういう存在ですが、その背中を青嵐が押してくれる。そういう句ですよね？　でも、『と呼ばれる』とわざわざ言及する必要があったでしょうか？　ぼくたちは自分の存在を人に決めてもらう必要なんかないじゃないですか。『思春期の背』で充分伝わったと思いますが」

披講した女子ではなく、来島兄が答えた。

「おっしゃるとおりですが、思春期とは一面、自意識の塊みたいな時期ですよね。ぼくたちは他人からどう見えるか、いつも気にせざるをえない。それに、ぼくたちは自分で自分のことを思春期だなんて自覚していますか？　他人から、もっと言うなら大人から、社会から、思春期と呼ばれて初めて認識する。そうでしょう？　その、外からの評価にいつも身構えているようなぼくたちの内面には、誰にも束縛されない強い感情が流れている。そんなぼくたちと青嵐がぴったりと重なって響き合う。そういう鑑賞をしてください」

観客席から拍手が起きた。

難しい言葉で、すらすらしゃべる。やっぱり頭がいいんだな。

ひるみそうになる自分を叱りながら、航太は相手からの質問を待ち構える。

来島兄が立ち上がった。

「白の句、ページを最後までめくった、つまり読み切った本と『青嵐』との取り合わせの句なんですよね？　それはわかりましたが、なぜ『推理小説』なんでしょうか。ここは、具体的に書名を挙げたほうが、俳句としてはよかったんじゃないでしょうか？」

来島兄の目は、まっすぐ妹に向けられている。それでも京はひるまずに、反論した。

「具体的な書名を挙げても、その本を読んでいない人には読後感まで伝わりません。でも『推理小説』と限定したら、誰でも、ミステリーを読み切って謎がすっきり解かれた、そのさわやかな気持ちを想像してくれるでしょう。そこに吹くさわやかな青嵐はぴったりだと思います。だからこの句には『推理小説』が適切です」

航太は心の中で拍手を送る。腹を壊すほど緊張した兄に、京はちゃんと対峙している。

客席からも大きな拍手が聞こえた。親父だ。その横に、卓さんもいる。あ、義貞先生も。つられるように、周囲からもぱらぱらと拍手が起きた。

「それでは、判定！」

赤三本、白二本。

……先鋒戦、負けた。

中堅戦。攻守所を変えて、白から披講。

和彦が立ち上がる。

（白）　青嵐祖父に数多の武勇伝

（赤）　野良猫の行く先に海青嵐

一敗しても五木分校の意気はくじけない。日向子を中心に、句のよさを精一杯主張する。

何しろ、この武勇伝の持ち主は義貞先生なのだ。いつも温厚な、和彦の祖父。何があっても寛容に受け止めてくれる祖父。初心者に俳句の手ほどきをしてくれる面倒見のよさ、豊富な知識、一方で厄介をかける人間には老若男女を問わずぴしりとお灸をすえる豪胆さ。

かと思うと、自転車をこいでばあちゃんの見舞いに足しげく来てくれる優しさ。みんな持ち合わせている義貞先生が、青嵐のように勢いよく生き生きとしていた時代の武勇伝。

こんなにかっこいい祖父はいない。

その思いが伝わった。

中堅戦、五木分校は旗三本を獲得して、勝ったのだ。

「やった！　道後から一勝取ったぞ！」

航太の隣で恵一がはずんだ声を上げる。航太も笑顔でうなずいてから、はっと気づいた。

これで、成績はどちらも一勝一敗。

つまり、この試合は次の大将戦で決まるのだ。しかも、ここまで来島兄は披講していない。かなりの確率で、大将戦は彼がリーダーとして勝ちを決めに来るのだろう。

一方、五木分校の披講は、航太なのだ。

この日一番の緊張が、航太を襲う。自分でも、動悸が速くなるのがわかる。

「それでは、大将戦に移ります。赤チームの方、ご起立の上、二度俳句を読み上げてください」

ほら、やっぱり。来島兄が立ち上がった。

その句。

（赤）　青嵐問題集の厚きかな

本当、優等生なんだ。そのくらいの感想は浮かんだが、航太は冷静に考えるどころではなかった。

こんなにあがった状態で、発表しなくてはいけないとは。

航太は、懸命に自分に言い聞かせる。

落ち着け。こんな情況くらい、前にもあったじゃないか。圧倒的に負けている試合でゴールを狙ったことだって、あるだろう？

胸の前にボールを抱えている自分を思い浮かべると、少しだけ落ち着いた。

「それでは、次に、白チーム、ご起立の上、二度俳句を読み上げてください」

大丈夫だ。決めてみせる。

（白）　青嵐ロングシュートの決まる時

赤の句に対しては、恵一と日向子が先頭に立って果敢に攻めた。航太は攻撃をみんなにまかせ、自分の句の大短冊をじっと見つめて心の中で吟じ続けた。

試合終了間近。どうか入れと念じながら放ったロングシュート。それがゴールに吸い込まれた時の、あのなんとも言えない、ボールに味方してもらえたと感じる、あの湧き上がる嬉しさ。

質疑が替わり、来島兄が質問してきた。

「白の句、どうして、『決まる時』なんでしょう？　シュートが決まった瞬間に都合よく青嵐が吹いた、そういうことですか？」

航太はまっすぐに手を挙げた。この句についてなら、航太はいくらでも語れる。

「シュートが決まる時、それはいろんな感覚がいっぺんに立ち上がる時なんです。入ったことは目でも確認できる、でもそれ以外に、バスケットのゴールネットをボールが揺らした音、周りが上げてくれる歓声、体育館の中の空気がどよめいて動いた感覚、そういうもの全部です。その時の嬉しさを言おうとしても、言い尽くせない。だから、全部ひっくるめて『決まる時』なんです。ゴールが決まったのは青嵐が吹いてくれたからとか、そういう理屈じゃないです。あの体中を流れる嬉しさは、青嵐のように気持ちのいい、強いものなんです」

途中で、時間切れの声がかかったような気もする。でも、航太は言いたいことを全部言い終えた。

体中が興奮に震えるまま、着席する。今になって拍手も耳に入ってきた。

さあ、判定はどうなる。

「判定！」

……赤三本、白二本。

負けた。

「道後高校Aチーム、二勝一敗で第三試合を制しました！　この結果、Dブロックは二勝した道後高校Aチームが決勝トーナメント進出です！」

司会の声も、なんだかよそごとにしか聞こえない。

負けたんだ。

得点結果を聞いたら、航太の句にも結構いい点をつけてくれた審査員もいたけど。全力を出したつもりだったけど。

でも、結果は負けだ。五木分校の五人は、ゆっくりと立ち上がる。互いの健闘をたたえて、両チームが握手する。

来島兄と握手したのは日向子だった。その手をほどくより前に、来島兄は首を回して京を見た。

「おめでとう」

京は、小さい声で兄ちゃんにお祝いを言った。

「……京、母さんが来てるけど」

「ううん、会わなくていい」

京はおびえた顔で首を横に振ると、逃げ出すように駆け去ってしまった。

来島兄は困ったような顔でぎごちなく誰にともなく会釈すると、こちらも去っていく。

「いいのかな、これで」

和彦がぽつりとつぶやいたのには、恵一が答えた。

「いいも悪いも、兄妹のことだ、おれたちにはどうしようもないだろ」

「それはそうかもしれないですけど……」

「ま、今日と明日、同じ会場にいるんだから、まだ兄妹で話すチャンスもあるんじゃない？」

日向子がなだめるようにそう言うと、航太の親父に近づいて行った。航太もあわててあとを追う。

五木分校文芸部部長は、親父に丁寧に頭を下げた。

「さっきはありがとうございました。あのお菓子のおかげで、部員が助かりました」

「いやいや」

親父は照れたように手を振る。「まあ、よかったよ。あれは、結構胃腸の弱い人に効くんだ」

「私ももらったけど、おいしかったです。散らした青レモンの皮の千切りが、すごくいい香りで」

「え、青レモン？　柚子じゃないの？」

航太が口を挟むと、日向子がつんと鼻を上に向けた。

「ミカン農家の娘を馬鹿にしないで。あれは、五木島名産の青レモン。……そうですよね？」

親父が愉快そうに笑った。

「お嬢ちゃん、すごい舌と鼻の持ち主だな。そのとおり。あれは、知り合いの農家からもらった青レモンだよ」

「あんな香り高いゼリー、初めてです」

そう言って顔をほころばせた日向子に、今度は航太が逆襲する。

「あ、違うの。あれはゼリーじゃなくて、錦玉羹。寒天で固めてあるんだぜ」

「あ、そうなんだ？」

二人のやり取りを聞いていた親父が、また笑った。

「あの菓子は、夏負けして弱った年寄りたちが粥も食えない時にでも喉を通るものを、って何度も工夫を重ねたんだ。結構ありがたがられてるんだぞ？　もともとは、航太の母さんのために考えたものに、試作を繰り返したんだがな」

「え、そうなの？」

これは航太にも初耳だった。

「美佐江が妊娠している時、悪阻で何も食べられなくなってな。その時の様子、さっきのあの子とそっくりだったよ。それで、せめて水分と糖分と、できればビタミンを摂れるものをって知恵を絞って作ったんだ。粉や脂肪や乳製品や、そういう消化の負担になるものを使わない菓子だ」

「……へえ。とにかく、助かったよ。親父のおかげで、棄権しないですんだ。まあ、結果は負けだったけど」

親父が、ぱんと航太の肩をはたく。

「いい試合だったぞ。いいものを見せてもらったよ」

それから、親父は思いついたようにこうつけ加えた。

「あの菓子、今まで錦玉羹としか呼んでいなかったが、今日の記念に銘をつけるかな」

「銘？」

親父が今日一番の笑いを見せた。

「もちろん、『青嵐』とさ」

第五章

でもほんたうに好きだつた

「ええと、これからおれたちどうするの？」

負けた。五木分校の予選Dブロック、勝者は道後高校Aチーム。

五木分校は、決勝トーナメントへ進めなかった。

負けたチームは、ここで終了。

自慢ではないが、航太は負け試合には慣れている。俳句の勝負はもちろん初めてだが、バレーボールやバスケットボールの大会ではたくさん経験している。ぎりぎりの部員数で回していたために部内でのせめぎ合いやポジション争いなんて縁のない、まったりのんびりしていた五木分校の球技部では、初戦敗退予選落ちなんて、いつものことだ。

だから今も、航太は立ち直りが早い。さっき兄とぶつかった京もそれなりにやり切った顔、常に穏やかな表情の和彦も相変わらずのマイペースぶり。

その二年生二人に比べると、三年生二人はしょげた顔だ。一番ショックが大きいのは、やはり、一番俳句甲子園にエネルギーを注いできた部長の日向子か……と思ったら違った。

その隣の恵一のほうが、呆然とした顔をしている。

「くそ。あの句なら、勝てると思ったんだが」

ぼそりとつぶやいた口調に、航太はちょっと意外な気持ちだった。恵一って、こんなに熱い男だったっけ。そもそも、三か月半前には、俳句に点数なんかつけられない、それを点数化して勝ち負けを決めている時点で、それだけでも邪道だ、とか、散々俳句甲子園をこきおろしていたくせに。

まあ、それでも、すべては終わったのだ。負けたのだから。この三か月ばかり、それまでの航太としては信じられないくらい「俳句」と「言葉」に浸かった日々だったが、もう終わり。この全国大会に向けて七題――予選リーグ用に三題、決勝トーナメントは優勝するまでに四回対戦があるから四題――の俳句を作ってきたが、結局試合で披露できたのはそのうちの二題、それも五人中三人の発表で終わり。航太の句は二句使われたが、航太より発表が少なかった部員だっているのだ。

まあ、こんなものだ。

勝負というのは、強い者に優しいのだ。

気が抜けたせいで会話も弾まないまま、五人は昼食を終わらせた。場所は『リカーショップ・TAKU』の、恵一の部屋。今は生徒だけだ。まだ大街道に駆けつけてこられない顧問の須賀には、部長の河野日向子がメールで予選敗退を報告した。応援に来てくれた俳句指導の義貞先生は誰か顔見知りを見つけてその人たちと食事に行ってしまったし、航太の親父はばあちゃんを心配して島へ帰った。

食べる時には応援に来た五木島の仲間もいたけど、食後は、せっかく松山に来たのだからとそれぞれどこかへ出て行った。

結果、残っているのはまた文芸部の五人だけ。

「これからどうする？」

航太が誰にともなく見回してもう一度尋ねると、日向子が口を開いた。

「私はこれから午後の試合を観戦する」

「えらいなあ」

航太は素直に感心した。「ほんとに俳句が好きだったんだな」

すると、日向子がきっとした目つきで言葉を返してきた。

「航太、過去形で言うな。まだすべてが終わったわけじゃない。敗者復活戦が残っているんだからね」

「あ」

航太だけでなく、日向子以外の部員全員がはっとして顔を上げた。それから京が大きくうなずく。

「そうでした……」

「須賀先生も、そういう返信をくれてるからね。五木分校の水泳部も、もう試合が終わって今日中に島に帰るから、須賀先生は彼らと別れてこっちに合流するって。到着までもう少し時間がかかるけど、きちんと敗者復活戦に臨めって」

「ええと、敗者復活戦って、どういう仕組みだっけ」

航太が聞くと、日向子は自分のノートを広げて解説してくれた。

「現段階で、うちを含めて予選落ちした学校が合計二十四チーム決まっている。今日の午後には残りの十二チームが決勝トーナメントを二回戦までやって、三チームに絞られる。午後に負けが決まった九チームと合わせて三十三チームが出そろったタイミングで、敗者復活戦の兼題が発表される。その後一時間くらいの間に各チーム一句作って、提出するの。その三十三句から審査員が明日一句を選んで、最後の準決勝進出チームを決める」

「そうか、三十三チーム出そろわないと兼題は発表されないのか」

「でないと不公平になるからでしょ。だいたい兼題発表時間は、午後四時過ぎ。まだ三時間以上あるね。それまでは自由行動としようか。じゃ、いったん解散」

日向子は真っ先に立ち上がった。

「私、会場に戻るね」

「じゃ、おれ、卓おじさんの手伝いする。書き入れ時だから」

そう言って恵一も立ち上がる。二年生二人は顔を見合わせてから、一緒に外へ出て行った。

結局残ったのは、航太一人。

「どうしようかな……」

『リカーショップ・TAKU』の店内をそれとなく窺ったが、航太の出番はなさそうだ。バックヤードでは恵一がきびきびと動いているし、高校生が制服で酒屋の中をうろうろしていても、サクラ役にさえならない。

外では、また熱戦が始まっていた。だが、午前中は十二会場で行われていたものが、今は六会場なので、全体として、まばらにはなっている。

航太はその試合の声を聞きながら、ぶらぶらと歩いた。やっぱり、目につくのは菓子屋だ。栗を扱った秋らしい和菓子ももう出始めている。まだ今年の初物を使えるはずはないと思うのだが……。

「続いて、中央光（ちゅうおうひかり）高校、ご起立の上、二度俳句を読み上げてください」

ふと、司会のその声が耳に留まったのは、聞き覚えのある学校名だったからだ。

愛媛県立中央光高校。俳句で知っていたわけではない。たしか、バレーの試合で対戦したことがあるのだ。去年。それから、ほかの時にも名前を聞いたことがある。春頃だったかな……。

白いシャツの男子生徒が立ち上がった。

その披講。

（白）　白き星白きままにて大夕焼

夕焼け空に白い星——宵の明星だろうか——が白いままに光っている。

夕焼けが豪華な色に輝いている中の、小さな白い星。いい句なのかどうかというよりも、ただ、きれいな情景だと思った。

日向子みたいに熱心なわけではないが、航太はこの試合を観戦することに決めた。うまい具合に、真ん中あたりに空いている席があったので、そこにすわる。

しばらくすると、前の席の男が気になり始めた。どこかで見たことがある気がする。まだ若そうだ。後頭部しか見えないから、はっきりしないけど……。

「それでは、判定！」

司会のその言葉とともに、前の男が身を乗り出す。

判定結果は、赤三本、白二本で、白の負け。

結果を聞いた男は体を椅子に沈めて、頭を掻く。

その動作で、ぱっと思い出した。こんなふうに頭を掻きながら、黒板の誤字を生徒に指摘されて書き直していた人がいた……。

「……荒木先生？」

声に出したつもりはないのに、聞こえたらしい。怪訝そうにこちらを振り向いた男も、一瞬で航太をわかったようだ。

「おお、小市君か！　そうだ、五木分校も出ていたんだな！　君も選手なのか？」

「あ、はい」

そこで審査員の講評が始まったので、荒木先生は挨拶代わりのようにちょっと手で合図して、また前を向いた。

今年の三月まで五木分校にいた荒木先生だ。新卒で初めての学校が五木分校で、二年勤めて異動したのだ。

そうだ、荒木先生は国語科で、そして。

五木分校の俳句甲子園出場に当たって、顧問は須賀ということになっている。国語科の教師が須賀しかいないからだ。昨年度まではもう一人、この荒木先生がいたわけだが、たしか須賀が……。

——昨年度までこの分校にいらした国語科の先生は俳句の素養があったんだが。

そう言っていた。

そうか、中央光高校に異動して、荒木先生は俳句部を指導しているのか。

とすれば、今は教え子たちの奮戦を見守っているところだ。邪魔をしてはいけない。

航太もおとなしく観戦を続けた。

中央光高校の対戦相手は女子五人。選手の横にある紹介の垂れ幕によると、東京の高校だ。

藤ヶ丘女子高等学校。

東京かあ。

航太は何度か訪れた東京の風景を思い出そうとする。小学生の頃までは、一年に一回か二回は連れて行かれていた。

亡くなった母親が東京生まれで、東京に母方のおじいちゃんおばあちゃんがいたから。とにかく人が多くて電車がひっきりなしにホームに来て、どこまで行っても立派なビルが並んでいて、少し歩くとすぐ別の駅が現れて……。東京については、そんな断片的な思い出しかない。ああ、あとは、連れて行かれたスーパーがものすごく大きくて、ものすごい量の食べ物であふれていたこと。

――これみんな、買っていく人がいるの？

そう聞いたら、母親に笑われた。

――そうなの、不思議だね。東京には、どうしてこんなにたくさん人がいるんだろうね。

漁師が操る漁船が毎日港を出入りする五木島の店よりも、よっぽどたくさんの魚、しかも五木島では見たこともない種類の魚までぎっしりと並べられていた。

これは北海道の鱈、これは遠洋漁業で獲れたマグロ……。

そんなふうに、母親に教えてもらったっけ。

ずいぶんあとになって——たぶん母親も亡くなって中学生になってからだ——漁師をしている恵一のお父さんが、こんなことを言っていた。

——日本中で一番いい魚が集まるのは、東京の市場なんだ。地元よりも高い値で、どんどん売れるからな。東京っていうのは、自分で漁もしない人間が、どこにも行かずに、日本全国の漁港に揚がる魚を手に入れられるところなんだ。

どこにも行かなくても物のほうから集まってくる、なんでも手に入る場所。

それが、航太の、東京に抱くイメージだ。

ただ、その東京にも、もう二、三年、行っていない。おじいちゃんおばあちゃんがまだ元気だったら違ったのかもしれないが、おじいちゃんはもう亡くなり、体の弱ったおばあちゃんは、東京を離れて母親のお兄さんの家に引き取られている。

航太のしゃべる言葉は友だちとは少し違うそうだ。自分ではわからないが、死んだ母親の影響らしい。でも、今の航太には、東京はもう遠い。

藤ヶ丘女子の五人の女の子は、活発によくしゃべる。よく言葉を知っているし、物おじしないし、なんというか、自信たっぷりなオーラを放って見えるのだ。

それに比べると中央光のほうは、なんとなく押されて見える。少しでもなじみがあるから、ついこっちを応援したくなる。

白き星の句で先鋒戦を落とした中央光は、次鋒戦——決勝トーナメントだから、試合は予選リーグとは違い、五句勝負になっているのだ——、四本の旗を獲得して、勝った。

ようし。

地元の高校だものな。東京からやってきた女の子たちなんかに負けてほしくない。夕焼けの海を泳いでいる風景を詠んだ次鋒戦の句は、とてもよかったと思う。

それにしても、航太の体感よりも試合時間が長い。これが五句勝負ということか。

ここまで進めば、部員全員の句を発表できたんだな。

ちらりとそんなことも考える。予選リーグ、五木分校が発表できたのは二試合で六句だけだったから。この大会に向けて、合計三十五句、みんなで作ったのに。

引き込まれた側の航太はともかく、日向子や、俳句に熱心な恵一は、できることならここまで進みたかっただろうな。

後ろから大きな歓声が上がる。隣の会場の対戦結果にみんなが反応しているのだ。思わず振り向いた航太は、観客席の一番後ろに日向子を見つけた。航太と同じ試合を、立って観戦している。

まだ観客席に空きはあるのに、すわる気はないらしい。

中堅戦。

（赤）　夕焼空遁走曲楽譜散乱

遁走曲ってなんだ？　そう思っているうちにも、白の披講。

（白）　夕焼雲でもほんたうに好きだつた

その句を聞いた時、何かがちくりと心にささる気がした。かすかに痛いような、でもそれは気持ちのよい痛さだ。

「でも本当に好きだった」

小さく、口の中でつぶやいてみる。

誰が誰に向けた言葉なのか、そんなことは何も詠まれていないけど、でもわかる。

こんなこと、自分の親や兄弟に向かって言うはずはない。

披講したのは、小林さんという、ポニーテールでつぶらな目の女の子だ。きっとこの子にはあこがれている男子がいて、でもうまくいかずに、自分の心からあふれる言葉がこうなったんだろう。

でも本当に好きだったた、好きだったのに、と。

この句、勝ってほしい。

赤白、両方のチームは熱心にディベートを続けている。赤の句、遁走曲というのはクラシックの一つで、バッハなどがよく作曲した、同じフレーズが繰り返されていく曲……らしい。

悪いけど、そこまで説明されても、音楽の知識のない航太にはやっぱりぴんとこない。それに比べると、白の句はわかりやすい。意味も、そして作者の気持ちも。

白チームで熱心に発言しているのは、小林さんではなく、左端の、ちょっと頑固そうな男子だ。

彼は小林さんをどう思っているのだろう、ふとそんな疑問が頭をかすめる。

でも本当に好きだった。

こんな思いを言葉にする子は、たぶん、失恋したわけで、その恋の相手はこの男子――高田(たかだ)君と司会に呼ばれている――ではないわけで。たぶん。

いや、彼女が恋の恨みを高田君にぶつけて、高田君は全部受け止めて句の擁護をしているとか、そういう複雑な状況も考えられるのか？

でも悪いが、なんとなく、高田君はこの女子を振るようなタイプに見えない。

どちらかと言うと、好きな子がいても何も言えず、その子が他の奴とつき合ったり失恋して泣いたり、そういうのを全部ただ見守っている男子に見える……。

そこまで考えて、航太は自分を笑う。

――馬鹿だな、おれ、何を、変な想像してるんだ。

勝手なことを思いめぐらしているうちに、ディベート終了。

「それでは判定！」

赤一本、白四本！

「ようし、勝った！」

他校の試合なのに熱がこもったリアクションをしてしまう。

荒木先生がこちらを振り向いてちらりと笑った。

「あ、……すみません」

「いやいや、ありがとう」

審査員の講評の最中だから、二人とも小声のやり取りだ。

講評が終わると選手全員頭を下げる。そのあと。頭を上げた小林さんがまっすぐこっちを見た。

え？

思わずどきんとしたが、もちろん、小林さんは航太を見つめてくれたわけではない。航太が後ろを振り向くと、すぐそこの席で、真っ赤な顔の男の子がうつむいている。

航太でなくても、このシチュエーションは、なんだか色々勘繰りたくなる。失恋の句を詠んだ子と、その子が見つめる男子。彼女の視線に気まずそうな反応をした男子。

普通に、考えられる結論があるじゃないか。

二勝一敗で迎えた副将戦の間も、航太は後ろの席の男子が気になって仕方がなかった。中堅戦での反応のせいもあるが、実は、航太は以前にどこかで彼も見たことがある気がするのだ。

どこだっけ？　今日見かけたとかそういう新しい記憶ではなく、ずっと前。

でも、五木島で生まれ育った航太が知っている高校生なんて、ほとんど五木分校生に限られるし、でもその中に彼は絶対にいないし……。

たいしたことではなくても、思い出したいことが思い出せないのはすっきりしない。

「副将戦、藤ヶ丘女子が勝利した結果、ここまでの勝敗がどちらも二勝二敗！　次の大将戦で、この試合の勝者が決まります！」

司会の声で、航太はまた物思いから覚めた。ぼうっとしている間に、中央光高校は試合を振り出しに戻されていた。

前の席にいる荒木先生の背中も、心なしか硬い。

そして、大将戦。

（赤）大夕焼思ひ出せぬことありながら

（白）大きなる眼夕焼雲ひとつ

「うーん」

思わず、航太はうなる。ほかの四人ならもっと気の利いた、うまい言い方が見つけられるのだろうが、航太はそうではない。それでも、なんとなくわかる。

これ、赤の句のほうがいいんじゃないか。

白の句、「大きなる眼」というのはなんだろう。航太がぱっと思いついたのは、夕焼け雲を見つめている誰かの大きな瞳だが、中央光の選手によると、これは沈みかけた太陽のたとえだそうだ。

こういうふうに解釈に迷うというのは、まずいんじゃないかな。

それに比べて、赤の句。間違えようがない。すっと心に入ってくる。思い出せないことなんて誰にでもいっぱいある。あのじれったい気持ち。でも、大きな夕焼けはそれでもきれいだ、人の気持ちなんておかまいなしに……。

こっちの句のほうが好きだ、正直。

「それでは、判定！」

やっぱり。

勝ったのは、赤の句だった。

決勝トーナメント第一回戦、勝者は東京から来た藤ヶ丘女子高等学校。

中央光高等学校、ここで敗退決定。


「よう、小市」

元気な声で呼びかけられたのは、勝敗を見届けた観客がばらばらと立ち去り始めた時だ。

顧問の須賀だ。にこにこしながら、こっちに来る。

須賀に対しては、二年以上担任として関わってもらっているせいか、つい頭の中では呼び捨てにしてしまう。さすがに、面と向かって言うわけではないが。一年の時の教科担当でしかなかった荒木先生とはそこが違う。須賀には悪いけど。

でも、須賀はいい先生だ。

「いやあ、小市、いい試合をしたらしいな。観戦できなくて、すまないことをした」

「いいですよ、先生」

このへんが、分校の生徒のあきらめのよさだ。教師がいないことは多いから、生徒のほうも独立独歩の習慣がついていて、あまり気にしない。須賀だって、昨日航太を除く四人を引率してウェルカムパーティーと選手用の宿舎に落ち着くまでを見届け、今朝は始発のフェリーで到着した水泳部員と松山で落ち合って試合会場まで連れて行き、そしてまた、ここへとんぼ返りなのだ。試合を見てくれなかったと文句を言うのは、気の毒だ。

「こっちが勝ち残れなかったんだからさ、仕方ないですよ。午後の決勝トーナメントに残っていたら、ちゃんと先生に見てもらえたんだけど」

須賀が、肩をぽんぽんとたたく。

「それより、予選リーグ、優勝候補筆頭の道後と当たったんだよな。それで一つ勝ち星取れたとは、すごいじゃないか」

航太も笑う。

「まあ、とにかくおれは出し切った気分だから」

「ところで、みんなはどこだ?」

「二年生二人は、ほかの会場で観戦してるんじゃないかな。恵一はおじさんの店。あ、あと……」

見回すと、相変わらずの位置にいる日向子が見えた。

「お、河野がいた」

気づいた須賀もそちらに手招きしてから、また別のほうを向く。少し離れたところで、荒木先生が保護者らしい人と話をしていた。

「荒木先生！　お久しぶりです」

荒木先生もちょうど挨拶の切れ目だったらしい。須賀の呼びかけに応え、こちらに笑顔でやってくる。そして正反対の方角から、遠慮がちに日向子も近寄ってきた。

「ああ、河野君」

荒木先生も手を挙げて挨拶した。

「久しぶり。やっぱり、君も出場していたんだな。よかったな、念願かなって」

日向子と荒木先生の顔を、航太は交互に見比べる。そんな航太に、荒木先生が言葉を続けた。

「河野君に、俳句甲子園の話をしたことがあったんだよ。五木分校からだって出られるって。でもぼくは五木分校に二年いただけで転任してしまったせいで、君らの力になれず、なんだか申し訳ないと思っていたんだ」

「そんなことないです」

日向子が神妙に返事をした。荒木先生は嬉しそうに言葉を続ける。

「五木分校の出場を聞いて、思わず声を上げたよ。きっと河野君が頑張ったんだと思った。でもなんとなく、連絡もつけにくくてね。ぼくは中央光の直接の顧問ではないから、よけいに。前任校とは言っても他校となった場所との交流はちょっとひかえたほうがいいのかな、かえって迷惑になるかもしれないな、そんなことまで考えてしまって」

「そうなんだよなあ」

これは須賀だ。「いや、おれが顧問を任された時は、一度荒木先生に連絡はしたんだよ。でも、そこでお互いの健闘を祈り合って、やはり、それ以上はなあ、と思ってしまった。まして中央光には、錚々(そうそう)たる名物顧問の先生がいますからねえ」

最後のほうは荒木先生に向けての言葉だった。日向子もうなずいた。

「私もそうです。荒木先生には連絡しちゃいけないと思いました。地方大会の時にも中央光が気になって様子を見たりはしたんだけど、声もかけないで、そのまま……」

荒木先生が優しい顔になる。いわゆるイケメン、ではないと思う。悪いけど。でも、いい表情で笑う先生だ。五木分校にいた頃からそうだった。

「河野君は真面目だからなあ。ぼくが他校の教師になっても、君が教え子であることに変わりはないんだよ。そんなに遠慮しなくてもよかったのに」

日向子の顔がやっとほころんだ。

「でも、こうしてこの場でまた先生に会えてよかった。何度も出場は無理じゃないかとあきらめかけたけど、仲間がいてくれたおかげで、やっとこぎつけられたんです」

航太を見る日向子の目が、珍しくやわらかい。

「そう言えば、河野君、ご両親もお元気かな」

「はい」

「何かぼくにできることがあったら、……、あ、でも、須賀先生がいれば安心だな」

「いやいや、よければ相談に乗ってやってください。助言者は多いほうがいい」

言い合う二人の教師をよそに、

「じゃあ、荒木先生……」

日向子はお辞儀をして立ち去ろうとする。その顔が、ふっと別の顔に重なった。それに気づき、航太は声を上げてしまった。

「あ！」

「な、何よ、航太」

日向子がびっくりして航太を振り仰ぐ。立ち去りかけていた荒木先生も足を止めた。それにかまわず、航太は続ける。

「日向子！　お前、弟いなかった？　ええと、一つか二つ年下の……」

そうだ、さっき見た、観客席で顔を赤くしていた男の子。横顔から首にかけてのシルエットが、日向子に似ているのだ。

日向子が何も言わないうちに、荒木先生があっさりと答える。

「ああ、そうだよ。中央光の二年生だよな、日向子君の弟。河野雄介（ゆうすけ）君」

「え、弟、中央光に行ったんだ？」

年が違うし、島で育てば顔見知りにはなるが、そんなに親しくなかった航太は、今までそのことを知らなかった。荒木先生はさらに続ける。

「そう言えば、今日、観戦に来てくれているんじゃないかな。さっきこの試合会場で見かけたような気が……」

航太の横で、日向子まで目を丸くした。もちろん、その理由は航太とは違う。

「え？ うちの弟が、この大会見に来てるんですか？ 俳句なんかって馬鹿にしていたくせに？」

荒木先生は、中央光の選手と一緒に休憩を取りに行った。須賀は義貞先生を探しに行くと言うので、敗者復活戦兼題発表まで、また別行動になった。

別れ際、須賀は日向子に、白い密閉容器を手渡した。

「こっちに須賀先生をもらってごめんなさい、ということで、水泳部から預かってきた」

「ああ……」

受け取った日向子が、ちょっと匂いを嗅いでから、わかったという顔になった。

「レモンですか」

「うん。水泳部の保護者からもらった、レモンのはちみつ漬けだ。まあ、正直に言うと余りものなんだが……」

「ありがとうございます」

日向子は素直に礼を言う。「こういうものを用意しようと思うのが、さすが、運動部だね。私、家にはいくらでも柑橘類があるのに、はちみつ漬けを持ってこようなんて、考えもしなかったもの」

「こういうのって、運動会とか球技大会の定番だよな。たしかに、俳句甲子園への差し入れにはあんまり結びつかないかも」

「でも、これがあったら、京もばてずにすんだのかしらね」

「ん？　来島がどうかしたのか？」

須賀がそう口を挟んだのには、日向子が簡単に答えた。

「あ、いえ、たいしたことないです、須賀先生。じゃ、私たち、休憩に戻ります。このレモンはありがたくいただきます」

航太は日向子と二人で、卓さんの店に向かうことにした。すでになじみの場所になってしまっているし、日向子がさっきタオルを置き忘れたと言ったせいでもある。

歩きながら、航太はさりげなく聞いてみた。

「日向子の弟、島を出たんだ？」

「うん。五木分校みたいなぬるま湯じゃないところで勝負したいって」

「どうやって通ってんの？」

「松山市外に住んでいる親戚がいて、そこに下宿してる」

「すごいな。十五歳で家を出たのか」

日向子は淡々とした表情で首を振った。

「そんな子、何人もいるよ。私たちの代はまだみんな分校に進んだけど、一つ下の弟たちは、もう自分の後輩も期待できないからね。自分たちが五木分校最後の代になるって決められてるんだもの。そんな先細りの学校はごめんだって、島で育っても思う人はいるよ」

「……シビアだな」

当然と言えば当然か。今年になってさらに数が減った五木分校二年生を思い出す。進級のタイミングであわてる生徒もいるが、もっと早くから島に見切りをつけた子どもだって、いて当たり前だ。

そう思ってから、「見切りをつける」という言葉がすんなり出てきた自分に、ちょっとうすら寒い気持ちになった。

「弟は、ほんと、容赦ない。うちの親は甘ちゃんで、弟に、五木分校最後の卒業生になってほしいとか言ったんだけど、あいつ、その希望を一蹴したからね。五木なんかにいても未来がないって」

「はあ……」

ちょっと圧倒されてから、航太は気づく。

「待てよ。未来がないって、日向子の家のミカン畑はどうするんだ？」

「その時に、継ぐ気はないってばっさり切られたわ。ぼくはミカン農家なんかにはならない、中央光からいい大学に進んでいい会社に入って、ばりばり稼ぐんだって」

「日向子のお父さんやお母さん、反対しなかったの？」

日向子はいらだったように頭を振る。

「二人とも、しょぼんとしちゃって、そのまま許した」

「ふうん……。じゃあ、日向子が継ぐのか」

当然それしかないと思う。

だが、日向子は複雑そうな顔になる。

「親戚の年寄り連中が、あれこれ口を出すから、いまだにはっきり決められないでいるの。れっきとした後継ぎの長男がいるのに、島から出してしもうて、先祖代々の土地をないがしろにするような育て方をしおって、とか言う頑固爺がいてね。ほんと、ああいう年寄りって男尊女卑なんだから。義貞先生なんかとは大違い」

それから、日向子は話を変えるように明るい声を出した。

「そんなことより、驚いた。雄介がなんでこの会場にいるんだろう、選手でもないのに」

「誰かの応援に来ただけじゃないのか」

航太はさっきの中堅戦を思い出していた。あの、小林さんの句。彼女の視線に反応した雄介。

「なあ、日向子」

「何？」

「今の中堅戦、見てただろ？『でもほんたうに好きだつた』って句」

「もちろん。素直だけど印象的な句だったよね。私、好きだな」

「あれを出した女の子。雄介と、何かあったんじゃないのかな」

「どうしてそう思うの？」

そうか。日向子は一番後ろから観戦していたから、選手の女の子は目に入っても、後頭部しか見えていなかった弟の反応も知らないのだ。

そこで、航太は自分が見たことを日向子に話す。披講した子がまっすぐ雄介を見ていたこと、そして雄介が尋常じゃない反応をしたこと。

「よりによって、あれ、恋の句だろ。だからさ……」

「披講したのも雄介の学校の子なんだもんね」

そう言いながらも、日向子は腑に落ちないという顔だ。

「ありうる話とは思うけど。でもなんだかぴんとこないなあ。あの弟の、どこがいいんだろう」

「そんなの、きっと姉ちゃんにはわからないぞ。高校生っぽくていい話じゃないか」

「だとしても、私たちがお節介焼くなんて、ものすごい有難迷惑だよ」

日向子はきっぱりと言う。たしかにそのとおりだ。

『リカーショップ・TAKU』に到着した二人は、店先の卓さんに頭を下げ、バックヤードの恵一には手を振って挨拶してから、すでに勝手知ったる部屋に入った。その時、航太のスマートフォンが着信を知らせた。航太はメールをやり取りしたあと、日向子を見る。

「和彦から。ここにいるって知らせたら、友だち連れて合流してもいいかって。友だちっていうのは他校の子なんだけど、決勝トーナメント一回戦敗退で、やっぱり敗者復活戦の兼題発表まで時間が空いたんだって」

「私たちよりも、卓さん次第じゃない？　ここ、卓さんの家なんだから」

「卓さんに聞いたら、何人でも連れて来ていいって言われたんだってさ」

それなら日向子や航太が拒否することでもない。そして待つまでもなく、部屋のふすまが開いた。

「どうもー」

軽い調子でそう挨拶した和彦は、後ろを向いて手招きする。

「ほら、どうぞ入って。って言っても、ぼくたちもお邪魔している身なんだけどね」

失礼しますと言いながら入ってきた一人の女子を見て、日向子と航太は思わず顔を見合わせた。

さっき、失恋の句——と航太は解釈している——を披講した子。中央光高校の小林さんだった。

彼女のフルネームは小林絵里だ。

四人で車座になって互いに挨拶を交わしてから、日向子がまず尋ねた。

「和彦と小林さんは同学年なんだ。それで、知り合いなの？」

和彦はいつものとおりにこにこしている。

「だって小林さん、五木の子ですよ」

「え？」

「中学校一年生の途中で、本土へ移ったんだよね。ご家族と一緒に」

「ああ、そうなの」

日向子がわかったという顔になった。「そう言われれば、なんとなく覚えてるような気もする……。ごめんね、こんなあやふやな記憶で」

小林絵里はさばさばとした顔で答える。

「それで当たり前ですよ。私、すごい地味な子だったから。それに河野さんたちとは小学校も違ったたし、学年が違えば島の生活での交流もあんまりないですもんね」

ある時期まで、五木島には小学校が二つ——島を横切って小学生が通うのは負担が大きいという理由で、航太たちが通った五木小学校のほかに分校が一つ——あったのだ。

そんなことを言っていられないほど子どもが減ってしまって、今は一つだけど。

そして、小林絵里の家は、雄介よりもっとシビアに考えたのだ。

小林絵里が中学生になった頃には、五木分校が廃校になることは本決まりになっていただろう。分校最後の卒業生になる予定の娘を、もっと生徒数の多い学校へ通わせたいと。どうせいつか島を出なければいけないなら、早いほうがいいと。

島での暮らしに行き詰まりを感じ、当てもあるなら、一家で島から出ることも当然考えるだろう。

不思議ではない。

五木島は、人が寄ってこない場所なのだ。五木島を出れば、もっと色々な出会いがある。航太たちにしたところで、こうして松山の大街道まで来れば、島では出会えない新しい顔にもなつかしい顔にも、どちらにも会うことができる。

和彦が笑う。

「だけどさ、さっき歩いていて、絵里ちゃんから声をかけられた時はちょっとびっくりしたけど。絵里ちゃんが俳句甲子園に出ているとは知らなかったから」

絵里も応えるように笑った。

「だって、なつかしくて」

「和彦とは、そんなに交流があったの？」

「中学一年の途中までだけど、同じクラスだったんです。それに何しろ、和彦君の交友関係の広さはすごいですから。五木島の全員とお友だちなんじゃない？」

「それは大げさだよ、絵里ちゃん。でも、普段からできるだけ人の輪は広げておけっていうのは、斎家の家訓かな。商売柄」

「さすが」

和彦にもう一度笑いかけてから、絵里は真顔に戻って日向子に向かい合った。

「でも私、お邪魔じゃなかったですか？」

「ううん、全然。それより、さっきの小林さんの句のこと、話してもいい？」

絵里の顔が、ちょっと変わった。

「あれは、私の日記みたいなものです」

「日記？」

「自分の感情をぶちまけるのが、私にとっての俳句ですから。それにちょっと、ぶつけたい相手もいて、それで、あの句ができました」

航太が日向子の表情を窺うと、返事に困ったように口をつぐんでいる。

その日向子のほうへ、絵里は体を乗り出した。

「河野先輩――先輩って呼んでもいいですか？――、先輩、雄介君のお姉さんなんですよね」

「う、うん」

「あの、いい？」

なんとなくきまり悪そうな日向子に代わり、航太は話を引き取った。

「あのさ、絵里ちゃん……。もしかして、さっきの夕焼けの句、あれ、雄介のこと？」

小林絵里は頬をほてらせているが、照れる気配もない。

「はい」

「やっぱり、そうか。いや、おれ、さっきあの会場で雄介を見かけたから」

絵里はさらに体を乗り出した。

「雄介君のあの反応、どう思います？」

それから、自分の熱心さにちょっと照れたのか、すわり直してまた言葉を続けた。

「あ、私だって、島を出る時は、雄介君のこと、なんとも思っていなかったんです。でも、高校でまた一緒になって、それから……」

「あの鈍感な弟のどこがいいの」

日向子はあきれたようにつぶやいてから、あわてて打ち消す。「ごめん、気を悪くしないでね」

「そんなことないですけど」

「でもさ、本当に信じられない。だって絵里ちゃんみたいにかわいい子を、あの雄介が振ったわけ？」

絵里は、口をとがらせた。

「振られるも何も、もともと、始まってもいないですよ。ただ、私は高校に入ってから俳句に熱中し始めたんです。でも、俳句に誘っても雄介君は全然わかってくれなくて。俳句なんて、どこがいいのかって」

「それ、私への反抗かな」

日向子がそう言って考え込む。「私が、弟の雄介に強く当たりすぎて、そのせいで私の好きな俳句まで嫌いにさせちゃったのかな」

「そこはまあいいよ」

航太は割って入る。「じゃ、絵里ちゃんが俳句に熱中して、仲が悪くなったわけか」

絵里はうなずく。

「このあいだ、俳句なんてくだらないって言われたもんで、雄介と大喧嘩しちゃいました。でも私、自分で賭けをしていたんです」

いつのまにか「雄介」と呼び捨てになっている。絵里はそれにも気づかないようで、一同が見守る中、言い切った。

「私の試合を雄介が見に来てくれたら、雄介に謝って、それからもう一度ちゃんと話し合おうって」

「いいね、そういうの」

日向子が優しくうなずく。

「でもさ、肝心の雄介はどうしたんだ？」

航太にしても、試合後、須賀や荒木先生と話をしていたから、雄介のことは頭から消えていた。姉である日向子は、元から弟に気づいていなかった。

絵里が、また口をとがらせる。

「すぐにいなくなっちゃいました。私、色々対戦相手や審査員の先生とお話ししていたから追いかけるわけにもいかなかったし」

「あちゃあ」

「しょうがない弟だな……」

日向子と航太の反応を交互に見ながら、絵里は決然と言い切った。

「でも今日、ここまで来てくれたんだから、今度は私が行動する番でしょう？　だから私、ここに来たんです。和彦君を見つけて、すごくラッキーなことに雄介のお姉さんが選手だって聞いたから。雄介のお姉さんに紹介してくれって」

そして、日向子に手を合わせた。

「お願いです、雄介、呼び出してもらえませんか？」

積極的な子だな。航太は感心した。そのひたむきさが、見ていて気持ちがいい。

日向子もそう思ったようだが、携帯電話を出しつつもためらった。

「私が呼ぶのはいいけど、来るかどうかわからないよ……。まだ夏休みは残っているのに、さっさと松山に戻ったくらいで、最近あんまり話してないし、もとからそれほど仲よくない姉弟だし。私が俳句甲子園出てることだって教えてないくらいなんだし」

「それでも、やってみるだけ、お願いしてもいいですか?」

絵里がすがるように見守る中、日向子は携帯電話を操作した。そしてしばらくしてから、すまなそうに絵里を見る。

「ごめん、やっぱり呼び出しても電話に出ない。メールも返信来ないし」

絵里は大きく息を吐いてから、天井を見上げた。

「そうか……。まあ、仕方ないですね」

「本当、駄目な奴なんだから」

日向子はぷんぷんして、携帯電話をしまう。「あんな、小さい時から何かって言うとぴいぴい泣いて口喧嘩でもいつも私に負けていた弱っちい男のくせに、女の子を粗末に扱うなんて生意気だわ」

絵里が面白そうにたずねた。

「雄介って、そんな感じだったんですか」

「聞いてくれる？　あいつったらね……」

女子同士の会話が弾み始めたようだ。

すると、和彦が口を開いた。

「ちょっといいですか？　考えてたんだけどね。雄介、見つかるかもしれない」

日向子が目をみはった。

「どうやって？　私が呼び出してもつながらないのに」

「ぼく、中央光の奴を一人知ってます。中央光の試合が終わったら雄介はもう用はないでしょうが、まだ近くにいるかもしれない。知り合いに手を回してつかまえてもらえないか、やってみます。五木島で中学まで一緒だったぼくが会いたがってるって言えば、みんな協力してくれます。お姉ちゃんより、むしろ今の友だちに声かけられたほうが、雄介だって乗り気になるかもしれない」

「高二の男だったら、そんなもんかもしれないが……」

航太はうなった。「それにしても、和彦、お前、すごいな」

「人脈の広さだけは自慢です」

「そうか！　私も知り合いにもう一度呼びかけてみる！」

絵里が生き生きとした声になった。「そうだよね、自分でできることをなんでもしてみなくちゃ。お姉さんだけに頼ってちゃいけないよね」

「でも、雄介がここに来たとして、あと何かできることないかな……？」

しばらく考えてから、航太はいいことを思いついた。

「和彦、絵里ちゃん経由にしろなんにしろ、雄介に連絡取れたら、ここへ引っ張ってこい。絵里ちゃんの手料理食わせてやろう」

「え？」

名指しされた絵里がぽかんとしている。

「おれが絵里ちゃんと何か作る。すぐにできるものを。そうだな、女子っぽい菓子だな」

和彦は手早くスマートフォンを操作しながらも、目は怪訝そうに航太を見ている。

「でも、ここ、卓さんの一人暮らしの家ですよ？　調味料くらいしかないでしょ。卓さん、最近魚の唐揚げに凝ってるとか、さっき小耳に挟んだけど、お菓子作りなんてしそうにないし。お店にあるものを売ってもらって作るにしても、ここ酒屋ですから、酒のつまみの乾きものしかないし。今から買い出しに行くんですか？　この近く、飲み屋や飲食店ばかりで、コンビニ程度しか……」

「今ここの台所にあるものだけで作るんだよ。おれはここの台所はよく知ってるし、卓さん、きちんと断れば、きっと好きなように使わせてくれる」

航太は自信たっぷりに言い切る。

「和彦はとにかく雄介を探せ。ここに連れてきたら、あとはなんとかなる」

絵里が立ち上がった。

「航太先輩、私は、何をしたらいいんですか？」

和彦がつかまえられるかどうか確率は半々だと思ったが、なんと、和彦は自分のネットワークを駆使して、雄介が近くのハンバーガーショップに友だちといることを、十分で探り当てた。

「ぼく、行って連れてきます！」

勇んで飛び出してから、五分後。

和彦は本当に雄介を連れてきた。

「……こんにちは」

「よう」

こうして向かい合うと、やっぱり雄介は姉ちゃんに似ている。姉ちゃんより背は高いけど。言葉を交わすと、いくつかはあった昔の記憶もよみがえる。年が違っても、島の子どもたちは、小さい頃にはいろんな島の行事を通して関わっているのだ。

そして、島の人間は上下関係に厳しい。

たいして親密でなかった航太にも、雄介はきちんと挨拶する。航太の後ろから現れた姉の日向子にも、別にわだかまりはないらしい。

「よう。やっぱり、いたんだ」

ぶっきらぼうだが、高校二年の男子が姉に向ける言葉としては、こんなものだろう。姉も負けず劣らずぶっきらぼうに返す。

「そりゃあ、いるよ。私は俳句甲子園の選手だし、ここは五木の子の親戚の店だから。……そんなことより、雄介、おいで」

日向子が雄介の手を引っ張って、例の部屋へ連れて行く。

「雄介、こっち。お茶、しよう」

その二人を見送って、航太は和彦にささやく。

「雄介に、絵里ちゃんのことは？」

「何も言ってません。手料理のことも。でないと、雄介のほかにも誰か来ちゃいそうだったんで」

その判断は正しかったかもしれない。さっきの高田君のような親衛隊がいたら、雄介が気おくれしたかもしれない。

「ところで絵里ちゃん、どうしてます？」

「こっち。台所にこもってる。うまくいくといいな」

絵里は台所で奮闘中だった。調理台には、いくつもの小皿に盛られた菓子が仕上げの最中だ。

「航太先輩、こんな感じでいいですか？」

「おー、いいね」

航太は手放しで褒めた。隣の和彦が感嘆の声を上げる。

「すごい。本当に、なんか立派なものができあがってる」

絵里は笑って訂正する。

「あ、私じゃないですよ。航太先輩がほとんど作ってくれたんです」

「この、何もない台所で？」

「和菓子屋の息子をなめるな」

航太は威張ってみせる。「でも、お世辞じゃなく、絵里ちゃん、いいセンスしてるよ。うまそうな盛りつけだ。ただ、ちょっと色が寂しいな……。あ、いいものがある」

航太は卓さんの店の裏口——つまり居住スペースの出入り口——から体を乗り出して、庭木の梢（こずえ）に手を伸ばした。楓（かえで）の青葉を七枚。このくらいなら、もらってもかまわないだろう。あとでこれもちゃんと断っておけば。

店番の合間に恵一が淹れてくれていたアイスコーヒーのためのコップを五つ、航太が運ぶ。そのあとにアイスコーヒーのポットを持って和彦が続き、しんがりは、小皿を五つ載せたお盆を持つ絵里だ。

作ったのは七皿。二皿は台所に残しておいて、あとで卓さんと恵一に食べてもらう。

部屋に入った絵里を見るなり、雄介は立ち上がった。その雄介にはかまわずに、航太は絵里が捧げ持った盆から小皿を配る。

「はい。絵里ちゃん特製、できたてスイーツ」

こういう場合、和菓子とは言わないほうがいいだろう。

「これ、何？」

まず、日向子が驚きの声を上げた。

「葛餅（くずもち）です」

絵里が胸を張って言う。それから、ちらりと航太を見た。

「本当を言うと、私が作ったというより、航太先輩がほとんど作ってくれた。私はちょっと手伝っただけ、メインは航太先輩」

航太は照れくさそうに言い直した。

「しいて言うなら、葛餅もどきかな。本葛（ほんくず）じゃなくて、卓さんが唐揚げ用に常備している片栗粉で作ったんだから。あとは水と、砂糖。それと、さっき須賀にもらったレモンのはちみつ漬け」

「材料それだけなの？　すごい！　とてもお手軽なお菓子には見えない！」

日向子が感嘆している。その横にすわり、小皿を受け取った雄介も目を丸くしている。

それはそうだろう。

それぞれの手元には、小皿に盛られた丸い形の葛餅が三つ、黄金色の蜜をとろりとかけられてすがすがしい香りを放っているのだ。

これを、気になっている女の子が手作りしたと聞いたら……。ただの手伝いとか、そんなことはさておき、料理をしない男だったら手放しで感心してしまうだろう。

「とにかく、食べよう。できたてが一番おいしいんだ」

するりと口に運んだ日向子が、また真っ先に叫んだ。

「おいしい！　ちょうどよく冷たくて、甘くて、でもさっぱりしていて」

口にした航太も、出来栄えに満足した。これなら、悪くない。

実は、葛餅というのはスピード勝負が一番可能な菓子なのだ。

鍋に水と片栗粉、砂糖を溶かし、弱火でとろみがつくまで加熱しながら練り上げる。とろりと固まりかけたら適当な型に入れて、あとは冷やせばいいだけだ。冷蔵庫でもいいが、氷水に浮かべて固めたほうが、舌触りがいい。

「でも、こんなに小さくて丸形にそろった葛餅がたくさん……。何か道具は必要じゃないの？」

日向子の疑問に、絵里が自慢げに答える。

「種明かしをします。酒屋にどっさりある『あれ』を使いました」

絵里はまだ葛餅を入れたままのその型を見せた。

「あ！　それ、お酒の猪口（ちょこ）？」

酒屋が試飲用にたくさんそろえている、どこにでもある猪口だ。ごく小ぶりの白い筒茶碗形で、底には藍色の蛇（じゃ）の目模様。

航太は絵里に指図して、練り上げた葛餅のもとを鍋に並べた猪口に流し入れ、鍋に氷水を張ったのだ。卓さんの台所にあった大小の鍋やフライパン総動員で、合計二十個以上の猪口が並べられた。

小皿は、変哲もない白い丸皿。でも、まず須賀からもらったはちみつ漬けのレモンを一枚敷いてその上に透明な葛餅を三つ載せ、レモンの風味がついたはちみつを上から回しかけ、小さく切ったレモンと楓の青葉を一枚添えれば、すごく涼しげな一皿が出来上がる。

所要時間、たったの十五分。

「おいしいですね」

絵里も、顔をほころばせた。「島を思い出します、このレモン」

それから、絵里は雄介に向かい合った。

「ねえ、雄介。この間はごめん。私、言いすぎた」

「う、ううん、そんなこと……」

「でもね、その前から、何か雄介、変じゃない？　どうして、前みたいに話してくれないの？」

「え、え？」

雄介はうろたえて助けを求めるように周りを見るが、五木分校の三人は知らん顔をした。

絵里は前に乗り出す。

「私、俳句は好きだよ。でも、俳句が私のすべてじゃないよ？」

追い込まれた雄介は、弁解の言葉を並べ始めた。

「だってさ、絵里ちゃんには俳句のファンがいるだろ。ほら、あの高田とか……」

高田。さっきの試合で、熱心に絵里の句を擁護していた男子か。

だが、絵里はあっさりと言う。

「高田君は気に入った詠み手ならみんなファンになるよ。何よ、そんなことを気にしてたの？」

「え、でも……」

なんだか、やってられないな。

だが、航太より先に、日向子がしびれを切らしたという顔になって立ち上がった。

「ごちそう様。あのさ、私たち、会場に戻るよ」

続いて和彦も。

「二人で好きなだけ話をしたらいいよ」

最後に航太。

「台所、二人で片づけておいてくれよ。……あ、そうだ」

そこで思いついた航太は、絵里に紙袋を渡し、部屋を出た。

三人が外に出たところで、日向子はもう終わったことだというように口を開いた。

「あとは二人で好きなようにすればいいよね。ところで航太、最後に絵里ちゃんに何を渡したの？」

航太は笑った。

「二人で食べればいいと思ってさ、小市堂謹製の紅白落雁。親父がどっさり持って来た奴、最後に二箱余ってたから」

日向子も笑った。雄介に向けるのと同じような、姉ちゃんぽい顔だ。

「ほんと、航太は和菓子屋の息子なんだね」

別にすることもないし、ということで、三人はまた観戦に戻ることにした。すでに第二回戦が始まっているタイミングだ。

「それにしても、和彦、本当にすごい情報網持ってるんだな」

「言ったでしょ、それが自慢なんです」

「それとさ……」

今度は日向子。

「和彦って、今の絵里ちゃんとも相当親しいみたいだけど、和彦自身は雄介に対してわだかまりはないの？」

「わだかまり？　あ、ぼくが絵里ちゃんのことを気になって、それで雄介には……とか、そういうことですか？」

「そうだよ。普通、女の子が恋愛相談する場合、実は相談相手のほうが好き……って、よくあるんじゃない？」

和彦はあっさりと否定する。

「ないです。あくまで、友だちってだけ。ぼくは絵里ちゃんといろんな話をするだけだし、絵里ちゃんのほうにも恋愛感情まるでなしっていうのは、見ていてわかったでしょ、先輩たちも」

「はあ……」

三年生二人は煮え切らない返事をした。

わかるような、でもあまりに和彦の物わかりがよすぎるような。和彦がいい人すぎるような。そんな返事だ。

すると和彦は、いつもの穏やかな顔で説明した。

「生まれのせいですよ。ぼくは聞き上手になるしかないんです。それに、ぼくはいろんな人のことを知りたいんです。ぼくみたいな人間には、知ることが強みになるんです」

ふと、航太は前に和彦から聞いた言葉を思い出した。

——ぼく、情報を蓄えることが趣味なんです。

その情報とは、知識だけではなく、人に関することも含まれていたのか。

その和彦は、もう話を変えていた。

「京ちゃんは島から応援に来た友だちと一緒なんだけど、どこにいるのかな。まあいいや。先輩たち、二回戦、三会場で試合してるけど、ぼくが見る対戦を選んでもいいですか？」

「見たい試合があるのか、和彦」

和彦が大きくうなずいた。

「はい。道後高校Aチーム、やっぱり勝ち残っているんです」

決勝トーナメント第二回戦、兼題は「海月」。

ここまで勝ち残れたのは、六チームだ。

負けた他のチームは、すでに休憩に入っているところもあるのだろうが、観客席にもぎっしり詰めかけているようだ。

「道後高校、真ん中の会場でやっているみたいですよ」

そう言って早足になる和彦や日向子には少し遅れて、航太はぶらぶらと歩いていった。

手前の会場では、今まさに句の発表の真っ最中だ。

「……ゼリーフィッシュの泳ぐ海」

片方のチームの俳句が、中七下五だけ聞こえてきた。

ゼリーフィッシュ。クラゲのことだ。

でも、クラゲとゼリー、たしかに見た目は似ているかもしれないが、航太にはぴんとこない。

たとえば、錦玉羹の中に小さく作り込んだ金魚を入れた菓子はあるが、もしも金魚の代わりにクラゲを入れたら……。

売り物になりそうもないな。

俳句のことよりも菓子のほうに気を取られているうちに、相手チームの句の発表。

「祖母の知らぬ海月の海は輝くか」

そっちの句に魅かれたのは、「祖母」という言葉のせいだ。クラゲの海を知らない祖母とは、どういうことなのか。

背伸びして、チーム名を見たら納得ができた。

「海月の海」の句を発表したのは、長野県の高校だった。ゼリーフィッシュの句は、京都の高校。

クラゲをおしゃれに詠む高校。

クラゲを知らない、海のない高校。

いろんな高校があるんだな。

とりとめもなく考えているうちに、和彦と日向子はもう第二会場で観戦を始めていた。と言っても、遅れてきたから立ち見するしかない。さすが、今日の最後の試合ということで、会場は三つとも見物客であふれている。

赤、道後高校Aチーム対、白、至高学園。白は、これまた東京の学校だ。

会場に、やっぱりと言うか、京の姿はなかった。

「それでは、判定！」

航太が日向子と和彦に並んだ時、司会の声がして、五本の旗が揚がった。と同時に、歓声と、観客席からのどよめき。

「赤三本、白二本！」

「愛媛県立道後高校Aチーム、ここまで先鋒、次鋒と勝ちを収めていたため、この中堅戦で、準決勝進出を決めました！」

道後高校の五人が、互いに手を握り合い、肩をたたいている。

「……すごい、やっぱり」

日向子がつぶやいた。

「うん。ストレートで、明日の準決勝進出ですか」

「おれたち、あんなチームと対戦したのか」

三人とも、圧倒される思いだった。

だが、顔をほころばせた道後高校Aチームは、すぐにそれぞれの席に落ち着いた。

司会の声が響く。

「ごらんのとおり、先に三勝した道後高校Aチームが、この決勝トーナメント第二回戦を制しましたが、まだ副将戦と大将戦の発表が残っています。勝敗には関係ないため、ディベートは行わず、句を発表して審査員の先生方の評価をいただきます」

なるほど、航太たちも地方大会の決勝戦で体験したのと同じような試合内容になるわけだ。


副将戦の句。

(白)　明日(あした)など信じられない海月投ぐ

(赤)　海月重し声なく巻き網を繰(く)る

赤の句。これは漁師の家の子が作ったのだろうか。

クラゲは時に大量発生し、とんでもない大きさにもなる。そんなクラゲの群れが巻き上げる網に入っていたら、漁は最悪だ。その網は重い。でもそれは、大漁を告げる重さではなく、損害しか生まない重さなのだ。ぶくぶくと水を含んで、ただ重いだけの、無用の長物の、数えきれないクラゲ。

それでも漁師は網を巻き上げるしかない。クラゲを始末して、次の漁に賭けるために。

これがうまい句かどうか、航太にはわからない。でも、ものすごい実感がある句だと思う。

それに比べて、白の句はきれいだ。明日なんか信じられない、未来なんて言われてもぴんとこない。それはよくわかるけど、でも……。

「クラゲを海に投げる、か」

テレビドラマの中だったら、そんなこともあるのかな。

でも、クラゲってそんなロマンチックなものじゃない。漁師にとっては邪魔でしかない厄介者だ。

たぷたぷとふくらんだクラゲはつかみにくい。握ったところですぐに手から逃げる。だいたい、育ちすぎたクラゲは手で投げられるような軽いものじゃないし、種類によっては素手では危険だ。

クラゲを海に投げるというのは、やっぱり航太にはぴんとこない。

けれど、旗が多く揚がったのは白の句だった。

「いかにも高校生らしい屈託を詠んでいると思います」

そんな講評を聞きながら、道後高校の五人は無言ですわっている。

続く大将戦。

道後高校から立ち上がったのは、来島兄だった。

（赤）群水母生臭き波形成す
（白）波音に胎児の記憶水母殖ゆ
「そうだよ」

航太はまた、赤の句に拍手を送る。

クラゲは生臭くて、おびただしい数になるのだ。まるで打ち寄せる波まるごと、クラゲなんじゃないかと思えることさえある。透きとおっていて優雅に泳ぐだけの生き物じゃない。来島兄、五木島とは京より関わりが薄い人間かもしれないけれど、でもやっぱり、海を身近に感じて育った人間なのだ。こっちの句のほうが、航太には断然、説得力がある。

だが。

またしても道後に揚がった旗は少なかった。

「……それでも、試合として勝ちは勝ちだよね」

日向子が言うのに、和彦が腕組みをした。

「でも、なんか、微妙な勝ち方ではありますね。ストレートで三勝したのに、そのあとの二句の評価は低かった。いや、充分すごいんですけど、なんか、選手としてはちょっとすっきりしないかもしれませんね」

審査員の講評を聞くと、やっぱり、結構割れていた。高校生らしい感覚や、きれいさをよしとするのか。実感を詠んだ素直さを評価するのか。

審査員一人一人に、別々の、自分の信念も今までの生き方もあるのだから、当たり前と言えば当たり前だが。

「やっぱり、俳句の勝負って難しいし、微妙なところもあるんだな」

ボールゲームとは違う。力量や才能や運に左右されるのはどんな勝負も同じだろうが、誰が見ても勝ち負けがはっきりするスポーツとは別の特徴が、俳句甲子園にはあるのだ。

「そこも含めて面白いと、私は思うけどね」

日向子が真面目な顔で答えてくれた。「負けた句だって評価してくれた審査員はいる。その評価を私は忘れたくないよ、たとえそれが少数派だって」

「うん。そうですね」

両チームが退席する。来島兄が、隣の女子に笑いかけているのが見えた。やっと気分がほぐれたのだろう。初めて、彼の笑顔を見た。

今の彼の句、好きだったんだけどな。

でも、彼のところへ行って感想を言うのはためらわれる。

その時、ポケットの中でスマートフォンが鳴った。同時に、日向子と和彦のポケットからも。

それぞれの画面を見た航太たちは、緊張した顔を見合わせた。

「招集かかったな」

「そうだね」

須賀が、五木分校の文芸部員五人に一斉にメールを送って来たのだ。

見れば、大街道商店街中であちらこちらに同じような高校生の集団が固まり始めている。

今まで観戦していた彼らが、次の試合に向けてウォーミングアップを始めている光景だ。

「敗者復活戦の兼題が発表される」

三十三チーム、これから最後の句作りだ。

敗者復活戦。

兼題は「草笛」と発表された。

これからの一時間で一句作り、実行委員会に提出しなければならない。この句は個人のものではなく、チームとしての句になる。

五木分校の五人は、また卓さんの家の、恵一の部屋に集まった。最後の勝負の句だから五人だけで作りたいと、須賀にも義貞先生にも、遠慮してもらっている。

「草笛」

日向子が口の中で転がすようにつぶやいた。

「とにかく、みんな一句ずつ詠んでみようか」

全員が一斉に句を練り始める。その沈黙の中、じっとしていると考えが浮かばない航太は、みんなが囲んでいるちゃぶ台に置かれた紙箱に、手を伸ばした。さっき小林絵里に渡した落雁だが、戻ってきてみたら、二箱のうち一箱だけがこうして残されていたのだ。

一箱は二人で頂きましたから、こっちは五木分校の皆さんでどうぞ、ということだろう。

「あの二人、あれからどうしたのかな」

「さあ。二人のことは放っておけばいいよ。それに、絵里ちゃんだって中央光の選手として、今は兼題に取り組んでいるはず」

和彦や日向子がそんなことを話し合うのを聞きながら、航太はその箱を引き寄せる。

この落雁は小市堂特製で、麦こがしの素朴な風味だ。そのままの生成りの色と紅に色づけした二種類の詰め合わせで、紅白落雁と呼んでいる。どんなお上品な人でも一口で放り込めるように、一センチメートル四方くらいの小ささで、小箱の中に七列かける七段、計四十九個、敷き詰めてある。

「まあ、みんな、甘いものでも一つずつ……あれ」

蓋(ふた)を開けた航太は目を丸くした。

「どうした？」

恵一ものぞいて、それから小さく噴き出した。

「小市堂、いつからこんなかわいいものを作るようになったんだ？」

「いや、こんな並べ方しないよ……。あ！　絵里ちゃんの仕業か」

四十九個のうち、紅が二十七個、白が二十二個の詰め合わせだ。店で売る時は、紅白で階段のような配置になる、ごくありきたりの並べ方だ。

ところが今、この箱の中の落雁は、違う模様になっていた。

これは、ハート形だ。紅白の落雁を並べ替え、真ん中に紅色の落雁でハートを作ってあるのだ。

「すごいなあ。こういうのを考えつくのが、さすが女子」

「いや、女子と言っても、私に、この発想はない」

ぶっきらぼうに日向子が言い返す。「でもまあ、きっと、これは私たちへの、絵里ちゃんのお礼なんでしょうね。おかげで、私の鈍感弟と話ができたことへの」

さっきの経緯を知らない京に、日向子が大雑把に話して聞かせる。

感心したように耳を傾けていた京が、ふとつぶやいた。

「草笛を聞かせる君はそこにいる」

「いいね」

日向子に言われて、京は照れたように説明した。

「恋の句を、恋してる女の子になり代わって詠んでみました」

「日向子はどうだ？」

恵一が聞いても、日向子は披講しようとしない。

「まだ考え中。みんな、先に発表してくれない？」

だが、あとの三人も沈黙したままだ。珍しく、恵一も作句が遅い。

「くそ、最後と思うと、なんだか緊張してきた。少し時間をくれ」

そこで、またしばらく無言のまま、ペンが紙をこする音だけが部屋の中に響いた。

草笛。草笛。

航太は、口の中でつぶやく。もう長いこと、吹いていないな。駄目だ、考えがどうしてもまとまらない。

「沈黙が重くなってきた、誰か何か話してくれよ」

航太が言うと、日向子も時計を見てちょっとあわてた。

「まずい、もう三十分も過ぎちゃった。じゃあ、まとまってないけど、とにかく私の句を聞いて。……草笛や遠い人まで届けかし」

恵一がその句を小さく繰り返してから、感想を述べる。

「悪くない……と思う。でも、もう一つ、なんていうか、ストレートすぎるかな……」

「あの、こういう句だったらいっそのこと『草笛よ』ってしちゃうのはどうですか？　草笛よ遠い人まで届けかし。だって、遠い人に届いてほしいのは草笛なんでしょう？」

京がそう言うのに、和彦がすぱっと続けた。

「ところで、日向子先輩、先輩のこれも恋の句なんですか？」

日向子は顔を赤くして、首を横に振った。

「そういうんじゃない」

「そうなんですか？　うちの祖父、日向子先輩が俳句甲子園を目指したのは、何か動機があったんじゃないかとか言っていたから……。あ、違うならすみません」

「和彦、何が言いたいの？」

妙に和彦がもじもじして、それから言った。

「ほら、日向子先輩って、去年、よく荒木先生に相談に行ってましたよね。それとその、祖父が言ったこととか考え合わせて、俳句甲子園をそのために目指したのかとか……。いや、荒木先生の高校も出場しているのは知ってたから、その……」

　そこで和彦が言葉を切ったのは、日向子の顔を見たからだろう。

日向子は、もう恥じらってはいなかった。ただ、自分の内側を見つめるような表情をしている。しばらくして、口を開いた。

「荒木先生か……。違う、とも言い切れないかもしれない。でも私が俳句甲子園を目指したのはそっちがメインじゃないよ。また荒木先生に会いたいとか、そういうことじゃない」

「じゃ、なんだよ？　ただ単に、卒業前の思い出作りっていう以外にも、何かありそうな口ぶりだな」

　恵一が突っ込むと、日向子は言葉を探すように、ゆっくりと言った。

「しいて言うなら、自分への賭け、かな」

「賭け？」

「河野日向子は、ただ勉強ができるだけで、人がついてくるような人間じゃない。そう言われたのを見返したかったから、かな」

　思わず、航太は口を挟んでしまった。

「誰だよ、そんなピント外れのこと言うのは？　この強引な……、いや、人を引っ張っていく日向子部長の、どこを見ているんだ、そのわからずやは」

日向子が、気がほぐれたような顔で笑った。

「航太、今のは褒め言葉だと受け取っておく。でも私、そんな自信家じゃないんだよ。自信家じゃないから、人をまとめられるってことを自分に示したかったんだ。だから俳句甲子園チームを作った。できるかどうか証明したかったから。荒木先生のこと、好きは好きだよ。ただ、どんなふうに好きか、分析したことがなかったから、今、和彦に言われてびっくりしたけどね。でも、俳句のことも進路のことも相談していたのは事実だから、うん……、やっぱり荒木先生に魅かれてたのかな、私」

恵一がそこでさえぎった。

「お前の感情の分析は、あとでゆっくりやってくれ。今は作句の最中だ。結論としては、俳句甲子園を目指したのは自分への挑戦ってことか」

「そう。つまり自分の勝手で、ここまでみんなを引っ張り込んだわけだ」

「うぬぼれるな。おれは別に引っ張り込まれたわけじゃない」

恵一がすぐさまそう返したのに、航太はちょっと意外な気がした。恵一こそ、一番引っ張り込まれた人間だと思うのだが……。だが、恵一はこう続けた。

「おれは、いけ好かないと思っていた俳句甲子園に、自分の意志で飛び込んだ。外から批判するばかりじゃなく内側から知らなければ、実践しなければ、本当の批判はできない。そう言われたからな」

「誰に？」

航太に聞かれた恵一は、和彦の顔を見る。和彦が手を振って否定した。

「ぼくじゃないですよ。ぼくは、祖父の言葉を恵一先輩に伝えただけです」

「そうか。ま、いいや」

ちょっと笑った恵一に続いて、京も発言した。

「私も、義貞先生に励まされてここに来られた。来られて本当によかったです」

「そして、ぼくは前からずっと言っているとおり、情報を集めるのが趣味ですから。俳句に関してたくさん学べたし、第一、地方大会と全国大会を通じて大勢の高校生と知り合いになれましたからね。ぼくにとってはプラスしかない俳句甲子園です」

最後になってしまった航太も、あわてて賛成する。

「おれも後悔していない」

日向子は、ほっとしたように笑った。

「ありがとう。……あ、まずい」

日向子に続いて時計を見た全員があわてた。そろそろ提出句を決めないと、本当に間に合わない。

すると、和彦が立ち上がり、部屋を出て裏口を開けた。

「和彦、何するんだ？」

「草笛、実際に吹いてみませんか？　あ、この庭には手頃な草がないから、正確には葉笛ですけど」

和彦は手を伸ばして庭木の葉を一枚取ると、どういうやり方をしたのか、きれいな音を響かせた。

「すごい！　そんなにうまく鳴らせるんだ」

日向子が感心した。

「これ、アオキの葉です。しなやかだから鳴らしやすいですよ」

和彦はその葉を人数分取ってきて、みんなに渡す。

ほかの四人もやってみるが、和彦のようには吹けない。

「コツがあるんです。息を細く強く突き刺すように吹く感じ」

言われても、すぐにはうまく鳴らない。

「和彦ってさ、妙なことが得意だよな」

航太が言うと、和彦は首をかしげた。

「褒められたのかな、今の。でも、呼吸法っていうの、親からしごかれはしましたよ。家業が家業だから、祝詞（のりと）を唱える発声法とか、そうだ、あと、法螺貝（ほらがい）も鳴らさなくちゃいけないから」

「法螺貝？　……って、あの、山伏が吹いているようなでっかい貝か？」

「はい。ぼくは、祖父や父に比べれば、まだまだですけどね。あ、でも、そうか、息の吹き込み方は通じるものがあるのかもしれない。法螺貝でも草笛でも」

「でも、なんか、法螺貝と草笛じゃ、だいぶスケールが違わない？」

京がそう言って笑うが、和彦は真面目な顔で反論する。

「そんなことないと思うけどな。だって、人間がこうやって自分の喉からは出ない音を出したがるのは、声の届かないところまで音を届かせたいからじゃないのかな。だから、葉っぱや貝やいろんな物を道具にして試してきたんだよ、昔から」

「……和彦、ちょっと待て」

恵一が真剣な顔で割り込んだ。

「あ、すみません、提出句ができていないのに、よけいな話をしちゃって」

「いや、よけいじゃない」

恵一はさらに真剣な顔になった。「今のその発想。声の届かない遠くまで思いを届けたいから鳴らす。それを句にしてみたらどうだ？」

京が、ぱっと顔を輝かせて、日向子を見た。

「それ、恋しい人のところへ音色を届けるっていう、日向子先輩の句にもつながります！」

「私の『恋しい人』って、私の俳句はかなりフィクションだからね？」

顔を赤くして日向子が抗議し、ほかの四人は拍手した。

決まった。五木分校の、最後の句ができた。

時間ぎりぎりで句を提出したあとは、全員、なんとなく気の抜けた顔になった。

今日すべきことは、これで全部終わったのだ。

「どこか寄ってから帰ろうか」

見晴らしのいいところに行きたくて、五人は松山城に登ることにした。

大街道からでも徒歩で行ける場所にある城だ。

歩きながら、恵一が感心する。

「松山って、歴史の街だな。街中（まちなか）に、こんな歴史的建造物があるなんて」

「歴史と言ったら、五木島も負けてないんですけどね」

少し息を切らしながら、和彦が言う。

「島の歴史は、和彦の家ならお手の物か」

航太が言うと、和彦はうなずいた。

「よくも悪くもね。ぼくの家は島と一緒に生きてきた家ですから」

和彦が言うと、「家」が違う意味に聞こえる。

どんな家業でも、今どき、子どもが継ぐとは限らない。でも、和彦の家だけは別物だ。

「和彦は、進路が決まってるわけだろ」

いいなあ、と言いかけて、航太は口をつぐんだ。すぐ隣に恵一がいる。

家業の漁師を継ぐのはまっぴらだという男が。

「そうですね、よくも悪くも」

相変わらず、和彦の口調はフラットだ。

「あのさ、和彦って、神主さん？　継ぐのに迷いはないの？」

後ろから日向子がそう質問した。

「うーん。迷いは、ないかな。迷う迷わないの問題以前に、自分の中に刷り込まれちゃってるかもしれないです」

「それはそれで、いいじゃない」

日向子がうらやましそうな声になった。「みんなにも、認められてるんだし」

和彦はちょっと笑った。

「だから本当に、よくも悪くも、なんですよ。知ってます？　ぼくの祖父、義貞って名前でしょ。あれ、第三十六代義貞なんです」

「へえ」

四人とも感心してしまう。

「すごいな。武将とか、歌舞伎とか、そんな家みたいだ」

「そのまま行ったら、ぼくの父が三十七代義貞になったはずなんです。でも、さすがに、戦後生まれの父には別の名前をつけたんです、祖父が。もう個人主義、民主主義の時代なんだからって」

　和彦は、歩きながらなんでもないことのように続ける。

「そうやって千年も続いた『義貞』の名前を名乗っているとね、自分が時々、何者かわからなくなる。その時々の『義貞』が合戦の先頭に立ったり領主の争いごとを治めたり、時には広島や四国から逃げてきた落ち武者をかくまったりしてきた、そういう歴史を学んでいくと、まるで自分が当事者の『義貞』になったみたいな気がすることがある。祖父はそう言ったことがあります。なんて言うのかな、自分を大木の年輪の一つみたいに感じるって。一人一人は別の人間なのに、ずっと続く『斎義貞』という大木の年輪の一つ、ある生き物の一部でしかないみたいだって」

「なるほどねえ」

　ほかに言いようがなくて、航太はそう言った。本当にわかってはいないかもしれないが。

「でも、その木はものすごい大木よね。何があってもびくともしない、ずっと立ち続けているわけでしょ。ほら、この木みたいに」

　日向子が、ちょうど傍らにあった楠（くすのき）の大木を軽くたたいてそう言った。

「島の、斎神社の大楠も、これと同じくらい古そうよね」

　和彦が笑った。

「そう！　まさに、そういうことなんですよ！　頑丈でしぶとい木です。よくも悪くも」

まだ何か言いたそうにしていた和彦は、そこで流れてきた着信音に足を止めた。和彦のスマートフォンが鳴ったらしい。

四人が歩き始めても、和彦はその場に立ち止まって、スマートフォンの画面をじっと眺めている。

やがて和彦が追いついて口を開いた時、その頰は珍しく紅潮していた。

「あの、ぼくから一つ提案があるんですけど」

「何？」

顔の汗をぬぐいながら日向子が聞いた。

「明日のことです。明日一番に、三十三チームが提出した敗者復活戦の句の中から、一句が選ばれるわけですよね」

「うん」

「ぼくたちがさっき出した句で勝ち抜けたら、もちろん、それが一番いい。道後高校Aチームともう一度対戦できる可能性だって生まれるわけですもんね」

京が、ためらいがちにうなずいた。

「でも、残念ながらぼくたちの句が落とされたとしたら。それでも、もう少し俳句で戦いたくないですか？」

和彦以外の四人はぽかんとした。

「まあ、そりゃあ、やりたいよ、当然……」

「でも、そんなこと無理に決まってるだろ」

四人とも、和彦の言葉の意味がわからない。

和彦の顔が、さらに紅潮した。こんなに興奮する和彦を、初めて見たかもしれない。

「正式の試合じゃないですよ。でもね、敗者復活戦で負けても俳句の勝負を明日もできると言ったら、どうですか？　やりたくないですか」

日向子がじれったそうに答えた。

「だから、やりたいわよ。でも、和彦の言ってる意味がわからない」

和彦の目がきらりと光った。

「敗者復活戦で勝ち抜いた高校が発表されてから準決勝第一試合が始まるまで、審査員による講評やそのあとの試合準備で、ざっと二十五分かかるらしいです。その時間を使って、道後高校Ａチームと勝負しませんか？」

第六章

しあわせな試行錯誤や

「道後高校Aチームと勝負しませんか？」

和彦が言ったその一言を、航太は理解できなかった。

航太だけではない。恵一も日向子も京も、どう反応したらいいかわからないという顔で、ただ和彦を見つめている。

航太たちの五木分校は、敗者復活戦の少ない勝機に賭けている、予選リーグ敗退チームだ。一方、和彦が口にした道後高校Aは優勝候補と目されていて、実際、順調すぎるほど順調に準決勝進出を決めたエリートチーム。

卑屈になるわけではないけど、やっぱり、格が違うと思う。

やがて、みんなを代表するように部長の日向子が口を開いた。

「和彦の言ってる意味がわからない。でも、和彦が、根拠もなしにこんなこと言い出す人間じゃないことはわかる。だから、もっとちゃんと説明して」

その横から、腕組みをしたまま恵一が口を挟んできた。

「和彦、ついさっき、誰かから連絡来たよな？　あれ、今言い出したことと関係してるのか？」

和彦はにっこり笑って自分のスマートフォンの画面をさし出した。

「恵一先輩、大当たりです。今の連絡は道後高校俳句部の副部長の静香さんから来たんですけど、もしも明日、五木分校が自分たちの相手をしてくれるなら喜んでお願いしたい、と」

それから和彦は顔を引き締めた。

「すみません、本当なら、もっと早くに先輩たちや京ちゃんに相談すべきだったかもしれません。でも、ちょっと突拍子もないプランなのはたしかでしょう。だからまず、先方に持ちかけてみてからにしようかと思って、道後Aの試合のあと、静香さんに準決勝進出おめでとうってメールを送ったんです。それでそのあとに、こんなふうにつけ加えました。『もしも五木分校が敗者復活戦を落として準決勝に進めなかった場合の話ですが、よかったら、明日の準決勝戦前にぼくたち道後Aの練習台になりますけど、どうですか』って。そして道後の返事は今話したとおりだったってわけです。『喜んでお願いしたい』、と」

ほんのちょっと間が空いた。それから、和彦以外の四人が一斉にしゃべり出した。

「そんなこと、道後の人たちが本当にオーケーしたの？」

「試合前に練習台になるってどういうことよ？」

「それ、大会規定的に大丈夫なのか？」

「道後の副部長にどういうコネがあるんだよ、和彦？　静香さんとか、気安く呼んでいるけど」

和彦はまた笑顔になってまあまあ、というように両手を小さく挙げた。そして口をつぐんだ四人の顔を順々に見回しながら、説明を始めた。

「京ちゃん、本当にも何も、副部長の静香さんも、そしてもちろん部長も、お願いしたいそうだよ」

部長と聞いて、京の動きが止まった。

道後高校俳句部の部長は、京の兄なのだ。道後Aチームのチームリーダーでもある。

そして、京は兄に色々と複雑な気持ちを持っている。松山にある自分の家を出て五木島の祖父の家に住んでまで五木分校に進むことを選んだということだけで、その「色々」は見当がつく。

京は、じっと和彦を見つめたまま口をつぐんでいる。言いたいことはたくさんあるのに何をどう言えばいいのかわからないといった顔だが、とにかく今は和彦の説明を聞くことにしたらしい。

次に和彦は日向子を見る。

「さっきも言ったとおり、明日、敗者復活戦の勝者が決まってから準決勝第一試合の開始まで、二十五分くらいあります。道後Aが第一試合に出場するかどうかは明日の抽選を待たないとわかりませんが、仮に出るとしても、二十分あれば、単純計算して決勝トーナメントのディベート時間と同じ四分間の質疑を五回、つまり自校のすべての句についてのディベートができます。その相手をぼくたちが引き受けてもいいけど、どうですか？　というのが静香さんへの提案でした。そしてイエスの返事をもらったというわけです」

恵一は眉を寄せたままだ。

「だから、それって大会規定的にオーケーなのか？」

「だって、何も問題はないでしょう。俳句甲子園出場選手が、自分の知り合いと自分の句について話し合うだけです。練習相手を引き受ける時点でぼくたちは全試合を終わらせているわけだし、道後の句についていくら話し合ったって、なんの不正行為でもないでしょう」

和彦がそう答える横から、目をきらきらと光らせた日向子が体を乗り出した。

「そうだよね！　試合前に自分たちの句の準備をするのは当然のこと！　そして、それを友だちに手伝ってもらったって、何も悪いことはない！」

「そう。ま、これは全部、ぼくらが敗者復活戦で負けた場合のことですけど、負けが決まったら、ぼくたちは単なる道後Aの友だちというだけの立場です。ほかのチームがサポートしてくれる相手と練習しているのと同じこと、今まで校内でやってきたのと同じ練習方法です。ただ、一応全国大会出場チームが相手になるってだけです」

「その『ただ』以降が、ちょっとだけ曲者（くせもの）だけどな」

恵一が笑いを含んだ声でそう応じた。「おれたちもそうだけど、俳句甲子園に提出する句は、どの学校も絶対に外に漏らさないようにする。対戦場で初見の句に対してディベートをするという試合なんだから、事前に部外者に見せるわけにはいかない。ということはつまり、部内で想定問答集を作るような練習しかできないわけだ」

そうだった。夏休み、航太たちが散々練習していたのもそういう内容だった。だからそのうちに、話し合う材料が尽きてしまった。でも、あれ以外に練習しようがないと思う。

そこで恵一は腕組みをし直した。

「ひょっとしたら、さっきの第二回戦で、道後Aもちょっと危機感を持ったのかもしれないな……」

「あ、あの、最後の、ストレート勝ちした試合？」

日向子が聞くのに、恵一はうなずいて言葉を続ける。

「先鋒戦、次鋒戦、中堅戦とストレート勝ちして、それなのに、そのあとの副将戦、大将戦は、句としては負けたんだろう。正確には、道後Aの句より相手チームの句のほうが、審査員の旗の数が多かったそうじゃないか」

「そんな試合内容だったんですか？」

兄の試合を見るのを避けていた京が質問した。恵一がうなずく。

「そう。つまり、句の出来だけで評価されたら、道後だってそんなに圧倒的優位には立ってないってことだ」

「だけど、俳句甲子園の勝負は句の出来だけでは決まらない」

日向子がきらきらした目のまま、そうあとを引き取る。「だからこそ、ディベートが重要になる。今日の最後の試合で、道後はそれを実感させられたとも言えるよね？」

「そこに、和彦の申し出がグッドタイミングで舞い込んできたわけか」

恵一は、面白そうな顔で和彦を見ながら言う。

「はい。まさに、グッドタイミングで」

和彦が胸を張った。隣の京は、対照的に、まだ心もとない表情だ。

「でも、……私たちで、道後高校みたいな強いチームの相手になるのかな……」

和彦は、まだ自信満々な表情のまま答えた。

「なるよ。そりゃあ、道後は、部内で練習を重ねてきただろうさ。だけど、道後の生徒とぼくたちでは、決定的な違いがある。仲間じゃないということだ」

「仲間じゃない……？」

「ほらさ、長いことチームで句を作っていると、チームメイトの句って、わかってこない？　ああ、いかにもあいつが作りそうな句だ、これは彼女らしい句だ、きっとこういうつもりで詠んだんだろう、わかるわかるって。あと、仲間の句が高評価だと、つい似たような句を作ろうとしちゃったり」

「うん、それはそうだけど」

「そうやって、仲間の句も自分のものみたいになっていくのは、もちろん楽しいし試合する上でも重要なことなんだけどさ、同時に新しい発想が生まれないってことでもない？」

京が意表を衝かれた顔になった。

「ぼくたち五木分校の実力は道後に劣るかもしれない。でも、間違いなく、道後とは違う育ち方をして、違う考え方をする高校生だよ。道後の俳句部が考える質問とは全然違う質問を、ぼくたちはぶつけられる。きっと」

「……って、道後の、その静香さんに主張したのか？」

ようやく話が飲み込めた航太は、そこでやっと口を挟むことができた。

和彦の顔に、笑いが広がる。

「そうなんです、航太先輩！　どうですか、やってみたくないですか？　優勝候補の学校の句に、ぼくたちが質問できるんですよ？」

「……やりたい」

釣られるようにそう答えたのは、京だった。和彦が結論を出した。

「よし。決まり」

「ただ、こっちは守っておいたほうがいいポイントがいくつかあるな」

恵一がてきぱきと言う。しばらく考えをまとめていたらしい。

「相手がおれたちを信用してくれたと言っても、それに甘えちゃいけないし、万一、疑われるようなことが起きても不本意だ。道後Aはたぶん、敗者復活戦の結果を待たずに、会場のどこかで自分たちの最終確認をしていることだろう。負けが決まったおれたちがそこに行く時は、何も持たないことだ。ノートやペンはもちろん、携帯電話もレコーダーも、何一つ。そして道後Aの句を見せてもらって、四分間、こっちから質問して道後Aに回答してもらう、それだけに徹する」

「そうか。うちの句を出す必要はないものね」

「そう、そしてそんな時間もない。道後Aが第一試合に出るなら、たった二十五分しかないんだろう？」

「よし」

日向子が、ぱんと手をたたいた。五人、気持ちがまとまった。

そこでふと、和彦が水をさすようなことを言った。

「でもね、まだわかりませんよ？　ぼくたちが敗者復活戦に勝ったら、今のプランは全部なかったことになるんですから」

「自信ありげだね、和彦」

日向子がそう言って笑う。

「ええ、まあ。あの草笛の句は、その、ぼくの発想でもありますし」

和彦の答えに、恵一もにやりとして、肩をたたいた。

「よし、こっちも決まりだ。明日、敗者復活戦のステージでは、和彦、お前が審査員の質問に答えろ」

「え？」

珍しく、和彦があわてた。

「だって、敗者復活戦に提出したあの句は、ほとんど和彦の作と言ってもいいだろ。だから、五木島千年の歴史を背負って、自分の考えを発表してこい」

「でも、やっぱりこういう時は、部長の日向子先輩か副部長の恵一先輩が行くほうが……。最後になるかもしれないんだし、ぼくでいいんですか？」

「和彦だからいいんだよ」

ぼくで、という言い方が嫌いな航太は、即座にそう訂正した。「あ、そうだ、そう言えば和彦、お前、さっきおれの質問だけ無視したな」

「え？」

「ほら、どうしてお前、道後の副部長の女子に渡りをつけられたんだって聞いただろう」

和彦は、少しだけためらってから答えた。

「ええと、それについてはぼくの祖父に頼りました。実は道後Aチームでいつも来島部長の隣にいる女子、見たことあるよなって思っていたんですけど、時々、祖父のやってる句会に来ていた人だって思い当たったんです。それで……」

なんだか赤い顔で和彦は話を続ける。

「とにかく、さっき祖父をつかまえて聞いてみたら、その女子、つまり静香さんは祖父の俳句仲間の教え子で、しかもその俳句仲間の方も今日この会場に来てるってことがわかったんです。これはチャンス、いや、うちの部にとってのチャンスですよ、そう思ったんで、すぐに祖父に紹介してもらいました。結果、静香さんへも連絡できるようになったってわけです」

航太は少し脱力した。

「そんなに簡単に連絡できちゃうのか。斎一族の話を聞いてるとさ、この世はみんな誰かに伝手があればなんとかなりそうな気がしてくるよ」

和彦は、またしれっとした顔に戻っていた。

「この世の中のことがみんなそううまくいくとは思いませんけど、結構道が開けることもあると思うんですよ。うちの家訓は、とにかく人につながれ、人を知れ、です。知ることは強みですから」

「おい、和彦、この間は、同じようなことを自分の趣味みたいに言ってなかったか」

「そうでしたか？　まあ、同じようなものですよ。ぼくは聞き分けのいい息子ですから、家の教えを自分の趣味にしてるんです」

　恵一がその頭をぽんとたたく。

「ほらみろ、そうやってうまいことはぐらかす。やっぱり、ステージでしゃべるのはお前しかいない」


　翌日の大会二日目は、前日とは違う会場で行われる。

　一日目は十二試合を一斉に行うために長いスペースが確保できる大街道商店街だったが、今日は準決勝二試合と決勝一試合を順に行うのだ。つまり観客も一つの試合に集中する。そのためだろう、会場は松山駅近くのホールだ。ステージの上で試合を行い、観客は普通に劇やコンサートを見るように観客席に着くのだ。席数は千くらいあるだろうか。

「……よかった、あのステージに立たずにすんで」

　会場で航太の隣に座った京が、ため息まじりにそう言った。「私、あそこに出て行ってスポットライトを浴びて発言するなんて、考えただけでおなかが痛くなります」

「うん、おれも駄目だな」

「だって、航太先輩はたくさんの人に見られながら試合してるじゃないですか。バスケとか。あと、野球のバッターボックスに出て行くのも、同じようなものでしょう。そういうの、全然こわくないんでしょう？」

「うーん、でも何か違うな」

航太は首をひねる。「だってさ、バスケも野球も体動かせばなんとかなるから。俳句甲子園はじっと立って、こんなたくさんの人間に注目されて、それでさらに頭使って答えるわけで。こういうのは、絶対無理」

「はあ……」

感心する京に代わり、航太の反対側から恵一が口を出した。

「適材適所ってやつだよ。あのステージに立って平常心を保てそうなのは、うちのチームならやっぱり和彦だ」

観客席には四人ですわっている。三十三チームから、各一名がステージに上がる決まりなので、和彦だけはすでに舞台袖で待機している。

「和彦って本当に物おじしなさそうに見えるけど、クラスでもあんな？」

航太がそう尋ねると、京は笑った。見慣れたけど、笑うとさらにかわいい。

「そうですね。いつも誰かとしゃべってる。あれだけ物知りだから、授業中も、先生と二人だけで教科書そっちのけで話がはずんだりしてます」

「ああ、わかる気がする」

「うらやましいですよ。和彦君見てると、たいていのことは深刻にならなくていいのかなって、ちょっと思えます」

「京はさ、深刻になりすぎじゃないのか……。あ、ごめん、言いすぎた」

京が一瞬顔をこわばらせたのを見て航太はあわてて謝る。

「ううん、言いすぎなんかじゃないです。私、逃げてばっかりじゃいけないですよね」

ふと、航太は昨日午前中に道後Aと予選リーグで当たったあとのことを思い出した。逃げるように兄から去っていく京を見送って、和彦ははがゆそうな顔をしていた。

ひょっとしたら、和彦は、自分がまだ俳句で戦いたいっていうだけじゃなく、京のために、京が来島兄と向き合う機会をもう少し作りたかったんじゃないのか。

「……和彦って、京のこと、すごく気にしてるよな」

なんとなく面白くない気分で、航太はそう言った。言ったあとで不思議になった。

なんで、こんな変な気分になるんだろう?

航太の考えていることなど知らない京は、きょとんとして首を振った。

「和彦君は誰にでもあんな感じですよ。いつもいろんな人のことを気にかけて、何かできることないかって探しているような感じ。おうちの職業のせいじゃないかな」

いや、いくら神職の家に生まれたからって、十六歳や十七歳でそこまで人間のできている奴なんているもんか。

航太はそのあたりをもっと突っ込んで聞きたかったが、その時、場内にアナウンスが響き渡った。

敗者復活戦が始まる。

ステージ上の幕が上がると、三十三チームのプラカードを持った選手たちが勢ぞろいしていた。

五木分校は右から十二番目。

一校ずつ、句を発表し、ステージすぐ前の場所に着席している十三人の審査員からの質問に答えていく方式だ。そして三十三チームの発表と質疑が終わったら、最も高い評価を受けたチームが発表される。

前日に決定していた三チームと競う、四番目の準決勝進出チームの決定だ。

五木分校の発表。

部員が俳句を読み上げる声を聞くのは、これが最後かもしれない。

そんなことを思いながら、航太は気を引き締める。そして同時に、ここにいる百何十人もの高校生が、航太と同じことを思いながら自分の仲間の声を聞いているのだと思った。

和彦はいつもの表情で、落ち着いて発表した。

草笛よ法螺のごとくに海を行け

そのあと、審査員からの質問に対して説明を始めた。

「ぼくたちは、五木島という小さな島の高校生です」

和彦は、きっぱりした声でそう始めた。

「小さな島だから、どこにいても海を感じられます。毎日海の色や潮の具合、香り、波音、塩からくてべたつく海風、五感で海とつながっています。海に生計を頼っている家もたくさんあります。でも、だからと言って、海はありがたい時ばかりではない。やっぱり疎ましく感じることはあるんです」

航太は、しんとした思いで和彦の言葉を聞いていた。両隣の二人もその横の日向子も、きっと同じだと思う。

「海に隔てられている、海があるから外の世界へ行けないんだ、そう思ってしまうことだってあります。海さえなければどこまでも自分の足で行けるのにって。でも一方で、やっぱり海は好きです。単純に、海はきれいだし楽しいし。……勝手なんです」

ちょっと笑いが起きた。和彦も笑顔になって、また続ける。

「ぼくたちは、海を越えて自分たちの存在を知ってほしいと思っているのかもしれません。ここにいるよ、海の向こうの人には見えないかもしれないけど、と。誰か聞いてくれる人はいませんか？　と。自分では行けないところに、自分の一部、自分が発した音だけでも届けたい。昔から島の人間が法螺貝を響かせてきたのも、きっとそういうことだと思うんです。その法螺貝のように、草笛も、ちっぽけな音でも、遠い世界へ何かを伝えてくれと、そんなイメージで『草笛』を詠みました」

持ち時間はそこで尽きた。

場内に起こる拍手とともに、和彦は丁寧に頭を下げる。

「……いい説明だったよな」

「うん」

そして三十三チームの発表が終わり、やがて一つだけチームが選ばれる時がやってきた。

無理かもしれない。

さすが、全国大会まで進んだ学校、どこも上手な句を出してきているから。

いや、でもわからない。和彦だって力のこもった説明をしてくれたじゃないか……。

「発表します。敗者復活戦、勝ち残ったのは藤ヶ丘女子高校！」

そして和彦のいる場所から離れたところにスポットライトが当たり、呆然とした顔の女子が照らし出される。次の瞬間、その子の顔が喜びに輝いた。

航太の心臓が、一度だけどくんと跳ねた。そのあと、急に体が重くなる。

やっぱり駄目だったか。

いや、ひょっとしたらって、ちょっと思っただけだから。考えたら、今年の春まで俳句を作ろうなんて思いもしなかった航太がここまで来られただけで、すごいことなんだからすっかり力が抜けて、椅子に沈み込んだ航太の肩を、誰かが乱暴につついている。恵一だ。

……。

「おい、行くぞ」

「あ、ああ……」

そうだった。負けが決まったら、すぐに行かなければいけない場所があったのだった。

立ち上がった時、ステージ上の和彦と目が合った気がした。でも、距離があるから、航太の思い込みかもしれない。和彦は唇を結んで、勝ち残った藤ヶ丘女子の選手が司会に話しかけられるのを聞いている。

もうすぐ、ステージにいる三十二チームの選手は静かに退場するはずだ。

同じように静かに、ほかのお客さんの邪魔にならないように背をかがめて、四人も暗い通路を移動した。

ホールの重いドアを開けて外に出ると、空気が変わった。高校生たちの熱気や緊張を後ろに閉じ込めたら、なんだかいつもの自分に戻れたような気がした。

何者でもない、無名の高校生の自分。はなばなしくスポットライトを浴びることもない。

でも、これが自分だ。

「行こう」

四人は、事前に和彦が静香さんと相談していた場所に、歩き始めた。

道後高校Aチームはホールの外の、休憩所の一角に陣取っているそうだ。ステージを降りてきた和彦と合流し、五人そろってそこに向かう。

五人に真っ先に気づいたのは、道後の制服を着た男子生徒だった。昨日対戦した生徒ではないが、顔に見覚えがある。たぶん、地方大会で当たった、つまり道後Bチームの選手なのだ。

彼がこちらに頭を下げるのと同時に、その陰から女子が現れた。ポニーテールが似合う、背の高い美人。対戦した時、来島兄の隣にいた生徒だ。そしてこの人が、副部長の静香さんだった。

「どうも」

和彦は相変わらず飄々とした口ぶりで、静香さんに挨拶した。「五木、めでたく、敗者復活戦落ちしました。だからぼくら、噛ませ犬になります」

静香さんは恐縮した顔で手を小さく横に振った。

「噛ませ犬なんて、とんでもない。本当にありがたいです。とにかく、こっちへ」

静香さんが五木分校の五人を人の輪の中へ導こうとするのを、恵一が止めた。

「挨拶の前にすみませんが、おれらの荷物を預かっていてくれませんか。全部そのへんにまとめて、そっちの後輩にでも見ててもらえればいいです。道後Aチームに会う時は手ぶらでいたいので」

道後の句を見る時には、筆記用具も録音装置も何も持って行かない。昨日五人でそう決めたのを、恵一は実行しようとしているのだ。

静香さんは一瞬目をみはったが、すぐに恵一の意図を理解したようだ。

「どうも、ご丁寧に。じゃ、五木分校の方のお荷物は、うちの後輩たちに見張らせておきます」

「遠くに置いといてかまわないですよ。万一バッグの中でレコーダーとか作動してても、音が拾えないくらいの距離にしておいてもらったほうが、助かるから」

すると、人垣の中から声が近づいてきた。

「そんなまどろっこしいこと、してくれなくていいです」

京に似た切れ長の目の男子が、こちらの五人を順々に見回している。静香さんと同じくらいの身長だが、迫力と言うか、すごい存在感がある。この人が来島兄だ。

「いや、これはこっちのためでもあるんで」

恵一は頑固だ。「万一疑いをかけられたら、迷惑するのはこっちですから。おれとしては、ポケットの中もひっくり返して調べてもらいたいくらいだけど」

だが、来島兄も恵一に負けないくらい頑固なようだ。

「面倒なことはやめましょう。疑うくらいなら、他校に、練習相手になってくれなんて頼んだりしないです。時間がもったいないから、早く始めさせてもらいたい」

「でも……」

「じゃあ、こう言いましょうか。そもそも、この期に及んでうちの句がどこかに漏れたところで、それで負けるならそれまでだと思ってます。いや、うちの句なら負けないから心配ご無用です」

　恵一がふっと笑った。

「そりゃ、失礼。ま、こっちも言いたいだけのことは言わせてもらったから、いいとしますか。とにかくこっちの五人は手ぶらで来た。筆記用具の類は一切、持っていないし、携帯電話もバッグの中。あ、副部長、事前にお願いさせておいたように、道後Aの句は、何か紙に書いてもらってありますね？」

「はい」

　静香さんが、五枚の短冊――ルーズリーフを縦半分に切ったもののようだ――をひらひらさせた。

「じゃ、おれたちと道後Aさんが向かい合ってすわって、その外側は、後輩さんたちにでも固めさせて、部外者の誰にものぞけないようにしていてもらいましょう。そして、そちらが試合の順序に従って、一枚ずつその短冊を見せてください。読み上げてくれなくていいです。時間ももったいないし、音声にならなければ録音の危険もないから。あと……」

また来島兄がさえぎった。

「それくらいでいいでしょう。もう三分も経ちました」

恵一がにやりと笑った。

「これは失礼。よし、じゃ、始めましょうか」

もうすぐ準決勝が始まるというタイミングで、会場外のロビーの一角で真剣な議論が行われていることを、周りは知らないだろう。

だが、俳句について語ることはどこでもできるのだ。

兼題は「雨」。

先鋒戦の句。
五月雨(さみだれ)や百葉箱という孤独
五木分校の五人は、その句の書かれた紙をじっと見つめ、すぐに、時間が惜しいというように日向子が口火を切った。
「なんか、しんとしたイメージの句ですね。音もなく降る『五月雨』ということは、ちょっと鬱陶しい季節ですよね。そして、天候を私たちに教えてくれる『百葉箱』も、音もなく自分の役目を果たしている。でも逆に言うと、『五月雨』と『百葉箱』のイメージが近すぎませんか？　もともと『百葉箱』は天気に関するものですから」

静香副部長の隣にいるストレートヘアの女子が口を開いた。

「この句は『孤独』に注目してほしいです。『百葉箱という孤独』という表現は、今まで誰も気づいていなかった発見じゃないですか？　でも言われてみれば、『百葉箱』はとても『孤独』に見える、聞いた人みんなにそう納得してもらえると思います。その『百葉箱』がさらに『孤独』に見えるのが、『五月雨』の中にしんと立っている時なんです。そのイメージを鑑賞してください」

「『孤独』なのは、『百葉箱』というより見ている作者ですよね。自分の『孤独』が『五月雨』によって増幅され、そこに『百葉箱』を見つけた。作者が前面に出すぎている気がしますが。『孤独』という言葉が強すぎませんか？　『五月雨』の中に立っている『百葉箱』は、誰にとっても『孤独』でしょう。ならば『孤独』という言葉を使わずに『孤独』を表現するほうが効果があると思うんですが」

そう言ったのは恵一だ。思いがけない攻撃だったようで、発言した女子が口ごもる。

「それは……」

「『孤独』の言葉の強烈さは、この句においてはよい効果を生んでいるでしょう」

横から、来島兄が援護に入った。

「婉曲に表現することは効果的な場合もあるが、直截だからこそ印象的なこともある。この句に『孤独』は不可欠だと思います」

「『孤独』が強烈だから肝心の『五月雨』がぼける気がするんですけど、それはどうですか？　言葉に頼るという点では、俳句の基本は季語に頼るべきじゃないでしょうか？」

和彦の指摘に静香さんが体を乗り出したところで、後ろから声がかかった。

「四分経過しました」

十人の緊張が緩む。

「……いい指摘をもらえました。本番では『孤独』を『五月雨』に沿ってアピールするように気をつけます」

静香さんが顔をほころばせた。

「だったらいいんですけど」

これは日向子。

「いや、弱点が試合前にわかって、こんなありがたいことはないです」

本当に嬉しそうな静香さんの後ろで、さっきの男子その他の後輩たちが真剣にメモを取っている。

「あ、時間がもったいないですね。次に行きましょう」

次鋒戦の句。

ライバルのしばし休戦白雨来る

「白雨」がなんのことか、二か月前の航太は知らなかった。全国大会に来ることになってたくさんの言葉を日向子からたたき込まれ、その中で、この言葉にも出会った。白雨とは、にわか雨のことだ。

だから、この句の意味もわかる。航太は自信をもって発言を始めた。

「外でやっている試合なんですよね。それが、白雨、にわか雨のために一旦中断した」

俳句甲子園でのディベートの作法も覚えた。自分の解釈を言って――バレーボールで言えば、相手から来たサーブをきちんとレシーブ処理するようなものだ――、そして攻めの意見をスパイクのように相手コートにたたき込む。ただ鑑賞しただけで終わったら、勝負に勝てない。

「でも、汗まみれになっている外での競技、野球でもサッカーでもなんでもいいけど、その汗臭さと『白雨来る』っていうのは合わなくないですか？　もっと素直に『にわか雨』でよかったんじゃないですか？」

一番端の小柄な男子が、手を挙げてから答えた。

「『にわか雨』だと、動きがないでしょう。『ライバル』とか『休戦』とか、活動的なイメージを活かすために『来る』を使うべきだと考えたんです。だから『白雨来る』なんです。激しい試合をやっている時ににわか雨がざあっと襲ってきた、言葉すべてから躍動感を味わってください」

はあ、なるほど。

航太はこういう時、すぐに納得してしまう。だが、それで終わらない人間がいる。

「躍動感をさらに盛り込みたいのなら、『白雨』はきれいすぎると思います。『驟雨来る』じゃどうですか？」

和彦がそう言った。だがすぐに、来島兄に切り返される。

「『驟雨』と提案されましたが、『驟』にはそもそも走るという意味があるでしょう。『驟雨来る』では意味が二重になってしまって適切ではないです」

あ、なるほど。

航太はまた感心する。

今の方向からでは攻撃の効果がないと思ったのだろう、日向子が視点をずらしてきた。

「『しばし休戦白雨来る』、文語的な表現を使いながら『ライバル』という外来語を取り合わせるのはどうなんでしょう。この句の中七下五からすると、『好敵手』などと使ったほうがいいと思いますが」

　静香さんが反論した。

「『好敵手しばし休戦白雨来る』としてしまうと、試合内容として日本古来の武道をイメージしませんか？　でも剣道にしろ柔道や合気道にしろ、室内競技なのです。それではそもそも、『しばし休戦白雨来る』の意味と食い違ってきます」

　すごいな、両方。

　目の前に審査員と観客が並んでいるところでは、こんなふうに感心するだけの心の余裕がない。でも、こうやって十人で車座になって俳句の議論をするのは、とても楽しい。楽しむ余裕がある。

　だがそこで、外から焦った声がした。

「すみません、時間過ぎてました！　そこまでです」

「松井（まつい）」

　来島兄が眉をひそめたが、すぐに表情を緩（ゆる）めた。

「でもまあ、次から気をつけてくれ。携帯でタイマーを設定したらどうだ？」

「はい」

「頼むぞ」

　そして静香さんを促した。

「次の句を」

中堅戦の句。

不機嫌が顔に貼りつく虎が雨

今度こそ、航太はわからなかった。

虎が雨って何だ？

実際の試合ならその場で持ち込んだ歳時記を調べることもできるが、今は何も持っていない。

この句の議論に加わることはあきらめて、航太は聞き役に徹することにした。

「『虎が雨』、ですか。凝った季語を持って来たんですね。でも、『虎が雨』って、曾我兄弟の仇討にちなんだ季語で、旧暦の五月二十八日だけの季語ですよね」

さすが、日向子だ。こんな季語もちゃんと知っていたのか。

「特定の日に降る雨、それ、私たち高校生に特別な意味が伝わるでしょうか？」

「『虎が雨』という特殊な響きや、字面の効果を楽しんでいただきたいです。上五中七の意味するところは、自分の険しい感情をどうしようもできない、そういう心の状態です。

出したくもないのに不機嫌な感情が顔に貼りつく、つまり自分でも消し去れない。そんな時って誰にでもあるでしょう。そこに悲しい涙である『虎が雨』の強烈なイメージが、すごく合っていると思います」

「だったらいっそのこと、語順を変えたらどうですか。『虎が雨不機嫌が顔に貼りつく』。強烈な『虎が雨』を上五に持ってくるんです。え、この句は何だ？　という強烈なインパクトを与えられると思います」

恵一がさらにそう攻めていった。

「それでは、読み上げた時のリズムが崩れます」

「この句の激しさには、むしろリズムは崩れたほうがいいんじゃないですか？」

その指摘に、五木分校の生徒は、一斉に発言者を見てしまった。

京だ。

今まで一度も声を出さなかった京が、兄の率いるチームに質問している。

ところで、道後高校のほうでは、自分たちの部長と、その妹の感情を知っているのだろうか。

それとも、ただ、妹がいる学校だからこんな特殊な相手をしてくれていると、思っているだけなのだろうか。

……どうでもいいか、今は。

だって、ついさっき会ったばかりの高校生と、これだけ話せているのだから。気兼ねもなく、結構遠慮ないことを言い合っていられるのだから。

「俳句の神髄は五七五にあると思っています」

来島兄が妹をまっすぐ見つめてそう反論した。それでも京はひるまない。

「それはケースバイケースじゃないでしょうか。ここではやっぱり『虎が雨』が最初に来たほうが効果的だと思いますけど。不機嫌のあまり周りの空気なんて読んでいられないんだ、そういう景には破調こそ似つかわしいと思います」

日向子が、目を丸くして、でも嬉しそうに京を見ている。

成長したねえ、京。

そんな日向子の声が聞こえてくるようだ。

航太も楽しくなって話に加わった。

「うん、破調のほうがいいんじゃないですか。だって、句の最初に『虎が雨』ってあったら、この言葉はなんだ？　って読む人はびっくりしますもん。そういう驚きっていいじゃないですか」

なんだか、今までで一番楽しいディベートだ。

だが、そこで電子音が響いた。

残念。そう思ったのは航太だけではない気がする。

　だが、それから思い直した。

　これは、大事な試合直前の準備なのだ。楽しんでいる場合じゃない。


　副将戦の句。

　通り雨やむまでアイス溶けるまで

「これは、今までのとは全然違ったかわいい句ですね」

　このくらいなら、航太も言える。「あの、この句って、恋の句ですか？　『通り雨やむまでアイス溶けるまで』のあとには、それまで一緒にいようとか、その時間この人といられたらいいなあとか、そういう気持ちが入っているということですか？」

　すると、思いがけず、静香さんが顔を赤らめた。これは静香さんの句だったのか。

「あの、そういう意味に取ってもらってもいいですが、もっと広いことが色々解釈できると思うんです。たとえば……」

　静香さんがそう言いかけた、その時。

　いくつかのタイマーやチャイム音が一斉になったので、十人はびっくりして顔を上げた。

「時間です」

「準決勝開始の五分前です。待機場所に集まれと、運営スタッフの方から言われている時間です」

後輩たちが口々に言うと、静香さんが、ちょっとほっとしたように立ち上がった。

「残念ですが、ここまでのようです。でも、本当に助かりました。ありがとうございました。みんな、行こう」

すると、腰を浮かせた姿勢の来島兄が、あわてた声を出した。

「ちょっと待て、大将戦の句がまだ披講できていない……」

そうだ、今の句が四句目だから、まだ一句残っている。

「でも、時間だから仕方ないでしょう」

ストレートヘアの女子が短冊をまとめ、静香さんに手渡しながらそう言った。

「そうだけど、できたら見せるだけでも……」

珍しく、来島兄が焦った顔をしている。静香さんが、その肩をぽんとたたく。

「気持ちはわかるけど、でも行かないと、正人部長」

来島兄の名前を初めて知った。正人というのか。正人さんの背中を押しやるようにしながら、静香さんは五木分校の五人に頭を下げた。続いて、道後高校俳句部の全員が頭を下げる。

静香さんが言った。

「ありがとうございました。本当に、有意義な時間でした。お礼に、絶対勝ちます」

「こっちこそ。本当に楽しかったです」

代表するように恵一が応じ、正人さんに握手を求めるように手を伸ばしてから、引っ込めた。

「あ、でも、そっちは急がないといけないのか。スタッフさんが待ってるんだから。試合が終わったらまた話をしてもいいですか」

「はい」

正人さんがまだ未練がましそうな様子なのを見て、一つ思いついた航太は声をかけた。

「おれたちも、道後の後輩さんたちと一緒に観戦してもいいですか？」

正人さんの隣にいた静香さんが、顔を輝かせた。

「ええ、ぜひ！」

なんとなく全員固まってホールに戻りながら、正人さんが京の肩に手をかけた。

「京も、一緒に見ていてくれるか」

「う、うん……」

「大丈夫、母さんとは顔を合わせないですむから」

すると、京は情けなさそうに笑った。

「お兄ちゃん、そんなに気を遣わなくていいよ。ありがたく、道後高校や五木分校のみんなと一緒にいさせてもらうから」

た。

道後高校は、会場観客席の一角、ステージにほど近いあたりに、十五席ほど確保してい
準決勝進出校ならではの特別待遇というよりも、場内案内の関係で、運営スタッフとす
ぐに連絡の取れる場所に席が与えられているのかもしれない。

会場はほとんど満席の状態で、道後高校のスペースに余分はなさそうだが、正人さんが
申し出てくれた。

「ちょうどおれたち出場者の席五人分が試合中は空くわけだから、そこに五木分校の人が
すわってくれればいいじゃないですか」

そして、最後に、また妹の京の肩に手を置いた。京が不審そうな顔になる。

「あの、お兄ちゃん……？」

正人さんは言葉に困ったようで、結局一言だけを言い置いて去っていった。

「試合、ちゃんと見ていてくれ」

と。

その行く手には運営スタッフが待っている。

京はまだ首をかしげながら、兄に示されたとおり、日向子の隣の椅子に腰かけた。京の

左隣に航太、そして恵一、和彦。

五木分校五人の一番左側になった和彦が、自分のさらに左隣にいる道後の生徒——さっきの松井という男子——に話しかけた。

「なんか、すみません。ぼくたちまで、こんないい席で試合を見せてもらうことになっちゃって」

「そんな、ぼくたちもいい勉強になりました」

松井君はさわやかに答える。

「ところで、聞いてもいいですか？　うちの学校の練習台になってもいいっていうのは、五木分校さんから言ってくれたことだって、副部長が言っていたんですが」

和彦が面白そうに答えた。

「あ、うん、言い出しっぺはぼくです。でも、当たって砕けろっていうつもりの申し出だったんですよ。普通、全国大会中に他校と練習するチームなんてないだろうなと思ったし、でもだからこそ、有意義な練習ができるって考えてもらえませんかって口説いてみたんです、副部長の静香さんを」

「そうなんですか」

「それに、うちのほうも色々気を遣ったんですよ。絶対に道後の句が試合前に流出したりしないように。さっき練習していた時の気配りとか」

「うん、よくわかってます。それに今も、そうでしょ?」

「あ、わかる?」

和彦が、持ち前の気軽な口調で尋ねた。

「五木分校のみなさんが、うちの先輩たちの句を見たあともぼくたちとずっと一緒に行動して、準決勝が終わるまで、ほかの誰とも接触しない……。こうやって、隣同士すわって。その意味は、ぼくにもわかるから」

和彦につられるように、松井君の口調が砕けてきた。そして航太に目を向けた。

「そちらが、一緒に観戦させてくれって言い出した時、ぼく、来島部長の隣にいたじゃないですか。部長がぼくだけに聞こえるように言ったんですよ。『五木分校、リスク管理ちゃんとしてるな』って」

目が合った航太は、返事に困った。

……実はそこまで考えていなかったのだ。ただ、京が兄ちゃんの学校の人と一緒にいるほうがいいと思っただけなのだ。

話を変えることにする。

「それにしても、あの見るからに優等生っぽい道後の部長が、うちの和彦の申し出を受けてくれるとは思わなかったんだけど」

航太がそう言うと、松井君が驚いたように言った。

「え？　乗り気だったのは、部長ですよ。むしろ副部長のほうが、あまり聞かない話だしどうしようかって迷っていたのを、絶対に五木と練習したいって押し切ったんです、部長が」

「あの部長が？　それは……」

思わずといった様子で、和彦は航太のほうを振り向く。いや、航太ではない。さらにその向こう側にすわっている京を見たのだ。

「あのさ、京ちゃん、やっぱり……」

だがその時、試合開始が告げられた。航太も和彦も松井君も、口をつぐんでステージに注目する。

休憩時間中下りていた幕が上がり、白と赤、二つの長机が浮かび上がった。

始まる。

準決勝第一試合。

赤、菱沼（ひしぬま）学院高等学校（北海道）対、白、道後高等学校Aチーム（愛媛）。

さっき航太たちが鑑賞した道後の句が次々と発表されていく。

道後の句を見た時は、やっぱりうまいと感心した。だが、ステージ上では接戦が繰り広げられた。

相手チームの句もいい。

結局、二対二で大将戦を迎えることになった。

正人さんが披講したがった大将戦の句だ。

「大将戦は来島部長の句なの？」

「はい」

和彦と松井君がささやきあっている。

まず、赤チーム菱沼学院の披講。

(赤)　街が光る！　雪が雨に変わる朝

発表したのは、ショートカットの女の子だった。
その子の声のせいもあるけど、句全体が弾んでいるように聞こえる。
北海道の高校生が詠んだ、「雪が雨に変わる朝」という句。
雪の季節がやっと終わる情景なのだ。その朝の光はきっと、とてもきれいなのだろう
……。
続いて、白チームから正人さんが立ち上がった。
その句。

（白）　泣きやまぬ妹と居る蟬時雨

航太の隣で、大きく息を吸い込む音が聞こえた。

京だ。

目をこれ以上できないほど大きく見開いて、両手を口に当てている。

その手を離したら、何か叫び出してしまいそうだとでもいうように。

来島正人が妹と詠んでいるのだから、つまり、これは、はっきりと、京を詠んだ句なのだ。

そう言えば、来島正人は、さっき、大将戦の句をしきりに発表したがっていた。あれは、航太たちにというより、京に見せたかったのかもしれない。この句を。

ステージ上ではすでに質疑が始まっていた。

「赤の句、情景はよくわかります。ですが、上五？　上六？　のあとの『！』マークは必要でしょうか。効果がよくわかりません」

静香さんのその質問に勢いよく手を挙げ、元気に立ち上がったのは、披講した女子だった。

「私たちの住むところは長い冬の間中、雪に閉ざされます。ですが、やっとその冬が終わりかけた頃、決まって強い西風が吹きます。その風は暖かくて、雪雲を吹き払ってくれるんです。だからそういう時の空には、冬の分厚い雪雲じゃなくて、切れ切れの、薄くなって青空ものぞかせそうな、そんな雲が浮かんでいます。西風が吹いて雪が雨に変わったその朝、雲の切れ間から太陽が街を光らせる、その時の嬉しさは、本当に『！』をいくつつけても足りないくらいの、それほど強いものなんです！」

航太は、積もるほどの雪を見た記憶がない。もともと瀬戸内は冬ミカンが名産品であるほどの、暖かい地方だ。たまにちらつく雪はあっても、翌日まで持ち越すことさえ、ほとんどない。

雪に閉じ込められた冬が終わる、その春の兆しの嬉しさは、きっと、航太には想像もできないくらい大きいものなのだろう。

だが、道後Aは冷静に攻める。

「ですから、その嬉しさはわかります。でも、もともと、『朝』のイメージには昇り始めた太陽の光、明るさ、そういうものがありますよね？　『朝』と『光る』、この両方を句に取り入れるのは、やはりイメージが重なってもったいない気がします」

その質問に何とか答えた赤チームに対して、別の道後Aの選手がさらに質問。

「私が気になったのも、やはり『街が光る！』の部分です。六文字の破調の句にしたり『！』をつけたりしなくても、なだらかに『光る街』と始める句で、冬が終わって春がやってくる、その嬉しさは充分表現できたと思います」

そこで時間切れとなった。次に、赤チームから白チームへ質問。

「この句、泣きやまない妹のその泣き声は、蟬時雨の蟬の音が重なって聞こえないと思うのですが、声も聞こえないけれど泣き続ける妹、そういう情景を詠んだものなのでしょうか？」

正人さんが立ち上がった。

「この句は、ぼくの実体験です」

京が、また声にならない声を立てた。

もちろん、その京の様子が正人さんにわかるはずもない。

「虫嫌いのまだ小さい妹が、家の中に迷い込んだ蟬を外に捨てなければならなくなって、蟬を掌に載せて外へ出て行った。気づいたぼくが妹を追いかけると、そこは、うるさいくらいに蟬の鳴き声が降ってくる、そんな景色の中でした。蟬の声に掻き消されそうだけど妹の泣き声もやはりそこにある。どちらもやまない。ぼくには、それをどうすることもできなかった。ただおろおろして、妹を泣きやませることもできなくて、ぼうっと突っ立っていた。そのやり切れなさに、蟬の鳴き声がさらにのしかかる。そのせつなさを詠んだ句です」

航太の反対側の隣から、日向子が京の腕をつかんだのがわかった。

「京！　この句、京の句への答礼句じゃない？」

　京がぼんやりした顔のまま、繰り返す。

「とうれいく……？」

「ほかの人が詠んだ俳句へ、俳句で返事をすることよ！　だって、京、あなた、『掌にもがく蟬』と詠んだじゃない！」

「そうだ……！」

　航太もはっきりと思い出した。

　地方大会、「蟬」の兼題に対して京が詠んだ句のことを。

　掌にもがく蟬や言葉だけの故郷

　京は言っていた。これは、感情の処理もできなかった、つらい子どもの頃の記憶を詠んだ句だと。

　家の中に迷い込んできたまま、弱って逃げられずにもがいていた蟬。小さかった京はその蟬におびえて泣き出してしまい、兄の勉強の邪魔になると母親に怒られて、その弱った蟬を掌に握らされ、外へ捨てて来いと命じられたそうだ……。

　航太には、もう一つ、思い出したことがあった。

「京、あの京の句は、六月の地方大会の、大将戦の句だったよな？　それで、あの時、観客席にはたしかに正人さんがいたんだろう？」

「まさか……。お兄ちゃんが、あの私の句をきちんと受け取ってくれた……？」

「そうだよ！　だって、準決勝戦のこの『雨』の句、作ったのは地方大会のあとだから！」

説明のできない興奮に、五木分校の五人は包まれていた。

だがその時、行司の声が響き渡る。

「そこまで！」

大将戦の、ディベート時間終了だ。

「さあ、準決勝第一試合、ここまで二勝二敗の成績で迎えた大将戦です。泣いても笑っても、この大将戦を制したチームが決勝戦に進みます。審査員の先生方、旗のご用意をお願いします」

ホール内が静まり返る。

「それでは、判定！」

その声と同時に、横一列に並んだ十三本の旗が一斉に揚がった。

どっちが多い……？

「白、白が多いよね？」

上ずった声で日向子がつぶやく。昨日までは五人だった審査員が十三人に増えたので、一目見ただけではは っきりと数が把握できないのだ。

だがその瞬間、航太は肩をつかまれた。

「大丈夫だ、白、勝った！　旗が七本、揚がっている！」

恵一が大声を出した。同時に、その声よりも大きなどよめきが、周囲からも上がっている。

その中で、司会の声がひときわ大きく響いた。

「赤六本、白七本！　接戦を制して決勝に進んだのは、地元愛媛の道後高校Aチームです！」

京が、両手で顔を覆った。

正人さんは、真っ先に観客席に戻ってきた。迎える道後高校の後輩たちとハイタッチをしたあと、すでに席を譲ろうと立ち上がっていた五木分校の五人に、いや、京に、目を合わせる。

「おめでとう」

京は赤い目をして、でもはっきりと兄にお祝いを言った。

「あの句、どうだった？」

「嬉しかった」

京は小学生のように単純に答えている。兄のほうが複雑な表情だ。

「地方大会で、京の、あの蝉の句を聞いた。『掌にもがく蝉』。京が詠んだらしいけど、虫嫌いの京が蝉をつかむなんて、そんなことあるだろうか。そうやって考えているうちに、いきなり思い出したんだ。あのやりきれないほどうるさい蝉の声の中で泣いていた京を。……それまでずっと忘れていたのに。ごめん」

京はちょっと笑った。

「私なんか、忘れるも何も、今まで知らなかったよ。お兄ちゃんが、私を追いかけてきてくれていたってこと。お兄ちゃんは、ちゃんと私のことを心配してくれていたんだね。そんなの一度も考えたことなかった。私、自分のことで精一杯で、自分は世界一かわいそうな子だって、ずっとそんなことばっかり思っていたから」

正人さんは目のやり場に困ったようにうつむいた。

「おれがもっといい兄ちゃんだったらよかったのかな……」

「私のほうこそ、かわいくない妹だから。いつもお兄ちゃんに当たり散らしてたよね。お兄ちゃんばっかりお母さんにかわいがってもらってずるいって。お兄ちゃんのせいじゃないのに、お兄ちゃんが、頭がよくて何でもできるだけなのに」

「そんなこと……」

　正人さんは頭に手をやってから、ふと、周りを見回した。自分と妹を囲んでいる両校生徒に注目されているのに、やっと気がついたようだ。

「京、また話、しような」

　そして五木のほかの生徒を順々に見た。

「ありがとうございました。おかげで、勝ちました」

「おめでとう、いい試合を見せてもらいました」

　口を開いたのは日向子だ。そして、さっさと通路を歩きだす。

「準決勝の第二試合、じっくり見たいでしょ？　私たちに譲ってくれた席をお返しします。五木分校は、また別のところに席を探すわ。次の試合の観戦は道後にとってすごく大事よね。これに勝ったチームと、いよいよ優勝を争うんだから」

　すると、正人さんに呼び止められた。

「あの、できればもう一つお願いがあるんですけど」

　振り向いた日向子と、そのあとに続こうとした五木分校の四人に、正人さんはまた頭を下げ、そしてその顔を上げてからこう切り出した。

「さっきも言ったけど、本当にありがとうございました。自分たちだけで句の鑑賞をするより、全然知らない人に感想を言ってもらうと、どんどん句が広がるっていうか、新しい見方ができるんだって、すごくよくわかりました」

そこまでを一息に言ってから、正人さんはもう一度頭を下げてこう言った。

「だから、お願いしたいんです。決勝戦の『水』の句で、もう一度、練習つき合ってくれませんか？」

日向子は思いもかけないことを申し出られたというふうに、一瞬口を小さく開けた。それから、五木分校の四人を見回す。そして四人全員がうなずいたのを確認してから、正人さんに向き直った。

「私たちでよければ、こちらこそ喜んで」

正人さんが、ようやく安心したように笑った。

「よかった。じゃあ、今度は、決勝戦開始までたっぷり時間の余裕があります。だから、今度はぼくたちにも五木の句の鑑賞をさせてください。五句勝負、ディベートの時間は一句につき四分。五木と本式の試合をさせてください」

両校であれこれ話し合ったが、高校生十五人――五木分校五人、道後高校Aチーム五人、そして今後のためにぜひ見せておきたいという道後の願いを入れて道後高校Bチーム五人――が入って気兼ねなく話ができる場所というのは、そうそう簡単に見つからない。飲食店で貸し切りにできるところなど誰も知らなかったし、長居が許されるかどうかもわからない。そもそも探している時間も惜しいということで、結局、一番手っ取り早い場所に決まった。

『リカーショップ・TAKU』のバックヤード、つまり倉庫だ。

「卓おじさんの家なら、おれの部屋も使えるが、十五人は入りきらない。その点、倉庫ならちょっとカートを脇に寄せるのを手伝ってもらえれば、充分なスペースがある。酒の保存のために冷房は完備、お茶くらいは出せる。何より、窓はないしドアに鍵もかければセキュリティーも完璧だ、情報漏洩の心配はない」

十五人でこの店に入れば、主人格は当然恵一だ。

その恵一の指図に従って高校生たち全員で場所を作り、思い思いの昼食を取ると、航太たちは道後の生徒と向かい合ってすわった。

「司会は、松井、またお前に頼む。タイムキーパーは万全にやってくれ」

正人さん、いい部長だと思う。道後高校の俳句部を、きちんと緊張感をもって、でも風通しよくまとめている。

指名された松井君は、ちょっと緊張した面持ちで五人ずつ向かい合っている選手たちの上座に着いた。正人さんと日向子がじゃんけんした結果、赤が道後A、白が五木と決まる。

「それでは、先鋒戦を始めます。赤、句を読み上げてください」

いつのまにか、こんなところまで来たな。

道後Aとの模擬試合の間、航太はそんなことを考えるともなく考えていた。

日向子が先導する形で、少ない分校生徒の中からひねり出された五人。ここに来るまでボツにした句は数え切れない。航太だって、たくさんの句を詠まされた。この全国大会のために、試合に使うことを想定して七句を作った。結局、二句披露したところで試合が終わってしまったが。

だが今、思いがけない成り行きで、決勝戦用の句を使えるのだ。自分たちだけの練習試合だから結果なんて何にも反映されない、いや、勝ち負けの判定さえ出ないけど、それでも、自分の句を出して、それについていろんな人が意見を言ってくれる。それが純粋に、ただ楽しい。

兼題は「水」。

航太の句は先鋒戦に出た。

(赤)　撒水（さんすい）の暴れるホース飼いならす

(白)　水の壁に隔てられたる河鹿（かじか）かな

「赤の句、詠まれているのは、水の勢いがよすぎて、ホースがどこへ飛び跳ねるかわからない様子ですよね。それを、力一杯押さえつけてどうにかコントロールしている。それはわかりますが、『暴れる』と『飼いならす』という言葉の組み合わせはありきたりじゃないですか？」

「そうでしょうか？　『暴れる』なら、『持て余す』とか、そういう困るようなニュアンスのほうが連想されると思います。でもこの句では、その扱いにくい、生き物のようなホースを飼いならしているんです。きっと作者は水しぶきを浴びているんでしょう、その水の気持ちよさも、『飼いならす』という作者の余裕のおかげで、よけいに引き立っています。ホースの水圧のすごさが夏の水撒きの楽しさも伝えている、そういう元気で明るい句になっているのは『飼いならす』という言葉があるからこそだと思います」

こんなふうに、いろんなことを話し合ってきたな。

今さらながら、そんな感想が浮かぶ。

俳句甲子園を目指したりしなければ、絶対に知らなかった楽しさだ。「持て余す」と「飼いならす」で効果がどう違うのか、なんて熱くなって議論することは、これから一生ないかもしれない。

続いて、航太の句への質問。

「白の句、『水の壁』というのがよくわからなかったのですが、この河鹿は水槽に入れられていてそこから出られない、水を隔てて見ている作者とはどうしても触れ合うことができない、なんか、そういうことでいいんでしょうか」

「『水の壁』は、大きな水の塊である海のことです。ぼくたちの島にも河鹿はいます。でも、考えてみたら、周囲が海に囲まれた島に、どうやって河鹿は渡って来られたんだろう。そういうことを考えると不思議な気がしませんか？　ただ、とにかく河鹿はここで鳴いている。遠い昔のいつかに別れた仲間たちは、今も広い場所で群れを作っているんだろうに。そういう句です」

「それなら、ストレートに『海に隔てられた』と詠んだほうが伝わるんじゃないですか？」

「いや、海というのは、圧倒的な量の水でしょう。だから水で間違ってないと思います」

「河鹿と水を取り合わせたら、普通は清流のほうに想像が働きますよ」

航太と恵一が防御しているところへ、京が割って入った。

「この『水』は海じゃなくてもいいと思います。地球には膨大な量の水がある。その水に隔てられているものだって世界中に数え切れないほどあるでしょう。その数え切れないものを、か弱い声で鳴く河鹿が象徴している。そういう解釈をしてもいいと思います」

自分のチームの発言だというのに思わず拍手をしてしまってから、航太は気づく。

そうだ、これが楽しいんだ。自分が工夫した言葉の連なりなのに、ほかの人が自分の思いも寄らない受け取り方をしてくれる。自分の中の、自分でも気づいていなかった何かさえ、見せてくれる。

そういうのがいいんだ。

自分を、小さな流れで細々と生きている河鹿のようだと思っていた。でも、河鹿は膨大な量の水の向こうにもいて、そこでもやっぱり、自分の障害になる何かにいらだっているのかもしれない。

みんな、河鹿みたいなものかもしれない。

そこでタイマーが鳴った。

「時間ですけど。……ええと、判定、どうします？」

司会の松井君が両チームを交互に見ながら言った。

「勝敗はつけなくていいじゃないか」

正人さんが明るい声で答えた。日向子も静香さんも、にこやかに同意する。

「そうですね」

「うん。じゃ、これは、試合というより、対戦形式の句会ということにしましょうよ。勝敗はなし」

「おれたち、みんな対等な高校生だから」

恵一がそう結論を出すと、松井君がほっとしたように話を引き取った。

「はい、わかりました。それでは次鋒戦の句に移ります」

五木分校と道後高校の生徒十五人は、時間に充分余裕を持って会場に戻った。

決勝戦に出ない十人は、またもや道後高校がキープしていた観客席に陣取る。

道後高校Aチームは、すっきりした顔をしている。それが嬉しくて、航太も、五木分校のほかの四人も、入場してきた五人に精一杯の拍手を送った。もちろん、相手チームの五人にも。

決勝戦の対戦相手は、芳賀高等学校（東京）。男子ばかりのチームだ。

ついさっき、自分が見せてもらい、意見を言っていた句が、大ホールのステージ上で披露され、何百人もの観衆が見守る中で話し合われていく。

――楽しいな。

もう一度、航太はしみじみとそう思う。

「なんかもう、勝ち負けとかどうでもよくなってきた」

隣の恵一にそうささやくと、笑われた。

「勝負にこだわる小市航太、すごい心境の変化じゃないか」

「うん。でも考えたら、おれ、今までだってそんなに勝てたことないんだよな。五木の球技部として試合やってても、負けることのほうが圧倒的に多かった。それでも楽しかった。今思うと、勝負している最中もだけど、今度は勝てる、次はもっとよくなるんじゃないか、そんなことを思いながら挑んでいくのも楽しかったんだ」

「航太、それに気づくとは大人になったんだ」

先鋒戦、次鋒戦と続く合間に切れ切れにそんな会話をかわす。

高校を卒業したら……。

ちらりと、そんなことも考えた。

今の航太には、自分の未来がまったく見えない。

見ず知らずの誰かと試合して、かちんときて反発して、でもまた相手を見直して、そんな経験を、高校を卒業してからもできるのだろうか。

大学生になったら……。

高校生でなくなった自分の姿を想像しようとしても、島の小さな学校しか知らない航太は、その先が何も思い浮かばない。

「どうした？　航太」

知らず知らずのうちに、航太は難しい顔をしていたらしい。

「ううん、なんでもない」

航太は首を振って、目の前の試合に集中しようとする。今を味わわなければ、もったいない。

撒水の暴れるホース飼いならす

光巻き込み水鉄砲の放物線

あめんぼう水の張力乗りこなし

夕焼空（ゆやけぞら）水素ヘリウム僕の舟

見覚えのある道後高校Aチームの句が次々と発表され、試合は副将戦まで進んだ。

ここまで、両チームとも二勝二敗の成績。

「さあ、決勝の大将戦を迎えました！　俳句甲子園最後の戦いです！　赤チーム、ご起立の上、二度俳句を読み上げてください」

赤チーム、立ち上がったのは静香さんだった。

（赤）　御来迎（ごらいこう）水の惑星さかさまに

（白）獺祭忌化粧水などいりません

白チームから質疑開始。

「赤の句、高い山の上で迎える大きな太陽が目に浮かびます。その太陽に向かって自分のいる地球が沈み込むような感覚は、ぼくも経験があります。ですが、それを『さかさま』と表現するのは、少し違うと思うのですが」

「そうでしょうか？　今鑑賞していただいたとおりの感覚は誰でもわかりますよね。太陽に対して自分もちっぽけだけど地球だって小さいと思う時、足元をぐらりと掬われて、自分が太陽に向かって沈んでいくような、頭から太陽に落ちていくような感覚になるでしょう？　その心もとなさや不安は、まさに『さかさま』じゃありませんか？」

続いて、赤チームの質疑。

「白の句、『獺祭忌』とはつまり、正岡子規の命日ですよね。子規の臨終と言えばもちろん、『痰一斗糸瓜の水も間に合はず』ほか、糸瓜を、ぼくたちは思い浮かべます。その糸瓜から糸瓜水つまり化粧水につながる。その工夫はわかりますが、それに頼りすぎていませんか？」

「工夫、それだけでしょうか？　化粧水とか、そんな自分をきれいにするようなものはいらない、そう言い切る作者のちょっと頑固そうな意志が、獺祭忌と響き合っていませんか？」

「……なんか、すごくいいものを見せてもらってる気がする」

そうささやいたのは日向子だ。

「うん」

航太もまったくの同感。反対側では恵一もうなずいている。

「もう、このディベート聞いているだけでいいや」

「いや、航太、おれはこういう句でこそ、審査員の判定を知りたい。それでどっちの俳句が優れているかとか、そういうことを確認するんじゃなくて、でもやっぱり知りたい」

さあ、その判定が出る。

ここまで、たぶん航太よりずっと長い時間を俳句につぎ込んできた道後高校の――そして相手の芳賀高校の――結果が出る。

「それでは、判定！」

その司会の声とともに揚がった旗の数は、赤八本、白五本！

「道後高校Aチーム、優勝です！」

歓声の中、五木分校の五人も、気がつけば道後高校の後輩たちと一緒に声を上げていた。

「五木のみなさん、ありがとうございました！」

そう言って喜ぶ松井君に、航太は返す。

「お礼を言うのはこっちだ。ありがとう、最後まで関わらせてくれて」

続く閉会式。

優勝から準優勝、三位までの表彰。主役は、今日ステージに立ったチームばかりだ。

惜しみない拍手を送っているつもりでも、航太は正直、やっぱり寂しくなる。

自分とは無縁の表彰式に。

だが、日向子や恵一は、真剣な表情で式の進行を見守っていた。

「それでは続きまして、入選句の発表です」

「入選句？」

「ここまでは団体戦の表彰だけど、ここからは一句ずつの個別評価になるんだ」

航太にそう説明しながらも、恵一はステージから目を離さない。

そのステージには、二十の大短冊が登場していた。試合の時に俳句が書かれていた大短冊と同じようなもので、今も、内容がわからないようにすべて覆いで隠されている。

「あれは……？」

航太の質問に答えが来るより早く、司会がある一句を読み上げ、それと同時に会場のある場所から歓声が上がった。そちらを見ると、一人の女子がステージに向かって小走りに進むのが見えた。

　ステージ上では、一番端の大短冊の覆いが取られていた。

　審査員の選んだ入選句が一句ずつ紹介され、作者をステージに上げて表彰するのだ。今までは作者を隠しての団体戦だったが、ここで初めて、それぞれの句の作者にスポットが当たるわけだ。

　次々に入選句が読み上げられる。

　そして。

「しあわせな試行錯誤や水の秋、愛媛県立越智高等学校五木分校、村上恵一」

　司会の声が終わるより早く、航太の隣で、恵一が跳ねるように立ち上がった。

「よしっ！」

　その声だけを残して、ステージに向かって走っていく。

「あいつ、これを狙っていたのか……」

「そうかもしれませんね」

　ぽかんとしてつぶやく航太に、笑みの交じった声でそう返事をしたのは、和彦だ。

「でも、いい句ですよね」

「うん」

　恵一がこの句を意気揚々と発表した時のことを、航太だってよく覚えている。

しあわせな試行錯誤や水の秋

失敗することも迷うことも、幸せに思える時だってあるのだ。

小さな島の、部員五人だけの古ぼけた部室で示された、手書きの句。

その句が今、ステージの上で堂々と紹介されている。

恵一がステージの上に上がった。

その親友に、航太は心からの拍手を送った。

「私が引っ張り込んだこと、恵一は感謝してくれていいよね」

日向子が表情の読めない顔でつぶやく。「私が強引に勧めなきゃ、あいつ、俳句甲子園に縁のないまま高校を卒業していたんだから」

「うん、たしかにそうだ」

「それと、勧誘については航太の頑張りもあったよね」

そんなことを話し合っていた時だ。

いきなり、日向子がきゃっという叫びとともに飛び上がった。

「な、なんだ？」

ぎくりとした航太をよそに、日向子は京とあわただしく抱き合い、そして通路を走り出した。

「日向子先輩の句が取られたんですよ」

ステージ上ではたしか優秀句十句の発表が始まっていた。

そしてたしかに、十枚並んだ大短冊の右から四番目。

日向子の句がある。

雨の香の胸をこぼるる日焼かな

この句を披講した日向子が妙に大人っぽく見えてどぎまぎしたことも、よく覚えている。

帰り道、急な雨にクラスメイトとあわてながらもはしゃぐ日向子の、制服の襟元からのぞく日焼けした肌のきれいさ、見知らぬ子のような女らしさ。そんな姿を思い浮かべてしまったからだ。

日向子はまた、これも等身大の自分ではない、きれいに作った像だと言うのかもしれないが、でも、それだってまぎれもない日向子だ。

その日向子は今、輝く笑顔で賞状を受け取った。

＊＊＊＊＊

五木分校文芸部、俳句甲子園の成績。

入選句受賞一名、優秀句受賞一名。

こうして、五木分校の俳句甲子園は終わった。

「みんな、心残りはないね」

優秀句の賞状を大事そうに抱えた日向子がみんなを見回すと、和彦が手を挙げた。

「会場を変えてのお別れの、フェアウェルパーティーまで少し時間がありますよね。その間、自由行動でいいですか。京ちゃんに話があるんです」

ふと、少しだけ航太の心がざわついた。さっきと同じだ。かわいらしい京と、その京をずっと心配している和彦。

だが、日向子はこだわりなく、待ち合わせの時刻を決めてチームを解散させた。恵一は、さっきステージ上で一緒に並んだ他校の生徒と熱心に話している。

みっともないとは思いつつ、航太は京と和彦のあとを追った。

そして、拍子抜けした。二人は京の兄の正人さんと話しているだけだったのだ。

ここで帰るのも、こそこそしているみたいでいやだ。航太が近づくと、正人さんが京をしきりに説得しているところだった。

「母さんと話しに行こう、京。今、すぐ近くの喫茶店にいるって連絡入ったんだ。昨日も今日も、京が集中できるように、京の目に入らないところで見てくれって、ぼくが頼んでおいたんだ。でも、立派に戦い終えたんだから、もういいだろう？　それから、京さえよかったら、今晩、松山の家に泊まらないか？」

　お母さん、来ているんだ。

　当たり前か。息子と娘が出場している全国大会なのだ。京が出ていることだって、当然もう知っているだろうから。それに、自慢の息子は全国制覇するかもしれないという、勝負の日なのだ。

　いや、たくさんの保護者がこの会場に詰め掛けているはずだ。一昨日(おととい)の夜、航太が旅館の客室に空気清浄機を運んだ、あの母親もきっといるのだろう。

　今まで京とお母さんを会わせないように、正人さんは気を遣っていたらしい。でも全部終わり、すごくいい結末を迎えた今、区切りをつけるつもりで会ったっていいじゃないか。

　正人さんのその気持ちはよくわかる。

　そして、京が渋っているのもすぐにわかった。

「お母さんがお祝いしたいのは、お兄ちゃんだけだよ。私なんか、なんの成績も残せなかった、ただの出場者だよ。お兄ちゃんがいれば、それでお母さんはいいんだよ」

「そんなことない」

「どうしてわかるの？　お兄ちゃんに」

「だって、母さん、あれでもショック受けてたんだぞ。京が五木島の高校に行くって決めた時。『京は私のことが嫌いなのかしら』って」

「はあ？」

京が顔をこわばらせた。

「今さら？　……っていうか、それまで、私がお母さんにどんなに傷つけられていたのか、お母さん、わかっていなかったの？」

正人さんがなだめるように手を挙げたが、京の勢いは止まらない。

「ああ、そうよね、お母さんはいつもそう！　自分が一番大変だと思ってる。家のことをやって、お兄ちゃんのお勉強を見て、お兄ちゃんの塾のお弁当を作って、自分だけがつらい思いしてると思ってる！　私がどんなに我慢してきたかなんて、何も気づいてない！」

「京、それはそうだけどさ……」

正人さんのなだめる声は、たぶん、京の耳には入っていない。今までずっと押し殺していた感情も、一度堰を切ると歯止めが利かなくなったようだ。

「だから、私、あの家を出たんじゃない！　私なんか、いないほうがよかったんでしょ？今さら、お母さんになんか会いたくない」

　正人さんがしゅんとした。

　たまりかねて、航太は割って入ることにした。

「京、それさ、母ちゃんに直接ぶつければいいじゃん。全部。……あ、悪い、立ち聞きしてた」

　三人とも、航太がいるのに初めて気がついたようなので、航太はまずそのことを謝り、それからさらに続けた。

「京、せっかく頑張った大会じゃないか。堂々と顔を見せに行けよ。それで兄ちゃんを祝えよ。それで飯食って、一晩泊まって、言いたいこと言って来いよ。いいじゃないか、また喧嘩になったって。京にはちゃんと帰る場所がほかにあるんだからさ」

「帰る場所……？」

「五木島だよ。五木分校だよ。そこが京の居場所だろ」

　すうっと京の表情が落ち着いた。

「……航太先輩が、そう言うんなら……」

「え？　いや、おれの意見なんてどうでもいいけどさ……」

「会ってきます、お母さんに」

　そう言うと、京はすたすたと歩きだした。正人さんがこっちに頭を下げてから、そのあとを追う。

「……なんだか、すんなり行ったな、京の奴」

「いやあ、航太先輩のおかげです」

和彦がにこにこして言葉を継いだ。「京ちゃん、航太先輩の言うことは素直に聞くんですよね」

「え？　そうなの？」

「うん、ずっと前からそうですよ。気づきませんでした？」

「和彦、そういうこと、よくストレートに言えるな」

航太はどぎまぎしたが、和彦は航太の気持ちなどにかまわない。

「いやあ、よかった。これで祖父の指令が一つ果たせました」

「え？　どういうことだ？」

「祖父、京ちゃんのおじいさんからずっと相談を受けていたんですよ。孫娘が母親と折り合いが悪いのを、どうしたもんかって。一年生の頃、本当に京ちゃん、自分の殻に閉じこもっているように見えたし。あの『迷ふ日々』っていう歌だって暗いし、おじいさんとしては心配にもなりますよ、そりゃ。それが、ひょんなことで日向子先輩が俳句甲子園に引きずり込んでくれて、気になる先輩も現れて、ちゃんといやなことにも向き合うようになって……」

「ちょっと待て、和彦」

今、聞き捨てならない言葉を聞いた気がする。

「今、なんて言った？」

「え？『気になる先輩』ですか？　航太先輩のことですよ」

……こういう時、なんと反応したらいいのか。俳句の試合より、よっぽど難しい。

「和彦は、それでなんとも思わないのか？」

和彦はつかみどころのない笑いを見せた。

「島の神職は、よろず相談の引き受け手みたいなものですから。京ちゃんは、ただの友だちです」

その笑顔があまりに余裕たっぷりに見えたものだから、癪に障った航太は言い返してやった。

「ただの友だちで終わりたくないのは、道後高校の静香さんみたいな人か？　和彦って、結構他人の恋愛感情とか気になるらしいけど、それも、自分が片思い真っ最中だからだったりして」

そして珍しく泡を食ったような表情になった和彦の反応に、少しだけ溜飲を下げた。

フェアウェルパーティーの終盤、会場の賑やかさに疲れた航太は、一人で外に出てみた。この会場は大学の敷地内にあるので、夜七時を回った今、外はしんと暗い。日暮れが早くなった。夏が終わるのだ。

かすかに潮の匂いがする。松山のこのあたりは海から少し離れているから、今まで気づかなかった。風向きのせいだろうか。今夜は海風が強いのかもしれない。

　これで三日間、潮の香りに包まれていなかったことにも、今初めて気づいた。あるのが当たり前だと思っているものは、なくなってもすぐに気づくとは限らない。

明日は日常に戻って、そうして、向き合わなくてはならない。これからの進路に。

「何やってるんだ、こんなところで」

恵一がやってきた。航太が出て行くのに気づいて、あとを追ってきたのかもしれない。

「別に何も。……ただ、みんな終わったなって思って」

「ああ、そうだな」

二人で、空を仰ぐ。星は見えない。

「航太、大学決めたのか？」

恵一は、やっぱりつき合いが長いだけある。航太の胸の内を悟ってしまう。

俳句甲子園は楽しかったが、もう終わった。祭は、いつまでも続くものではないのだ。

「航太の親父さんとは、進学っていう話になっているんだろう？」

「うん……。ほかにないからさ」

それ以上話すことのない航太は、逆に質問した。

「それで、恵一は？　大学進学ってことは知ってるけど、具体的な話を聞いたことがないよな」

「おれか？　おれは……」

だがそこで、邪魔が入った。和彦だ。

「ああ、先輩たち、こんなところにいた。まったく、メール入れたら読んでくださいよ」

「あ、ごめん、気づかなかった。それで、何？」

「こちらの方たちが、先輩に話があるそうです」

和彦の後ろから、セーラー服の女子生徒が二人、現れた。五木の制服ではない。

なんだ、このシチュエーションは？

さっきの和彦とのやり取りのせいか、女の子に若干ナーバスになっている航太は身構える。だが、気づくと二人の女子が注目しているのは、航太ではなく、恵一だ。

いや、より正確に言うなら、二人のうち、おかっぱ頭の女子のほうが恵一をじっと見つめているのだ。もう一人、髪の長い子は、少し後ろに下がっている。付き添いで来ただけだというように。

見つめられた恵一が説明を求めるように和彦を見ると、和彦はいつもの表情で言った。

「このお二人、五木分校の村上さんいませんかって、会場の中を探し回っていたんです。それで、人助けの大好きなぼくは、もちろん、喜んでお手伝いを買って出たわけです」

和彦の声に励まされたのか、おかっぱの彼女は、真剣な顔でさらに一歩前に出た。

「すみません、私、藤ヶ丘女子高校の北条真名と言います。あ、こっちは付き添いで来てもらった、桐生夏樹さんです。本当に突然ですみませんが、五木分校の村上さんに、お願いがあるんです」

昨日「夕焼」の句での対戦を見た学校だ。あ、この学校、三位入賞したんだっけ。

そんなことを、航太はとりとめもなく考える。

それにしても、東京の女の子は、さすが、積極的だ。こういうシチュエーションでお願いしたいことって、やっぱり、連絡先交換だろう……。

「あの、村上さんの句、書にさせてもらえませんか？」

「しょ？」

恵一と航太は、同時に声を上げた。たぶん二人とも、今の一言を漢字変換できていないと思う。

北条真名は必死な表情だ。

「あの、変なお願いって思うかもしれませんが、私、俳句よりも長く書道を続けているんです。それで、さっき表彰された村上さんの句を見ていたら、どうしても書きたくなったんです。大きな字で『しあわせな』って、ああいうひらがなの書を書いたことないなって。きっと一行書きにしたら『し』の字の長さとか、『あ』や『わ』の丸め方とか、すごく工夫ができて、面白いと思うんです。許可をいただけませんか？」

「は、はあ……」

恵一が、完全に気を呑まれている。

「ど、どうぞ、ご自由に……」

北条真名は、ぱっと顔を輝かせた。

「ありがとうございます！　あ、お邪魔しました、本当にありがとうございました！」

北条真名はぺこりとお辞儀をして、会場に戻って行った。二、三歩離れたところで様子を見ていた桐生夏樹という子も、ひょいと頭を下げてそのあとを追う。

「本当に、それだけの用事だったのか……」

「面白い人がいますね、俳句甲子園って」

笑みを含んだ声で和彦が言うのに、恵一は肩をすくめた。

「せっかく、かわいい女子に声をかけてもらったと思ったら、評価されたのは俳句だけか」

「まあ、いいじゃないか。恵一だけモテたら、おれ、腹立つもん」

「戻ります？」

そんなことを口々に言い合いながら、会場に向かう。

と、途中でポケットからスマートフォンを取り出した和彦が、航太を呼び止めた。

「今度は航太先輩に会いたいっていう子ですよ」

「え?」

ちょっとだけどきりとした。白状する、期待もした。もしかして、京が航太を探しているんだったらいいな、そんなことも考えた。

だが、駆け寄ってきたのは、小林絵里だった。

「航太先輩! 昨日はありがとうございました」

「いやいや、何もしてないよ」

そう言えば、日向子の弟と小林絵里のその後は、どうなったのか。

二人のことどころではなかったので完全に忘れていたが、絵里は、今、そのことを話しに来たのではなかった。

「あの、航太先輩、落雁売ってほしいって子が何人かいるんです。ハートの落雁を」

「ハートの落雁? ああ、昨日、絵里ちゃんが小市堂の落雁をハート形に並べ替えていたっけ、あれのこと?」

昨日、航太が絵里に自分の家の箱入り落雁をあげたら、絵里は、一箱、ハート形に並べ替えて戻してきたのだ。

「ええ。かわいかったから、私、あのハートの落雁を写真に撮っておいたんです。それを見た友だちが、欲しいって。あと、今知り合いになった他校の子も、明日帰るまでにお土産として欲しいって言い出して……」

「航太先輩、これビジネスチャンスじゃないですか」

　和彦がそそのかす。

「それはそうだけど、困ったな、おれ、明日にならないと五木島の店に帰らないよ……。間に合うかな。あと、ハートの配列で箱詰めするってことも、親父に説明しないと……」

「じゃ、早く連絡して経緯を説明しろ。そうして、親父さんに、ハート落雁を商品として出荷してもらえばいい。明日、松山観光してから帰る高校生になら、販売も間に合うじゃないか」

　恵一もそう言って、話に加わった。

「こんなチャンス、めったにないぞ。女子高生に売りまくって、大々的に広めてもらえ。そうだ！」

　恵一は手を打った。

「いっそのこと、あの落雁、卓おじさんの店に置いてもらったらどうだ？」

「いいですね！」

　航太より先に、和彦が体を乗り出した。「落雁なら、日持ちがするから店頭にしばらく置いても大丈夫ですよね？　かわいいお土産品なら、買う人が続々現れるかもしれないですよ」

ぼうっとしていた航太にも、徐々に、具体的な目算が見えてきた。

五木島で菓子を売ることだけを考えていたけど、ほかの販路もあるなら……。

これで店の経営が軌道に乗るなんて、そんな虫のいいことは考えていないけど、売り上げが上昇することなら、なんでもやってみたい。

航太の静かな興奮は、その夜の宿舎に行っても続いていた。

「なんだか、航太、はしゃいでるよな」

「あ、わかる?」

やっぱり、恵一には隠しごとができない。

男三人で宿舎の布団に並んで入り、すでに天井の灯りも消したあとの、ひそひそ話だ。

「落雁だけじゃ、利益もたいしたことないからさ。ほかにも、店が少しでもうまくいくようにならないかって思って、色々考えようとしてた。何も浮かばなかったけど」

「航太は、本当に和菓子屋の息子だな」

航太は照れくさくなって、話題を変えようとする。

「なあ、さっき話が途切れちゃったけど、恵一は大学で何をしたいんだ?」

「経営学を勉強したい」

恵一は即答した。

「あ、そうなんだ」

「卓おじさんの店で小売りを学んでいたら、やりたいことがぼんやり見えてきた気がしたんだ。でも具体的には何もつかめていないから、まず商学部に進む。親父も、どうにか話は聞いてくれるようになった」

「そうなんだ、よかったな」

「この夏のバイト代も貯まったし、大学に行ってからも自分である程度の学費は稼ぐからって言ったら、叱り飛ばされた。それは親の仕事だ、そんなことより、人の役に立つ人間になれって」

「ふうん」

「おかげで、家でも勉強できるようになった。今までは放課後、学校の職員準備室で勉強していたけど。この夏の残りもずっと卓おじさんの家にいさせてもらって、予備校に通う」

「しっかり考えているんだな」

ますます、何も決まっていない自分に焦りを感じてしまう。

「航太だって、和菓子屋の息子として家のことを考えているじゃないか」

励ますような恵一の言葉にも、苦笑いしか出てこない。

「だから、和菓子屋の息子でいられなくなるところが問題なんだって。買ってくれるお客さんがいなかったら、商売は成り立たないんだぞ」

「ね」

突然、眠っているとばかり思っていた和彦が、反対側から声をかけてきた。

「わ、なんだよ。和彦、もう寝ていると思ったのに。それともおれたちが起こしちゃったのか？」

「ううん、ずっと起きてましたよ。それより、航太先輩の家のお店のことですけど、先輩、前に経営が先細りだって言ってましたよね。でも、まだ道はあるんじゃないですか？」

「おい」

思わず声を上げてから、航太はまた苦笑する。

「簡単に言ってくれるなよ、和彦。そんな道がすぐに見つかったら、苦労しないよ」

和彦だって知っているだろうに。五木島で、和菓子を喜んでくれるような島民はこれからどんどん減る一方で、増える見込みなんてないのに。

でも、和彦はあきらめない。

「五木島の外に客を探すのはどうですか？」

「外？　和彦、もっと現実的な話をしてくれよ。どうやって島の外の人に、買いに来てもらうんだよ。五木島にやってくる観光客なんて、ほとんどいないだろ」

「今の時代、店舗を構えて小売りしなくたって方法はあるでしょ」

暗がりの中で青白い光が動いた。スマートフォンだ。和彦が、自分のスマートフォンを起動させたのだ。

「おい、和彦、お前が言っているのは……」

恵一が寝返りを打ったのがわかった。同時に航太も気づいた。

「つまり……、ネット販売してみたらってことか？」

「そうです。今の時代、ネット注文で全国からいろんなおいしいものをお取り寄せしてる消費者は、ごまんといるじゃないですか。そういう人に向けて、小市堂の菓子を発信すればいいんですよ。ハート形に並べた落雁に食いつく女子が、あんなにいたんです。絶対、買ってくれる人が見つかりますって。五木島の経済発展のためなら、ぼくも、斎家のネットワークも、いくらでも使ってくれていいですよ。それに、恵一先輩が経営学のエキスパートになったら、小市堂のコンサルティングも引き受けてもらえるじゃないですか」

だが、航太は反論の材料を一つ見つけていた。

「あのな、落雁ならともかく、上生菓子ってその日のうちに食べてもらわないといけないんだぞ」

「ぼくには専門的なことはわかりませんけど、現代の技術なら、何か方法あるんじゃないですか？　鯛の粕漬がネット販売できるのに、小市堂特製きんとんが販売できないとは思えません」

恵一が口を挟む。

「そりゃあ、理屈の上では可能だろうけど、でも、食品加工って色々特別な機械が必要だろ。そんな設備投資の資金が小市堂にあるか？」

その懸念を吹き飛ばすように、航太は床の上に起き上がった。

「ある！」

航太の預金だ。親父とは、進学費用にしようと話し合ったお金だ。でも、もしも、小市堂をどんな形でも存続させることができるなら、そのために使いたい。

航太が和菓子職人になる道は、開けるかもしれない。

「いいですね」

こちらも起き上がって航太の目論見（もくろみ）を聞いていた和彦が、弾んだ声で言った。「五木島には、いろんなお店があったほうが絶対にいいです。小市堂に限らず。よかったなあ、島の発展に結びつくことならなんでも大歓迎です」

「和彦、発言が町長みたいだぞ」

恵一がからかうと、和彦が涼しい声で応じた。

「うちの家業は政治家じゃないですよ。もっと歴史が古い神職です」

「はあ、たしかに」

感心する三年生二人を前に、和彦は楽しそうだ。

「もっと色々考えてますよ。ね、先輩たち、京ちゃんって、医者に向いていると思いませんか？」

「医者？」

「うん。あ、先輩たちは知らないか。京ちゃん、たぶん、うちのクラスで一番頭がいいです。まあ、島の狭い世界での話だろって言われたら、それまでですけど、優等生のお兄ちゃんに圧倒されて自分の能力に気づいてないだけじゃないかな。京ちゃんみたいにデリケートな体質の人こそ、患者さんの痛みもわかるってこともあるんじゃないですか」

その京は、今夜は自分の家に泊まっている。少なくとも母親と喧嘩別れして、この宿舎に戻って来るようなことはなかった。

「京ちゃんが医学部に進学して、医者になって五木総合病院に来てくれたらいいんですけどね。それまでの十年、五木病院を存続させられたらいいな」

「そんなことまで考えているのか……」

「その土地に将来性があると住んでいる人に信頼してもらうには、まず、病院と学校があることが重要なんです。でないと、人がどんどん減ってしまう。病院と学校を存続させること。それが島を守るポイントです」

「五木分校はなくなるけどな……」

「復活するかもしれないじゃありませんか」

ことともなげに言ってのける和彦に、恵一と航太は目を丸くするしかなかった。

「本当に、そんなことまで考えているのか……？」

「難しいってことは、わかってますよ。でも、可能性はゼロじゃない。五木島に人が増えたら、あるかもしれないじゃないですか。だからね、五木分校の校舎は取り壊さずに残してもらって、島のコミュニティーセンターとかにして、いつか、また……」

起き上がったままでいつまでも話を続けそうな和彦を、恵一が強引に布団に転がした。

「わかったから、今日はもう寝ろ。また明日、話は聞かせてもらうから」

エピローグ

俳句甲子園が懐かしい思い出に変わった、翌年の三月初めの夕方。

フェリーの発着所で、航太は恵一を待っていた。

今朝の午前十時。二人からの知らせを自分の家の作業場で待っていた航太のところに、相次いで大学合格の連絡が来た。

海の匂いを、思いきり吸い込む。もう少ししたら、海から離れた場所で暮らすことになるのだ。今のうちに島の空気を味わっておかなければ。

恵一は、愛媛の大学の商学部へ。

そして日向子は、大阪の大学の農学部へ。

――私が、実家のミカン農園を継ぐ。親にも親戚にも、そう宣言したの。うるさい年寄りなんかに気兼ねするのは、私らしくないもんね。

日向子はそのために進学する。

恵一のほうは、卓おじさんの家に下宿して、大学に通うそうだ。

航太は、大学進学を選ばなかった。四月からは、松山の和菓子屋に就職する。親父が、仕事の伝手を頼って見つけてくれた就職口だ。親父が小市堂を守っている間に、できるだけ菓子作りの腕を磨き、たくさんの人に出会い、新しい小市堂の生き残り策を見つけてみせる。

フェリー到着のアナウンスが流れる。

あのフェリーには、合格書類を大学に取りに行った帰りの恵一が乗っているはずだ。

一人暮らしが始まる日向子はきっとやることが山積みだろうから、しばらく会えないだろう。恵一は合格通知を手に、これから五木分校に報告に行く。航太もそれに同行するつもりだった。

もうすぐ恵一とも別れ別れの暮らしになるのだから、今は、残り少ない時間を一緒に過ごしたい。

しばらくのち。

意気揚々と職員室に乗り込んだあとで、二人は文芸部の部室に向かった。四人の二年生が集まっているはずだ。

五木分校の新生文芸部だ。部長は京、副部長は和彦。

五木分校が俳句甲子園に出場したというニュースは、五木島ではそこそこの話題になった。チャンスを逃さない和彦がその波に乗って、二人の部員を獲得したのだ。

――あと一人！　そうすれば五人になる。絶対に、あと一人獲得してみせます！

和彦はそう意気込んでいる。

来年度、五木分校最後の年に、もう一度俳句甲子園を目指すために。

去年の夏以来、部室の壁には色々なものが貼りつけられるようになった。部員が気に入った俳句を見つけると、短冊に書いて掲示していくようにしたのだ。今では数十枚あるだろう。

――こうして、日々、たくさんの句に囲まれておくのもいいトレーニングだと思うの。

思いついたのは新部長の京だ。京自身、数々の句を掲示しているが、最初の一句として貼りつけたのは、なんと、航太の句だった。

今ここがおれのポジション南風吹く

――記念すべき一枚目が、おれの句なんかでいいのか？

航太が恐縮しても、京は譲らなかった。

――はい。この句は、私の原点の一つです。自分の居場所に堂々といていいんだ、そう励ましてくれる句です。

俳句甲子園以来、ずいぶん明るくなった京に言い切られ、航太はそれ以上抵抗するのをやめた。

——いいじゃない。これから入る部員のためにハードル低くしておくのも、賢いしね。

そんな、喜んでいいのかどうかわからないお墨つきを日向子にもらったせいでもある。

その部室をのぞいてみると、その四人は今、一つのタブレットの上に顔を寄せ合って、何かしきりに騒いでいるところだった。

「どうなんだよ、これ、どうすりゃいいの？」

「そもそも、これ、俳句なの？」

「兼題は『ラムネ』だろ、これじゃ兼題さえ使ってないじゃないか」

京がその議論に割り込んでいく。

「ううん、待って、私の辞書によると、『ラムネはもともと英語のレモネードがなまり、サイダーのような飲み物の名称として定着した言葉』って出てる。だから、これでもいいのかもしれない」

「だとしたって、こんなの、感想が言えないんだけど……」

そこで航太も割り込んだ。

「みんな、何を騒いでいるんだ？」

「あ、航太先輩」

京が顔を上げた。部活で顔を合わせる時の呼び方は変わらない。校外で、二人で会う時は、『航太君』と呼ぶようになったけど。

「今ね、ネット句会やってるんです」

「句会？　ネットで？」

「はい。去年の俳句甲子園で、和彦君経由で知り合いになった東京の学校があるじゃないですか。ほら、大会で三位になった、藤ヶ丘女子高校。あの学校も、次の俳句甲子園を目指す気満々で、今度は二チーム編成で臨むんですって。でも初心者ぞろいだから、まず、ネットで句会の相手をしてくれる学校はないかって呼びかけていたんですよ、去年知り合いになった俳句甲子園経験校に。それでまた、和彦君が喜んで名乗りを上げて……」

和彦もタブレットから顔を上げた。

「うちにとっても願ったりかなったりですからね。島を出なくても他校と交流できるなんて、こんないい話、ないでしょう。で、今日、互いに披講してあとはグループメールで感想を言い合おうって段取りになったわけなんです。兼題は『ラムネ』で、三句勝負。だけど、今、向こうから送られてきた句の一つがこれで……」

和彦がタブレットをさし出しながら、つけ加える。

「藤ヶ丘女子の俳句同好会には、去年の秋、新入部員としてイギリスからの留学生が入ったんですって。そのことは聞いていたんだけど、まさか、これで勝負してくるとは……」

航太と恵一も画面をのぞき、そして二年生たちに同意した。

「本当だ」

「こりゃあ、どうすればいいかわからないや」

「でも、楽しいですね！」

新入部員の一人が生き生きとした声で言った。「俳句、本当に面白いです！」

部室中に、気持ちのいい笑顔がはじけている。

笑顔の真ん中には、問題の、その一句があった。

Lemonade. Let's enjoy our days!

参考文献

『合本俳句歳時記　第三版』角川書店
『現代の俳句』平井照敏編　講談社学術文庫
『俳句の作りよう』高浜虚子著　角川ソフィア文庫
『実作俳句入門　作句のポイント　新装版』藤田湘子著　立風書房
『新版　20週俳句入門』藤田湘子著　角川学芸出版
『坪内稔典の俳句の授業』坪内稔典著　黎明書房
『この俳句がスゴい！』小林恭二著　角川学芸出版
『俳句いきなり入門』千野帽子著　NHK出版新書
『俳句を遊べ！　コ・ト・バ・を・ア・ソ・べ！　Vol．1』佐藤文香編　小学館
『俳句と暮らす』小川軽舟著　中公新書
『17音の青春　2016　五七五で綴る高校生のメッセージ』
学校法人神奈川大学広報委員会編　角川書店
『俳句生活　一冊まるごと　俳句甲子園　別冊俳句』
NPO法人俳句甲子園実行委員会監修　角川学芸出版
『俳句甲子園　俳句甲子園公式作品集』
第一巻　第一号～第五号　NPO法人俳句甲子園実行委員会

『軌跡　愛媛県立伯方高等学校俳句部集』愛媛県立伯方高等学校俳句部

執筆に先立ち、快く取材に応じてくださった次の方々に感謝申し上げます。
・ＮＰＯ法人俳句甲子園実行委員会
・東京純心女子中学校・東京純心女子高等学校の皆様
・愛媛県立伯方高等学校俳句部の皆様

ただし、本文中の誤謬はすべて作者の誤認によるものです。

また、作句に当たり、かしまゆうさん、北嶋正子さん、瀬野早木子さん、角田智子さん、橋本弘美さん、樋口さつきさん、古矢智子さん、Ｋ・Ｓさん、Ｙ・Ｔさん、Ｕ・Ｈさんの多大なご協力をいただきました。
篤く御礼申し上げます。

解説

北上次郎（文芸評論家）

すっかり忘れていた。本書は、二〇一七年七月に刊行された小説だが、新刊のときにすぐに読み、絶賛した作品だというのに、ころっと忘れていた。もともと私、記憶力が悪く、前月に読んだ小説でも平気で忘れているが、絶賛した作品くらいは覚えておけよ。

今回、この稿を書くために、本書とその前編『春や春』の二作を再読したが、いやあ、二作ともに面白い。『春や春』はすでに光文社文庫から出ているので、本書を読み終えたらすぐにそちらもお読みください。

続きものなのに、後から出たものを先に読んでいいの？　と疑問を抱く読者もいるかもしれないが、ご安心。厳密な意味で続いているわけではない。その前に、この二作の外枠を先に紹介しておくと、これは「俳句甲子園小説」である。俳句甲子園については、さまざまなメディアで紹介されているので、ここに書くまでもない。高校生を対象にした俳句コンクールで、地方大会を勝ち抜いたチームが集まり、全国大会が毎年八月に松山市で行われる。その競技方法は本書でも克明に書かれているのでそちらを参照していただきたいが、句の優劣以外にも相手チームの句に対する鑑賞力も評価の対象となるのが特徴といっていい。創作力のほかにディベート力も問われる、と言えばいいか。

『春や春』と、本書『南風吹く』のどちらから読んでもかまわないというのは、同じ年の俳句甲子園を描いているからである。前作『春や春』は、東京の私立藤ヶ丘女子高等学校の側から描いたが、今度は同じ年の俳句甲子園に出場した愛媛県立越智高等学校五木分校が主役となる。松山市で行われる全国大会に出場するのは、作中では全部で三十六チームだから、三十六のドラマがあるということで、そのうちの二つのドラマを、森谷明子は『春や春』と『南風吹く』で描いたということである。だから、どちらから読んでも、その年の全国大会で優勝したのはどこの高校か、二位になったのはどの高校か、三位はどの高校か、読者は分かっていることになるが、それが全然ハンデにならない。俳句甲子園はたしかに勝ちを競う競技ではあるけれど、それだけではないからだ。

では、何か。俳句の楽しさが溢れていることに留意。私は俳句に親しんでこなかったのでまったくの素人だが、『春や春』と、本書『南風吹く』を読むと、俳句を作りたくなってくる。たとえば、これは『春や春』に出てきた挿話だが、「広がる空を見上げるな」というのがある。これは、後輩のために高校生が残した初心者への注意事項の一つで、つまり、空は広がっているもの、その空を詠むやつは見上げているものだから、そんな当たり前のことは詠むな、というわけだ。空を詠むなら、当たり前じゃない空を詠め、という先輩の忠告である。門外漢には、目からウロコというやつだが、こういう発見が随所にあるから楽しい。

前作『春や春』では、

夕焼雲（ゆやけぐも）でもほんたうに好きだつた

という句が忘れがたいが（すごいよね、これ）、本書では、五木分校の次の句が個人的に好きだ。

草笛よ法螺のごとくに海を行け

この句の説明に立つのは、瀬戸内海の小さな島、五木島に住む和彦だが、愛しくて疎ましくて、ちょっと怒りもあって——という気持ちを、和彦は次のように言う。
「ぼくたちは、海を越えて自分たちの存在を知ってほしいと思っているのかもしれません。ここにいるよ、海の向こうの人には見えないかもしれないけど、と。誰か聞いてくれる人はいませんか？　と。自分では行けないところに、自分の一部、自分が発した音だけでも届けたい。昔から島の人間が法螺貝を響かせてきたのも、きっとそういうことだと思うんです。その法螺貝のように、草笛も、ちっぽけな音でも、遠い世界へ何かを伝えてくれと、そんなイメージで『草笛』を詠みました」

いい説明だ。この和彦の言葉を聞いてから改めて句を詠むと、海に向かう壮大な気持ちが伝わってくる。このとき闘った相手の一つは、藤ヶ丘女子高校である。そちらを主役にした『春や春』を読んでいる人にこの勝敗のゆくえはすでに明らかなのだが、『春や春』ではディベートの様子は描かれなかったので、そうか、こういう戦いであったのかという発見がある。

同じ年の俳句甲子園を描く、特に全国大会をクライマックスにするということは、同じ闘いを幾度か扱うことになるが、このようにだぶる部分を巧妙に避けているのがうまい。あの「夕焼雲でもほんたうに好きだつた」という句の背景にあったドラマも、こちらの『南風吹く』では興味深く描かれている。

しかし、本書の圧巻は次の句。

泣きやまぬ妹と居る蟬時雨

この句が披講された瞬間に、目頭が熱くなってきたが、なぜなのかを説明するとストーリーを割ることになるので、我慢する。これは準決勝第一試合の大将戦で、愛媛県立道後高等学校Aチームの来島正人が詠んだ句だ。それが妹、京の句への答礼句であることを指摘するのは、日向子だ。京が地方大会で詠んだ、

掌にもがく蟬や言葉だけの故郷

という句への答礼句だと日向子は言うのである。おお、書くことが出来るのはここまでだ。本書のラスト近くに、

しあわせな試行錯誤や水の秋

という恵一の句を書にしていいですか、と藤ヶ丘女子高校の北条真名がお願いに来るシーンがあるが、この北条真名がどういう女子高生なのかも、『春や春』を読まれたい。

本書のラストは、航太や恵一や日向子が卒業し、京が部長、和彦が副部長となって、また俳句甲子園をめざすというところで終わっているが、藤ヶ丘女子高校とネット句会をしているという新しい段階の報告が付いている。藤ヶ丘女子高校の俳句同好会には、イギリスからの留学生が入って、彼女の一句がラストに掲げられている。それを見て、新入部員の一人が「俳句、本当に面白いです！」と言うが、まったく同感である。

初出
「小説宝石」二〇一六年十月号～二〇一七年三月号掲載作品に、
大幅に加筆・修正したものです。
二〇一七年七月　光文社刊

この物語はフィクションであり、実在する団体・人物とは一切関係がありません。
作中には実際の俳句甲子園の試合進行とは異なる表現があります。

光文社文庫

南風吹く（みなみふく）

著者　森谷明子（もりやあきこ）

2020年7月20日　初版1刷発行

発行者　鈴木広和
印刷　堀内印刷
製本　榎本製本

発行所　株式会社　光文社
〒112-8011　東京都文京区音羽1-16-6
電話（03）5395-8149　編集部
8116　書籍販売部
8125　業務部

ISBN978-4-334-79051-6　Printed in Japan

組版　萩原印刷